QUATUOR

DU MÊME AUTEUR

LE CHEF-D'ŒUVRE, Actes Sud, 1999 ; Babel n° 507.
LE SECRET, Actes Sud, 2001 ; Babel n° 578.
LES PORTEURS DE GLACE, Actes Sud, 2003 ; Babel n° 740.
LA BLESSURE, Actes Sud, 2005 ; Babel n° 851.
LE SAUT, Actes Sud, 2006.
LE RETOUR, Actes Sud, 2007 ; Babel n° 960.
CONTREPOINT, Actes Sud, 2010 ; Babel n° 1223.
LES ENDORMEURS, Actes Sud, 2014 ; Babel n° 1368.

"Lettres néerlandaises"
série dirigée par Philippe Noble

Titre original :
Kwartet
Édition originale :
De Arbeiderspers,
Utrecht, Amsterdam, Antwerpen

ISBN 978-2-330-05796-1

ANNA ENQUIST

Quatuor

roman traduit du néerlandais
par Emmanuelle Tardif

ACTES SUD

1

Maintenant qu'il est arrivé à un âge avancé, il se réveille tôt. Trop tôt. Il regarde le jour pâle à travers la fenêtre du jardin. Il ne peut pas voir quel temps il va faire, tout est encore possible. Les herbes hautes ont envahi le jardinet. Foisonnement. Tiges qui s'étirent. Il ne s'en est jamais vraiment préoccupé. À présent, il éprouve une vague inquiétude à la vue de cet océan végétal. Les voisins. Personne ne lui a encore fait de reproches, mais ce n'est qu'une question de temps. Dispersion de graines indésirables lors des tempêtes d'automne. Vue gâchée depuis les terrasses et les balcons voisins. Preuve de vieillesse et d'impuissance. Faire venir un jardinier, quelqu'un qui pourrait tout arracher, tout évacuer en une demi-journée. Mettre des dalles.

Il s'éloigne de la fenêtre avec difficulté, traînant des pieds. Son genou commence à irradier cette douleur aiguë qui lui est si familière. Les portes coulissantes du salon. Lourdes. Jamais de lumière là-dedans. Allumer le lampadaire, en appuyant du pied sur l'interrupteur posé au sol. S'asseoir dans le fauteuil. Il sait qu'il va avoir du mal à en ressortir. Le journal doit se trouver dans l'entrée : en se réveillant, il a entendu le clapet de la boîte aux lettres se refermer d'un coup sec. On ne peut rien y faire. Tant pis pour les nouvelles. Il essaie de contrôler sa respiration. Il étend sa jambe endolorie devant lui, pose délicatement la tête contre le dossier.

Les rideaux sont tirés. Ne pas s'exposer aux regards, jamais. Le piano à queue est placé à côté de la fenêtre, contre le mur du couloir. Ses touches d'ivoire sont jaunies, mais intactes. Le couvercle refermé miroite comme une étendue d'eau noire. Adossée au mur d'en face se trouve l'armoire où il conserve ses partitions. Cordes en réserve, colophane, une sourdine. Le violoncelle est posé debout dans l'angle obscur entre l'armoire et la fenêtre. L'étui est lourd. À l'ancienne. Aujourd'hui, il y a des modèles en matériaux de synthèse qui ne pèsent pratiquement rien, on se demande même si l'instrument est à l'intérieur, tellement le fardeau est léger. C'est ce que disent ses élèves. Son élève, se reprend-il intérieurement, il n'en a plus qu'une seule.

Sortir le violoncelle. Il sent la douleur lui transpercer le genou à la seule idée de détacher les fermoirs, surtout celui du bas, qui l'oblige à s'agenouiller ; soulever l'instrument, manœuvrer le précieux objet en bois de façon que le chevalet ne heurte pas le couvercle de l'étui – et il faut encore attraper l'archet, le tendre et tâcher de se loger dans le fauteuil, avec le violoncelle. Enfin, au cas où il voudrait aller plus loin que les exercices de technique et les gammes : prendre une partition, rapprocher le pupitre, chercher ses lunettes. Il ferme les yeux et passe mentalement l'archet sur chacune des quatre cordes, l'une après l'autre, sans s'agiter. L'exubérante corde de *la*, celle de *ré*, modeste, qu'il faut toujours pousser un peu, la corde de *sol*, qui vient en renfort, permettant à l'instrument d'exprimer sa personnalité, et puis celle de *do*, grave et mystérieuse. Aujourd'hui je vais y arriver, se dit-il. Et après, je ne le range plus, je le mets sur le piano. À portée de main. Caroline m'aidera bien à le redescendre ce soir, quand elle viendra pour sa leçon.

Le silence l'emmitoufle comme une couverture. Il lui faudra du courage pour le rompre. La pièce est bien isolée. Les rideaux absorbent le son. Mon coup d'archet est moins vigoureux qu'avant. Allons, du calme. Ne pas s'énerver.

S'est-il assoupi un instant ? Une angoisse soudaine le prend lorsqu'il revient à lui. Il se relève avec trop de précipitation et ne peut s'empêcher de pousser un cri bref. Agrippé aux accoudoirs, il balaie du regard l'espace autour de lui. À côté du piano, il voit sa canne appuyée contre le mur. Cinq pas. Il rejoint la cuisine en bougonnant. Ça sent mauvais. La poubelle est bonne à vider. Il attrape une plaquette d'aspirine posée sur une étagère. Il en extrait trois comprimés. Un peu d'eau dans un verre sale. Attendre. Remuer. Granules aigrelets au fond du verre. Il le faut.

Comment notre corps peut-il être à ce point défaillant ? Plus jeune, il traversait la ville au pas de course, le violoncelle sur le dos, empruntant les escaliers sans y réfléchir – avec joie ? avec satisfaction ? Bien sûr que non. Tout allait de soi. Ce n'est qu'au moment où la machine a des ratés que son propriétaire commence à ressentir quelque chose. Fureur, impuissance. Chagrin.

Il passe le bout des doigts sur le granite du plan de travail. Coussinets moelleux à la main droite, callosités à gauche. En soupirant, il retire le couvercle de la poubelle et se met à soulever le sac en plastique gris. Ne pas penser à la douleur. Faire comme d'habitude. Il lâche le sac, qui s'affale brutalement par terre. Bruits de verre. Pas permis. On doit jeter les bouteilles et les bocaux à part. Caler le tout avec des vieux journaux ? Oui. Défendu aussi, mais ça amortit. Il traîne le sac-poubelle avec lui jusqu'à la porte d'entrée ; le corps plié en deux, il fourre un tas de papiers à recycler dans le balluchon récalcitrant. Son regard survole avec indifférence les titres des journaux : "Le procès du siècle", "Des millions dépensés pour la sécurité", "Robin des Bois ou Barbe Bleue ?" Il extrait de sa poche de pantalon un lien de fermeture dont il s'est muni à dessein et le noue autour du sac.

Porte ouverte côté rue. Le ciel est nuageux, l'air humide le frappe au visage. La porte donne sur une sorte de perron. Cinq marches hautes avant d'arriver jusqu'à la chaussée. Avant, songe-t-il, j'étais un violoncelliste très demandé. Toujours en voyages et en concerts. Mais aussi professeur au conservatoire, pour quelques élèves seulement, les plus doués. Et me voici, pas lavé, avec un sac d'ordures malodorantes contre les tibias et je ne sais même pas comment je vais réussir à le déposer dans le conteneur à déchets, tout là-bas, au coin de la rue. Si j'étais sûr de ne pas être vu, j'essaierais d'avancer jusque-là tant bien que mal, avec ma canne, en me reposant un peu tous les cinq pas. Mais chacune de ces fenêtres dissimule des yeux, un regard vigilant, le risque d'être observé et trahi.

Il se redresse bien droit et tente de se donner la contenance d'un vieillard dynamique, de ceux qui entament la journée avec appétit, ayant déjà passé une heure à s'occuper du ménage. Il fait mine de s'intéresser aux arbres. Pas grand monde dans la rue. Quelqu'un monte dans une voiture et disparaît. D'autres hissent un enfant sur le porte-bagages de leur vélo et s'éloignent en pédalant. Crèches, se dit-il, garderies. Ce soir, des parents morts de fatigue iront chercher leur progéniture exténuée, direction la maison et puis au lit.

Un groupe de garçons aux cheveux foncés apparaît au coin de la rue. Ils marchent avec lenteur et parlent dans une langue qu'il ne comprend pas. Le plus petit d'entre eux porte un ballon de football sous le bras et, en passant devant lui, le regarde attentivement. Celui-là, je l'ai déjà vu quelque part, se dit-il. Dans la rue, en train de jouer ? Avançant les bras chargés de provisions aux côtés d'une mère voilée ? Ce garçon a un visage sympathique, ouvert, juge-t-il. Lui-même a dû se dérider, car l'enfant lui retourne un sourire inattendu.

S'il veut descendre l'escalier, il aura besoin de ses deux mains, une pour la rambarde et une pour la canne. Balancer le sac dans la rue ne lui semble pas judicieux, le plastique peut se déchirer, ses misérables déchets, pour une part illicites, seront étalés au grand jour. Je trouvais ça plutôt distingué, se dit-il, une maison avec un perron. Le vaste sous-sol était bien pratique. Maintenant, c'est rempli de vieilleries et ces escaliers vont causer ma perte. Il cligne des yeux. La brume est pratiquement dissipée, il sent la présence timide du soleil derrière les nuages.

Les garçons l'ont dépassé, mais le petit au ballon de football s'est retourné et s'arrête en bas du perron.

"Vous voulez que j'aille porter votre sac à la poubelle ?"

Il sursaute et ne sait que répondre. Un bref instant, il voit le gamin escalader l'escalier à toute vitesse, lui planter un couteau dans la gorge et entrer dans la maison. Je fais de la discrimination, se dit-il, il ne faut pas. C'est un gosse, un enfant aimable à qui sa mère a appris qu'on devait aider les personnes âgées. Tout simplement, parce que ça se fait. Au poids du sac, le petit va deviner qu'il y a des bouteilles dedans, il va se douter que j'y ai mis des vieux papiers et il va en parler à la maison. Ses yeux se dirigent vers le conteneur à déchets au bout de la rue. Puis il regarde l'enfant et le remercie d'un signe de tête.

Il observe le garçon accomplir son trajet. Le ballon dans une main, le sac-poubelle dans l'autre. Sans effort, presque en dansant. Le sac disparaît dans le conteneur avec un bruit sourd et de légers tintements. L'enfant se retourne vers lui et lève le pouce en riant. Il hoche la tête, renvoie un sourire. Dois-je lui donner de l'argent ? Des bonbons ? Bavarder un peu ?

Il ferme les yeux un bref instant. Lorsqu'il les rouvre, la rue est déserte. Il rentre chez lui et ferme la porte.

2

Quel plaisir d'arriver si tôt, se dit Heleen. Elle déverrouille la porte du cabinet médical, ouvre ici et là une fenêtre, allume son ordinateur, remplit la cafetière électrique. Elle virevolte d'une pièce à l'autre comme une patineuse. À l'intention des deux médecins, elle imprime le planning des consultations pour la matinée. Elle dépose les feuilles de papier sur les bureaux époussetés. Compris dans le service. Pas nécessaire, mais bien agréable. Le bureau de Daniel est couvert de documents entassés : lettres, revues, formulaires… Chez Caroline, c'est le vide intégral.

Elle jette un coup d'œil dans la salle d'attente : bien, tout est rangé. Les jouets dans la malle, les dépliants dans le présentoir mural, les magazines sur les tables basses. Dans un coin de la pièce, la grosse plante verte a l'air de dépérir un peu. Heleen soulève une feuille et l'examine par-dessous. Elle s'aperçoit que des bestioles à peine visibles grignotent la plante, creusant des galeries. La feuille va se rabougrir, puis sécher. Pas idéal pour la salle d'attente d'un cabinet médical. Heleen préférerait y mettre des fleurs fraîches toutes les semaines, mais la seule fois où elle s'est amenée avec un bouquet de belle taille, Daniel a froncé les sourcils. Elle n'avait donc jamais entendu parler de réactions allergiques ? De rhume des foins ? D'éternuements chroniques, de suffocations létales ? Elle était pourtant infirmière, non ? Il avait raison, évidemment. Quelle idiote de ne pas y avoir pensé. Elle avait mis le bouquet dans la cuisine. Heureusement que ses collègues n'étaient allergiques à rien. Caroline avait trouvé les fleurs magnifiques.

Il y a une astuce, se souvient-elle : lessiver les feuilles avec une solution savonneuse. Ou bien avec de l'eau dans laquelle on a fait tremper une cigarette. Attrapant à deux mains le lourd pot de fleurs, elle traverse la petite cuisine et pose son fardeau sur la terrasse arrière.

Mollie, l'assistante médicale, fait une irruption fracassante dans le hall d'entrée. Le téléphone se met aussitôt à sonner et elle décroche, penchée audessus du comptoir d'accueil. Un bras toujours enfoncé dans la manche de sa veste, le pied droit frottant sur le mollet gauche, elle répond en professionnelle à la patiente qui manifestement s'inquiète au bout du fil.

Les jeunes font tout en même temps, se dit Heleen, ils passent en continu d'une situation à l'autre. Splendide.

"C'était Mme Pasma, explique Mollie. Pour voir si elle avait bien rendez-vous à dix heures et demie. Du coup, j'ai dit oui parce que je n'avais pas la liste sous la main. Ça va aller ?

— Très bien. Il faut toujours essayer de les faire venir. C'est moi qui vais m'occuper d'elle, pour sa glycémie. Pas besoin qu'elle voie le docteur cette fois-ci."

Deux personnes entrent dans la salle d'attente. Heleen fait un geste en direction de Mollie, puis de la machine à café. Elle sort ensuite dans la rue pour voir si Caroline est arrivée. Daniel est en train de boucler l'antivol de son vélo. Il s'incline d'un air moqueur en la voyant tapoter sur sa montre. Il se précipite ensuite à l'intérieur pour sa première consultation.

Caroline se gare en un tournemain à l'emplacement qui lui est réservé, puis descend de la voiture. Blue-jean élégant, veste cintrée, cheveux à peine trop longs. Les yeux gris légèrement maquillés. Heleen la trouve toujours soignée. Si elle-même pouvait en dire autant ! Pas la peine de se fatiguer, elle est trop grosse. Alors il faut des vêtements qui laissent de la marge. De toute façon, elle s'en fiche un peu.

"Il y a déjà quelqu'un ? demande Caroline.

— Pas pour toi. Mme Pasma vient d'appeler, elle arrive plus tard. Je vais encore essayer de lui apprendre à faire ses injections toute seule. Enfin, on va se donner encore un mois, je veux dire. Tu es d'accord ?"

Caroline approuve d'un signe de tête.

Les personnes âgées : si elles n'apprennent pas à gérer leurs maux, elles finissent par se négliger et ne peuvent plus continuer à vivre chez elles. Heleen a du mal à le supporter et fait tout pour maintenir à flot ces vieillards en décrépitude.

"Une si gentille petite dame, ça serait dommage de l'envoyer en maison de retraite, non ?"

Côte à côte, elles restent un instant adossées contre la façade, au soleil.

"On ne peut pas changer le système, dit Caroline. Il faut s'aligner, sans quoi on ne peut plus travailler du tout. Tu le sais bien."

Elle farfouille dans son sac et allume une cigarette.

"Juste un instant, dit-elle. D'accord, ça fait mauvais genre, mais bon, deux minutes. Rien qu'entre nous."

Quelle irresponsabilité, pense Heleen. Fumer devant les patients sans aucun complexe, comment ose-t-elle ? Du coin de l'œil, elle observe le calme profil de Caroline. Pas l'ombre d'une expression, d'une quelconque émotion.

“Ça va ?”

Caroline marmonne.

“On peut toujours adoucir le système, affirme Heleen, le contourner. C'est ce que j'ai essayé de faire avec les demandeurs d'asile, jusqu'au jour où on nous l'a interdit. On ne tentait rien de radical, pourtant, juste leur écrire une lettre par mois. Et leur envoyer des magazines, pour le perfectionnement linguistique. Toute la camelote de la salle d'attente y passait. *Le Journal de Mickey* pour les enfants. Hyper dangereux, tu penses bien.

— Mais comment tu fais pour assurer ? En plus de ta famille, de ton travail ? Du violon ?

— J'ai la chance d'avoir une énergie à toute épreuve. Parce que je mange beaucoup. Mais c'est bien de pouvoir faire quelque chose. Sympa aussi. On est restés ensemble avec le club de correspondance, maintenant, on fait les détenus longue peine. Tu sais, ces types qui sont en prison pour vingt ans. Ils ont le droit de recevoir du courrier.

— Est-ce qu'ils répondent ?

— Bien sûr. Mais c'est compliqué, tout doit passer par la direction. Là-bas, ils contrôlent ce qui est écrit dans les lettres. Il ne doit pas y avoir de noms, de vrais noms. Une fois que c'est approuvé, ce sont eux qui te transmettent le courrier, parce qu'on n'a pas le droit de donner sa véritable adresse. Moi, j'ai deux hommes et une femme. Je commence à les connaître, depuis le temps, mais je ne sais pas comment ils s'appellent.

— Et ton nom à toi ?

— Je m'appelle Rosemarie. Qu'ils croient. Ça ne te dirait pas de participer ?"

Caroline rit.

"Je ne saurais pas quoi écrire. Non, vraiment, j'en suis incapable. Je me fais déjà un sang d'encre à cause des problèmes d'ici, alors pas besoin d'en rajouter dans le morbide. Et puis ces types me font froid dans le dos."

Elle balance son mégot à travers une grille d'égout. Tout est si tranquille dans la rue qu'elles peuvent entendre grésiller le tabac qui s'éteint.

3

En fin d'après-midi, Caroline entre discrètement dans le cabinet de Daniel et va s'asseoir en face de lui, devant le bureau en désordre. Il est en train de pianoter furieusement sur son clavier d'ordinateur, la tête chauve inclinée vers l'avant, le crâne perlé de sueur.

"Je peux t'aider ?

— Ligote-moi. Si je me lève maintenant, je n'y arriverai plus jamais."

Il lui suffirait de prendre deux minutes après chaque rendez-vous, le temps de consigner ce qui a été fait, ce qu'il a l'intention de faire et ce qu'il doit indiquer à l'assurance maladie, pour éviter tout ce cirque, pense-t-elle. Mais ce n'est pas comme ça qu'il fonctionne. Prendre des notes, catégoriser, ce sont des tâches qui le détournent complètement de son attitude professionnelle, de l'état d'esprit qui lui est nécessaire pour bien regarder ses patients et les écouter avec attention. Il y a des confrères qui notent à peu près tout et n'importe quoi sur leur ordinateur pendant la consultation ; dans ce cas, on tourne à moitié le dos au patient, on est clairement occupé à faire autre chose. Caroline comprend bien qu'un tel comportement ne plaise pas à Daniel, mais le supplice qu'il préfère s'infliger tous les jours tient du masochisme.

Il a connu une période où il ne pouvait tout simplement plus gérer. Les lettres d'introduction s'accumulaient sur son bureau. Les versements de l'assurance maladie n'arrivaient pas. Alors, elle a demandé à Heleen de ressortir les plannings des semaines écoulées, et elle est allée s'asseoir près de lui devant l'ordinateur. Ensemble, donnant libre cours à leur fantaisie, ils ont reconstitué chaque consultation et s'en sont servis par la suite pour rédiger toute une pile de courriers impeccables.

Caroline s'approche de lui et, d'un coup de hanche, le pousse sur le côté.

“Laisse-moi taper. Toi, tu racontes.”

Arpentant la pièce, il fait le résumé de ses observations cliniques, truffées de qualifications toutes personnelles et d'exclamations émues. Caroline traduit ces éruptions en un jargon médical de bon aloi. En moins d'un quart d'heure, tout est terminé.

“Je suis un praticien du genre intuitif, dit-il. J'ai besoin d'une maîtresse d'école pour ordonner mes idées, sinon je deviens fou. À vrai dire, je suis trop vieux pour toutes ces conneries administratives. Avant, je faisais des fiches. C'était illisible, même pour moi, mais ce n'était pas grave parce que de toute façon, personne ne les regardait. Ah, le répertoire à fiches ! On pouvait retracer l'itinéraire d'une famille à travers la ville rien qu'en lisant les adresses raturées. Les enfants qui arrivaient, une croix devant le nom d'un patient décédé.”

Il soupire.

“Tu sais que je vais avoir cinquante ans le mois prochain ? Heureusement que toi, tu es plus jeune, si tu restes travailler ici, je tiendrai peut-être jusqu'au bout. Sinon, ils vont me radier de l'ordre d'ici là."

Caroline s'étire. L'après-midi passe toujours mieux que le matin. Toute une journée, c'est trop lourd pour elle, surtout quand il y a du soleil. Son humeur s'améliore à l'approche du soir, de la nuit. D'habitude je dors mal, se dit-elle, ça n'est quand même pas une partie de plaisir. Mais le pire, c'est l'aube.

"Tu fais encore de la musique avec Heleen ? demande Daniel.

— Quatuor à cordes. On reprend la semaine prochaine.

— Ça doit être bien ! Je vous envie.

— Oui, d'après moi c'est ce qu'il y a de mieux, pratiquer la musique entre amis. Heleen joue bien, tu sais, elle a fait partie de toutes sortes d'orchestres amateurs, d'un niveau très correct. Elle a de l'oreille et de l'habileté.

— Le second violon doit avoir les qualités d'une bonne infirmière, dit Daniel. Au fait, qui est votre premier violon ?

— Hugo. Un cousin d'Heleen. Lui, il a suivi une vraie formation instrumentale, au conservatoire. C'est là que je l'ai connu. Comme il n'y a plus de travail pour les musiciens, il est directeur de l'ancien Palais de la musique. Maintenant, ça s'appelle le Centre. Le centre de quoi, on peut se demander. Il organise surtout des colloques et des conférences, pratiquement plus jamais de musique, en tout cas de véritable musique.

— Mais si, tout dernièrement, j'y suis allé pour écouter un quatuor français. Rien que des morceaux remarquables, Haydn, Schubert, Mozart. Ça coûtait une fortune, mais c'était mérité. *Le Quatuor des dissonances*, tu connais ?"

Évidemment que Caroline connaît le plus beau quatuor de Mozart. La lente introduction est particulièrement chère à son cœur. Elle écoute le passage en elle-même, tranquillement assise au bureau de Daniel. Comment a-t-on fait pour se désintéresser autant de la musique ? Elle-même ne peut se passer de musique, de musique "classique". Si elle ne pouvait pas pratiquer, elle serait perdue, c'est sûr. Dans sa tête, il y a toujours un thème ou une ligne d'accords, même quand elle est au travail. Les mots la fatiguent, la musique lui apporte le repos. Pourquoi n'accorde-t-on plus d'attention à la musique ? Parce qu'elle est dangereuse ? Caroline se souvient d'une scène de film sur un condamné à mort. La femme qui doit accompagner le détenu jusqu'à la salle d'exécution demande au directeur de la prison si elle a le droit de chanter une chanson pendant ce court trajet. "Non, répond-il. La musique, ça donne des émotions. On n'a pas besoin de ça ici."

Il s'agit plutôt d'indifférence que de menaces imaginaires, se dit Caroline. La musique a perdu son importance, on ne l'enseigne plus et il y a longtemps que l'apprentissage d'un instrument ne fait plus partie de l'éducation des enfants. Les écoles de musique ont été fermées, les orchestres dissous, les formations professionnelles se meurent. Et tout le monde s'en moque.

Mollie passe la tête par l'embrasure de la porte.

"Bon, j'ai ma dose, là ! J'y vais ! Vous fermerez en partant ? Tchao !

— Et le téléphone, tu l'as bien…" commence Daniel, avant d'être interrompu par un "oui" plein d'impatience.

Notre journée de travail est finie, se dit Caroline. Les appels vont directement à la permanence médicale, on n'est plus obligé à rien. Daniel s'est assis à la place du patient. Ils se regardent sans dire un mot. Il va bientôt ramasser ses affaires et s'apprêter à rentrer chez lui. Dans son foyer. Auprès de ses enfants. Je vais partir en même temps et monter dans ma voiture. Il le faut.

"Qu'est-ce que tu fais ce soir ? demande Daniel. Tu as bien quelque chose de prévu ?

— Cours de violoncelle.

— Ah. Bien.

— Il a quatre-vingts ans passés, mon prof. Ça fait déjà des siècles que sa femme n'est plus là, il vit seul. Je ne sais pas comment il fait pour se débrouiller, mais ça va. Quand je viens chez lui, il ferme les rideaux : on joue dans un caisson capitonné.

— Et la santé ? Est-ce qu'il a encore ses dents ?

— Je n'en sais rien, à vrai dire. Je ne lui pose pas de questions là-dessus. Pour moi, il est toujours dans la force de l'âge. Ridicule, je sais, c'est un petit vieux tout fragile. Mais ça, je ne veux pas le voir. Allez viens, on ferme." Elle se lève brusquement pour aller chercher le sac qui est resté dans son bureau.

"Tu sais que je pense à toi, hein ?" lance Daniel.

Même si ces mots la touchent vraiment, elle ne parvient pas à répondre. Elle entend ses pas résonner un peu trop lourdement sur le sol. Elle sent ses joues se figer, ses lèvres se resserrer jusqu'à ce que sa bouche ne soit plus qu'un trait austère. Partir vers la maison, vers Jochem, vers la table de la salle à manger, vers le cours de violoncelle. Si elle suit bien ce parcours fléché, le jour s'en ira de lui-même.

4

Jochem ferme son atelier. Les courants d'air apportent de la poussière et il vient tout juste de vernir un violon. Il accroche son tablier de cuir à un clou, jette un dernier coup d'œil sur son assortiment de rabots et de ciseaux à bois bien alignés, puis referme la porte derrière lui. Ce soir, après le départ de Caroline, il s'y remettra. Réparer, tendre les cordes, accorder. Il n'y a pas de forte demande pour les instruments neufs, à l'heureuse exception du violon qu'il est en train de fabriquer. Mais la restauration lui va aussi. Il éprouve de la satisfaction à régler un horrible crincrin jusqu'à en tirer une sonorité substantielle et épanouie. C'est de l'ouvrage. Et de l'ouvrage, il en a envie et besoin. Travailler l'aide à rester debout. Il ne sait pas ce qu'il ferait sans le flux constant d'altos, de violons et de violoncelles malades qu'on lui dépose afin qu'ils guérissent entre ses mains. Il parle au bois, omniprésent sous une forme ou sous une autre dans tout l'atelier : en quartiers triangulaires où aucun instrument ne se profile encore, en tables d'harmonie aux courbes veloutées et d'un gris pâle comme de la cendre, en violons rutilant de vernis acajou. Il s'adresse au bois en marmonnant, le frappe à petits coups et tend l'oreille pour déterminer le timbre de la réponse.

Il va ramasser le journal sur le paillasson et l'ouvre en grand sur la table de la cuisine. Toute la une est consacrée au grand procès pour extorsion de fonds qui s'ouvre cette semaine. Mais pourquoi je lis tout ça, se demande-t-il, je m'en balance complètement, à vrai dire. La criminalité forme un État dans l'État, ça paraît évident à qui réfléchit un tant soit peu. Que cette pègre, cette nation clandestine, soit plus étendue et plus ramifiée qu'on ne le pense, ce n'est pas un scoop. On fait chanter les ministres et les hauts fonctionnaires, on les achète, ceux qui refusent de s'aligner disparaissent ou meurent subitement… Il faut être naïf pour croire que les plus gros contrats vont aux entreprises les plus compétentes. Ce n'est pas comme ça que ça marche. Les tunnels, les lignes à grande vitesse, les stades, les hôpitaux : le chantier n'est attribué qu'à celui qui répond aux critères du gouvernement clandestin. Ça n'a rien à voir avec la qualité. Les procédures sont totalement opaques, personne n'y comprend rien.

Il s'assied, se relève pour aller chercher un verre de vin et reprend sa place devant le journal, les coudes posés sur la table. Il lit, puis oublie aussitôt. Mais c'est une forme de travail. À six heures et demie, il retire du congélateur deux plats à réchauffer au micro-ondes. Caroline va bientôt arriver. Il met les assiettes sur la table, débarrasse le journal, prend des couverts dans le tiroir. Il entend la voiture s'engager dans l'allée et enfourne la première barquette en plastique.

Caroline a le visage fermé. Elle tente un sourire à travers son masque. Raté. Elle jette un regard sur l'étiquette de l'emballage alimentaire. "Appétissant", dit-elle, sans conviction. Il faut que l'on parle, il faut que l'on s'assoie à table, il faut que l'on mange. Allez, se dit Jochem, fais ton devoir.

“Ça s’est bien passé aujourd’hui ?

— Oui, oui. Rien de palpitant. Et toi ?”

Il parle d’une cliente ennuyeuse, d’un homme venu avec un machin en bois qu’il prenait pour un Stradivarius, de la dernière couche de vernis apposée sur son violon.

“Ah. Parfait”, répond-elle.

Mais bordel, qu’est-ce qu’elle peut voir de parfait là-dedans ? Et ce ton indifférent qu’elle prend pour répondre, on se rend bien compte que ça ne lui fait rien. Il va l’empoigner par-dessus la table, cogner sur sa gueule inexpressive, lui secouer la carcasse comme un prunier – il se représente la scène jusqu’au moindre détail : la mèche de cheveux douloureusement coincée sous sa grosse main qui lui agrippe l’épaule, les bras ballants qui rebondissent le long du corps, les dents étincelantes entre lesquelles apparaissent des filets de sang.

Précautionneux et attentionné, il transborde le contenu de la barquette en plastique dans l’assiette de Caroline : un monticule de pâtes, un morceau de poisson, un petit pré de pois verts. L’autre portion tournoie dans le micro-ondes. Sortir le vin du frigo, remplir un verre, le poser devant elle.

“Merci”, dit Caroline.

Il tourne les talons et va mettre un peu d’ordre sur le plan de travail. La colère n’a pas d’effet sur ses gestes : il s’est exercé à contrôler sa motricité. Un luthier comme lui doit avoir la main sûre. Même sur le point d’exploser, il est capable de positionner correctement, en la manipulant avec précaution, l’âme d’un violon apporté par un client désagréable. C’est pourquoi il s’abstient cette fois encore de jeter les plats dans l’évier et de laisser tomber les couteaux sur le sol. Il se retourne lentement, son assiette à la main. S'assied. Mange.

Caroline déplace les aliments avec ses couverts, les réarrange en petits tas sans faire disparaître grand-chose. Si elle continue comme ça, se dit-il, c'est elle qui va disparaître. Pourquoi ne mange-t-elle pas ? En situation de danger, il faut être fort, savoir résister. La seule façon d'y arriver est de se nourrir convenablement. C'est ce qu'il fait lui-même. Il la voit prendre, à grand-peine, une bouchée. Mastiquer. Maintenant qu'il l'observe de près, il peut pratiquement ressentir sa répugnance à manger. Elle en est tout simplement incapable. Il attrape la bouteille de vin.

“Je vais bientôt partir à mon cours, dit-elle. On boira encore un verre quand je serai rentrée, si tu veux.”

Un rapprochement. Il sent sa colère s'évanouir. Nous devons faire au mieux, pense-t-il, quel que soit le “mieux” en question. Rien ne sert de s'écharper. Il est préférable de rester courtois, en reconnaissant que chacun de nous deux fait son possible et qu'il existe des divergences entre nous. Des divergences insurmontables. Qui donnent une impression d'échec. Est-ce que j'irai mieux en tabassant Caroline à mort ou en la chassant de la maison ? Je ne pense pas. Je dois m'occuper d'elle, me faire du mauvais sang, m'énerver. C'est de l'ouvrage. C'est une bonne chose.

“Qu'est-ce que vous allez faire, avec Van Aalst ?”

Caroline semble un peu ragaillardie par cette question.

“De la technique, répond-elle. Comme je n'ai pas joué de toute la journée, il faut juste que je fasse quelques exercices pour commencer. Et puis il y a ce solo du quatuor de Dvořák. Au fait, tu as déjà jeté un coup d'œil à Mozart ?

— *Le Quatuor des dissonances*, c'est bien ça ?

— Oui. L'idée m'est venue aujourd'hui que ce serait peut-être sympa de le jouer pour Daniel. Il va bientôt avoir cinquante ans et il adore la musique. La vraie musique, comme il le dit lui-même.

— Tu veux qu'on joue à une soirée d'anniversaire ?"

Il n'aime pas du tout l'idée d'être exposé aux regards, au milieu d'une foule d'invités plus ou moins pris de boisson. Qui peut encore écouter un morceau de près d'une heure ? Les gens vont parler en même temps, traîner des chaises, faire tinter leurs verres. Gueuler. Non, il s'y refuse.

"Je pensais plutôt faire ça dans la journée, chez lui, dit Caroline. Juste pour Daniel, sa femme et ses enfants. Un mini-concert de chambre."

Elle pousse un petit rire narquois. Mais elle rit. Jochem acquiesce de la tête.

"Je vais regarder ça ce soir. Étudier un peu. Bonne idée."

5

Très bien, se dit Hugo. Le dernier rendez-vous de la journée est pour moi, comme ça on ne sera pas pris par le temps. Sauf si l'adjointe au maire doit partir dîner avec des chefs d'entreprise ou des maîtres du port. Elle a l'air pressée de me voir. "Secrétariat E & L!", avait aboyé dans l'écouteur la femme qui gère son emploi du temps. Hugo n'avait pas tardé à la faire changer de ton. Est-ce parce qu'il répondait lui-même au téléphone, malgré sa qualité de directeur du Centre, anciennement Palais de la musique ? Ou bien à cause de sa façon de parler, aimable et détendue ? E & L : qu'est-ce qu'ils ne vont pas inventer… Ces deux lettres correspondent à "Événements" et "Loisirs", mais le portefeuille de l'adjointe au maire reprend une grande partie de ce qu'on appelait auparavant Culture et Affaires économiques. Il hausse les épaules et observe son reflet dans l'immense baie vitrée. Mince. Costume bien ajusté. Tout à fait présentable. Rien à changer.

Il ouvre à demi la porte de son bureau. Transparence et accessibilité : il faut que ses collaborateurs puissent entrer lui faire part de leurs doléances et de leurs griefs. Ils doivent pouvoir l'entendre téléphoner, le voir écrire des rapports, se rendre compte qu'il s'échine à maintenir le cap de ce navire à la dérive. Il n'y a aucun bruit dans le couloir. L'équipe de nettoyage ne vient que deux fois par semaine et sa secrétaire a été obligée de passer à mi-temps.

Est-il déçu ? Il repense avec nostalgie à la période qui a immédiatement suivi l'inauguration du bâtiment, aux ensembles intéressants et aux solistes renommés qui venaient alors jouer, soir après soir. Aux remarques bienveillantes des journalistes sur sa programmation. Aux salles encore fréquentées par le public. Puis les subventions se sont taries, les prix ont augmenté et la fréquentation a décliné. Certains ensembles ont disparu, des orchestres ont été dissous. Il a été le témoin de tout cela. Les trous dans la programmation, il les a comblés avec du commercial : salons, défilés de mode, soirées d'entreprise. Il le déplore, mais constate au fond de lui-même une vague curiosité, presque une sorte de jubilation liée à cette déchéance progressive. Il ne sait absolument pas d'où vient ce sentiment, mais se rend bien compte que cela l'aide à continuer.

L'étui renfermant son violon est posé sous son bureau. Et s'il prenait une petite heure pour étudier ? Il pourrait aller se placer sur la scène inoccupée. L'acoustique de la grande salle était réputée dans le monde entier. Allez, se prendre pour un soliste, résonner, remplir l'espace. Il attrape l'instrument et s'éloigne à travers les couloirs déserts.

En fin d'après-midi, il se rend à vélo à l'hôtel de ville. L'adjointe au maire a elle aussi laissé sa porte ouverte. Les cheveux effilés, d'un blond décoloré, la bouche maquillée de rouge flamboyant, elle est occupée à taper sur son clavier d'ordinateur. Elle lève un instant la main gauche, lui fait signe de s'asseoir et continue de taper jusqu'à ce que, d'un geste théâtral, elle s'immobilise, les dix doigts suspendus en l'air – une pianiste juste avant l'accord final. Puis, décrivant de l'index un grand arc de cercle, elle appuie sur la touche d'envoi. Et maintenant, se dit-il, levons-nous pour applaudir. Dommage que je n'aie pas de bouquet de fleurs.

"C'est bien d'avoir pu vous libérer aussi rapidement. Pas très occupé, j'imagine ?"

Son fiel est évident, même si elle n'ose pas me demander directement comment je vais, de peur que j'éclate aussitôt en reproches et en jérémiades.

"Un verre d'eau, merci", lui répond-il lorsqu'elle l'invite à boire quelque chose.

Pendant que l'adjointe au maire s'occupe des verres et des bouteilles (quelle preuve d'intimité, d'ailleurs, qu'elle se charge de tout cela elle-même, certainement pour lui donner l'impression d'être un hôte de marque), il regarde par la fenêtre. Vue sur l'eau, comme de son bureau à lui. Des touristes, un marchand de glaces, des bateaux. Quel effet ça ferait de sauter dans l'une de ces embarcations et de prendre le large ?

Il entend l'adjointe au maire évoquer une "mauvaise impression". Elle parle déjà depuis un moment, mais il n'écoutait pas. Lors d'un tour en bateau avec une délégation chinoise, elle avait longé le Centre, qui ressemblait à un colosse plongé dans les ténèbres. Sans aucune activité. Le lendemain soir, l'endroit était encore vide : elle l'avait personnellement constaté en passant à vélo. Pas de pire publicité pour la ville, qu'elle-même entend positionner comme "en effervescence". Avec ce bâtiment inoccupé, Hugo lui met des bâtons dans les roues. Et lui, comment voit-il les choses ?

Il la dévisage, amusé.

“Je ne pense pas qu'il soit nécessaire de revenir sur les problèmes d'exploitation. Vous savez très bien que je n'ai pas les moyens de remplir ces locaux. Initialement, les espaces de bureaux devaient être occupés par les ensembles, par le Chœur de chambre des Pays-Bas, par l'Orchestre de la Capitale, par l'Agence culturelle. Mais le loyer était trop élevé pour ces structures, ou bien elles ont été dissoutes. Résultat des courses : le grand vide. Maintenant, je loue à une société de bateaux-taxis, à un cabinet d'avocats un peu louche et à un type qui recrute des Roumains pour la criée aux fleurs. Rien à voir avec la musique, mais c'est complet. Les salles sont plus difficiles à remplir, c'est pourquoi nous faisons relâche environ trois ou quatre soirs par semaine. Et là, j'éteins la lumière.

— Je souhaiterais vous aider sur ce point”, dit l'adjointe au maire.

Holà, qu'est-ce qui se passe ? Va-t-elle finalement lâcher une subvention ?

“J'ai d'ailleurs entendu dire que vous avez eu beaucoup de succès récemment avec un petit orchestre invité. À guichets fermés.

— Un quatuor à cordes. Célèbre dans le monde entier, sauf ici. Nous avons mis la place à trois cent cinquante euros. Mais on ne peut pas faire ça trop souvent.”

L'adjointe au maire approuve.

“Oui, oui. Vous avez raison, rien ne sert de discuter des aides à la programmation. C'est tellement dépassé, aussi. Vous ne voulez tout de même pas être à la remorque de l'État ou de la commune ? On vous a embauché pour votre créativité, pour votre capacité à penser hors cadre. Moi, je fais mon possible pour vous donner toute l'autonomie nécessaire à cet égard. Mais venons-en au fait. J'ai besoin d'un lieu permettant de recevoir avec distinction des groupes assez nombreux. Un espace prestigieux, un fleuron pour la ville. Les visiteurs doivent pouvoir s'y restaurer, prendre un verre, mais aussi écouter des discours. De quoi s'amuser un peu, passer un bon moment dans une belle salle. De cette façon, je réglerais votre problème de locaux vacants. Nous accueillons de plus en plus de missions économiques, la ville se transforme en lieu de rencontres pour les entreprises du monde entier. En tant que municipalité, nous nous focalisons là-dessus. C'est un axe prioritaire de notre politique.

— Je peux vous faire établir un devis, répond tranquillement Hugo. Il y a toutes sortes de possibilités : avec ou sans dîner, dans les foyers ou à l'intérieur de l'auditorium, avec équipement de base ou avancé pour le son et l'éclairage… Envoyez-moi vos besoins détaillés par e-mail et vous aurez une réponse dans la journée."

L'adjointe au maire sourit et fait non de la tête.

"Ce n'est pas ce qui a été convenu entre nous, dit-elle. Cet édifice, c'est moi qui l'ai fait bâtir. J'ai tout financé : le terrain, les architectes, la construction. Tout. À mes yeux, il est complètement naturel que j'aie le droit d'organiser une petite fête de temps en temps au profit de la ville. Sans bourse délier. Gratuitement, donc.

— Et la facture d'énergie ? Le personnel du vestiaire ? De la restauration ? Les portiers ?

— Sur les boissons et les comestibles, nous pouvons nous accorder, je pense. Pour le reste, c'est *peanuts*, je ne veux même pas en parler. Vous devriez vous réjouir que votre bâtiment puisse remplir une fonction importante. Ce n'est pas avec cet esprit de boutiquier que vous allez vous en tirer."

Bouger de là, se dit-il. Ne pas discuter. Ne pas faire de raffut, ça ne sert absolument à rien. Tout ce qui compte, c'est comment sortir d'ici le plus vite possible.

Il consulte sa montre et se lève, presque en sursaut.

"Écoutez, dit-il. J'en parle demain avec mon staff et je vous rappelle."

Mon staff, repense-t-il après avoir enfourché son vélo. Si elle savait... Mon staff, c'est moi. Il file sur la berge en ricanant. De grands navires rejoignent la mer, longeant les plus beaux édifices que la ville ait à offrir. Le musée d'art contemporain, le nouveau palais de justice et là-bas, au loin, son centre à lui. Autant de chantiers catastrophiques : entrepreneurs incompétents, retards considérables, dépassements budgétaires à n'en plus finir. Personne ne s'est interposé, car tous les fonctionnaires municipaux en mesure d'exercer le moindre contrôle sur le projet avaient été soigneusement achetés.

Aujourd'hui, le site est impressionnant. Il faut juste ne pas penser aux ravages souterrains. À vingt mètres de profondeur se déchaîne une bataille perdue d'avance pour doter la ville d'un réseau de métro en état de fonctionner. Infiltrations, matériels défectueux, vols à grande échelle. Sous la terre : des tronçons de tunnel s'avérant impossibles à raccorder les uns aux autres ; en surface : des maisons qui s'affaissent. Mais ici, depuis la piste cyclable au bord de l'eau impassible, la vue est magnifique. Une fête se tient au musée, il y a des gens sur la terrasse qui regardent passer les bateaux, un verre à la main. Même le tribunal, à cette heure avancée, présente encore des signes d'activité, on voit des véhicules de sécurité et des grilles qui s'ouvrent et se referment en coulissant.

Hugo passe devant sa propre boutique, une grande masse de verre gris foncé. Elle occupe le meilleur emplacement, mais a l'air d'une immense ruine fantomatique… Il se met à rire, un passant le dévisage, étonné. Puis, arrivé chez lui, il accroche sa bicyclette au garde-fou de la passerelle. Avec satisfaction, il regarde les herbes et les plantes grasses qui poussent sur le toit de l'énorme péniche. Encore un petit jogging ? Allez, pourquoi pas.

6

Il n'est pas facile de se garer le soir dans l'avenue Solander, mais Caroline a de la chance. Non loin de chez son professeur, une grosse voiture quitte sa place de stationnement. Un créneau et le tour est joué. Elle paie avec son téléphone et extirpe le violoncelle de la banquette arrière. L'étui ressemble à une peau de poisson, lisse et brillant, comme recouvert d'écailles humides. Il est équipé de sangles permettant de porter l'instrument à la manière d'un sac à dos.

Chez Van Aalst, les rideaux sont tirés, mais en s'approchant de la maison, Caroline a l'impression de voir bouger quelque chose – serait-il aux aguets ? Oui, sûrement, il l'attend avec impatience, sa préférée, sa seule élève. Ou bien il se méfie, comme toutes les personnes âgées, et il veut savoir qui sonne à la porte avant d'ouvrir.

Il y a un quart de siècle, au conservatoire, elle l'avait eu comme professeur pendant trois ans, jusqu'à ce qu'elle décide de donner priorité à ses études de médecine. La situation des musiciens sur le marché de l'emploi se dégradait d'une année à l'autre et rien ne semblait indiquer un prochain renversement de tendance. Caroline voulait de la sécurité. Elle voulait de l'argent, des enfants. Elle voulait faire quelque chose d'utile, qui servirait aux gens et leur inspirerait de la gratitude. Jochem l'avait encouragée dans ce sens. Il voit toujours loin, lui, il sait ce qui va se passer. Les gens tomberont toujours malades et auront toujours des soucis de santé, avait-il dit, mais personne ne sait s'ils auront encore envie d'écouter des suites pour violoncelle. Il avait vu juste. Ce qui ne l'avait pas empêché de continuer la lutherie comme si de rien n'était, sourd à ses propres conseils.

Elle sonne et aussitôt la porte s'ouvre, laissant apparaître un visage grimaçant de douleur. Le professeur paraît plonger son regard derrière elle, dans la rue obscure où le vent du soir agite doucement les branches des grands arbres.

"Bonsoir, dit-elle. Tu m'attendais bien, n'est-ce pas ?"

Des frissons traversent le vieil homme ; puis il reprend possession de son corps et la regarde dans les yeux.

"Bien sûr. Je me réjouissais de ta venue. Entre donc. Je te suis. Mon genou me fait des misères aujourd'hui."

Elle dépose son instrument dans le salon de musique, le glissant à moitié sous le piano à queue, couché sur le flanc. Elle entend claquer la canne sur le sol du couloir. À longs intervalles. Le bruit disparaît derrière la porte de la cuisine. Dois-je faire quelque chose, se demande-t-elle, lui dire de venir s'asseoir, l'aider, me charger de la cérémonie du thé ? Pas envie. Je laisse faire. Comment expliquer que je me retrouve ici, aujourd'hui, alors que tout a changé ? Que lui et moi nous soyons ici ensemble ? Avec des violoncelles. Il y a vingt-cinq ans – j'en avais dix-huit et lui se trouvait dans la force de l'âge – quel émoi ! Cette sensation d'être amoureuse, il faut bien le reconnaître, cette faculté de trouver la musique si importante que le reste de l'univers ne comptait plus… J'étais d'un talent moyen, rien d'exceptionnel. Mais je travaillais dur et je n'étais pas bête. C'est ce qui lui plaisait. Lui et son quatuor, ils étaient magnifiques, toute la classe de violoncelle allait les écouter avec délices lorsqu'ils se produisaient quelque part. Comme ils étaient souvent en tournée, c'est son assistant qui nous donnait des cours de technique pendant ce temps. J'ai passé mes années de conservatoire dans un état permanent d'euphorie, de rêve. Musique de chambre, orchestre, concerts de classe… Je me rendais bien compte qu'au-dehors il y avait un autre monde, un monde de problèmes, de devoirs et de responsabilités, mais je réussissais à ne pas y penser et à faire comme si ma formation musicale avait lieu entre les murs d'un royaume céleste, à la manière d'un enfant qui vit pendant quelque temps une existence imaginaire. Je n'ai retrouvé mes esprits qu'après avoir rencontré Jochem. Faire médecine. J'étudiais pour ainsi dire avec un cerveau différent, presque comme quelqu'un d'autre. Le violoncelle est resté à l'abandon dans son étui. Les cordes se sont cassées, le crin de l'archet s'est desséché. Un délabrement invisible. Je ne voulais même pas que Jochem jette un coup d'œil aux dégâts. Je déambulais dans les laboratoires et les salles d'opération. Les soirées n'étaient pas longues, car il fallait se lever à six heures le lendemain.

Elle entend comme un remue-ménage et des bruits de tasses qui s'entrechoquent dans la cuisine. Avec une canne à la main, il ne va pas pouvoir porter le plateau, elle doit y aller. Je suis en train de lui faire faux bond, comme à l'époque, se dit-elle. Du jour au lendemain, l'instrumentiste obsessionnelle et passionnée que j'étais, prête à partager son amant avec la carrière et l'épouse de celui-ci, s'est transformée en une jeune femme socialement responsable, sur le point d'emménager avec son ami pour avoir des enfants et apprendre un vrai métier. Tout s'est envolé d'un coup : le sentiment amoureux, l'illusion de la vie musicienne, la bulle où elle avait vécu pendant trois ans.

Elle se dirige vers la cuisine. Il s'en est quand même bien sorti : des tasses prêtes à servir, une théière fumante… Sans rien dire, elle s'approche de l'évier, soulève le plateau et l'emporte dans le salon.

Après leur abrupte séparation, ils ne s'étaient pas revus, ils vivaient dans des univers différents. Elle supportait mal de penser à ses années de conservatoire, cette période lui manquait tellement qu'elle préférait fuir devant la douleur. C'était facile pour elle, évidemment accaparée par son mariage, par les grossesses, par les études. Elle lisait de temps à autre dans la presse un article sur lui, sur la dissolution de son quatuor, sur son départ du conservatoire, sur ses voyages à travers le monde avec les suites pour violoncelle. Elle n'allait plus aux concerts.

Une fois tous les deux assis, ils se regardent en silence. Sous la lumière jaunâtre de la lampe, elle reconnaît le visage d'autrefois dans les plis et les rides de cette trogne de patriarche. Elle voudrait sourire, mais ses joues sont figées. Il se penche pour prendre sa tasse de thé. La canne appuyée contre sa chaise tombe à grand fracas sur le sol.

Mais qu'est-ce que je veux ? se demande-t-elle dans un accès de panique. Parler ? Parler vraiment ? Est-ce ce que j'ai réellement envie de savoir ce qui se passe dans sa tête, est-ce que ça me soulagerait de lui dire comment je me sens ? Je ne pourrais pas trouver les mots, je ne saurais pas où me mettre. Je m'observerais de loin, avec mépris. Je me sentirais gênée s'il commençait à se plaindre de sa vie, impuissante aussi. Mais bon. Par où commencer ?

"Tu sembles tendue. Tu crois que tu vas réussir à maigrir encore ?"

Elle rit, enfin.

"Facile, répond-elle. Ma vie est une course de vitesse permanente. C'est très bien comme ça, tu sais, je ne souhaite pas faire autrement. Je ne peux même pas."

Il secoue la tête.

"C'est ennuyeux, le vide. On se met à gamberger. J'en sais quelque chose, moi qui passe mon temps à ruminer ici. J'ai une grande admiration pour toi, pour vous deux. Mais tu te ruines la santé. Tu sais, ma grande, tu peux croire que ta vie a tourné au gâchis, c'est d'ailleurs ce que je pense régulièrement de la mienne, mais tu peux aussi tenter d'accepter les choses telles qu'elles sont et t'accommoder de la manière dont tu affrontes la situation. Les revers de fortune ne sont pas de ta faute et tu ne peux ni rétablir ni annuler quoi que ce soit. Lorsque je travaillais encore, je n'envisageais pas une seconde qu'une musique comme la nôtre puisse un jour disparaître, que les gens cessent de l'apprécier et que le gouvernement n'y consacre plus un sou. Qu'il y ait quelque chose d'un peu décalé, d'un peu suspect à travailler du matin au soir sur un instrument. C'est pourtant ce qui s'est passé. Je le ressens comme une claque en pleine figure, comme un affront. Mais ce sont les fluctuations du temps, je n'y peux rien, cela ne dépend pas de moi. Voilà comment j'essaie de voir les choses."

Il se tait un instant.

"Je n'ai pas le droit de me comparer à toi. Les musiciens sont tellement égocentriques… Encore un peu et je passe toute la soirée à parler de moi ! Je voulais juste donner un exemple, rien de plus."

Caroline se réarrange sur son siège, embarrassée. L'intention est bonne, se dit-elle, il cherche à m'aider. Mais qu'il m'indique plutôt les doigtés pour la partition de Dvořák, ça me servira au moins à quelque chose. Son boulot, c'est prof de violoncelle, pas psychothérapeute.

"Et ce mal au genou, il a empiré à ce point ? Tu marchais nettement mieux la dernière fois que je suis venue. Ça te fait souffrir ?"

Van Aalst opine du chef et tend la main vers son genou.

"La nuit ?

— Oui, surtout la nuit. Dans la journée, je fais avec. Le tout est de ne pas trop forcer sur l'articulation. Avec la canne, ça peut aller.

— Qu'est-ce que tu prends comme antidouleur ? Ton généraliste t'a prescrit quelque chose ?

— Je fais de l'automédication. Avec de l'aspirine. Je la supporte bien.

— Mais il te faut quelque chose d'autre ! De plus fort que ça ! Demande à ton médecin !

— Je ne vais pas chez le généraliste. Là-bas, quand on ne peut plus marcher, ils vous collent une étiquette de grand dépendant. Je n'y tiens pas du tout.

— Il y a peut-être moyen d'arranger ça, en opérant – remplacer le genou ou bien fixer l'articulation. Dans tous les cas, tu peux avoir quelque chose de plus efficace contre la douleur.

— Tu ne pourrais pas me faire une ordonnance ?"

Elle l'observe avec attention. Il faut vraiment qu'il ait peur pour s'adresser à elle en tant que thérapeute. Il préfère d'habitude la voir comme une musicienne, sans doute peu courageuse, sans doute ratée, mais du moins comme une musicienne ayant conservé sa passion. Ses histoires médicales ne l'ont jamais vraiment intéressé. Quel âge peut-il bien avoir ? Probablement dans les quatre-vingts ans. Mais il a l'air si usé qu'on lui donnerait beaucoup plus. La médecine pour adultes et la gériatrie ont beau être devenues des spécialités totalement différentes, ce n'est pas seulement l'âge qui délimite la frontière entre les deux. Caroline pense au profil d'autonomie fonctionnelle et la grille d'évaluation lui apparaît à l'esprit. Capacité à effectuer les travaux ménagers, à faire les commissions, mobilité, gestion, productivité, hygiène. Une liste sans fin de réponses à cocher. Trop de cases laissées vides ? On procède alors au "transfert" du patient, qui ne reviendra plus au cabinet médical. Caroline n'a jamais de nouvelles de ces disparus, elle ignore ce qui se passe dans les maisons de retraite et ne cherche pas non plus à le savoir. Son professeur, lui, s'en alarme, elle le voit bien. Il gravit sans doute une à une les marches qui mènent à l'étage, le soir, prenant appui sur sa canne et s'accrochant à la rambarde. Tout vaut mieux que d'aménager une chambre au rez-de-chaussée, de faire installer une douche, d'acheter un monte-escalier. Pour lui, ça doit être risqué. Suspect. Il ne veut pas attirer l'attention sur son infirmité. A-t-il raison ? Elle ne peut pas en juger. Les vieilles personnes ont des lubies, des idées sclérosées qui leur paralysent l'esprit, elles ne sont plus capables de questionner une réalité qui leur est tout simplement devenue insaisissable. Caroline soupire.

“Je peux examiner ton genou ?”

Il acquiesce et elle entreprend de lui retrousser le bas du pantalon. Une jambe chétive, d’un blanc grisâtre, apparaît. La chaussette de couleur foncée repose mollement sur une chaussure ergonomique à semelle de crêpe.

Caroline réprime un frisson. Puis elle s’agenouille devant son professeur de violoncelle. Elle repousse encore un peu la jambe du pantalon, en solide coton bleu marine, afin de dégager entièrement le genou. Mon Dieu, se dit-elle, il a vue plongeante sur mon décolleté, qu’est-ce qu’il va penser, se remémorer ? Je dois poser les mains sur cette jambe desséchée, les cellules mortes vont pleuvoir de partout, il va sentir la chaleur de ma peau sur son cuir de vieillard anémique. Mais qu’est-ce qui me prend de faire ça ?

Faussement nonchalant, il sifflote un morceau de suite pour violoncelle – qu’est-ce que c’est ? Une gavotte ? Une bourrée ? Ne pas lever les yeux, ou bien je ne vais voir que son entrejambe. À l’entendre, il respire mal : capacité pulmonaire limitée ou excitation ? Ne pas penser, agir, prendre son genou entre mes mains. L’articulation est-elle enflée, échauffée, souple, douloureuse ? Elle palpe avec précaution les os et les ligaments.

“Arthrose, dit-elle. Le cartilage est complètement usé, la douleur provient du frottement des os entre eux. Il n’y a plus de coussinet au milieu. Et l’autre jambe ?

— Rien à signaler, répond-il doucement.

— Si tu ne veux pas aller jusqu’à l’opération, tu peux toujours essayer une orthèse. C’est une attelle qui bloque l'articulation, comme ça il y a moins de risques de frottement."

Elle pose un instant sa main sur l'autre genou, par-dessus l'étoffe cette fois-ci, car elle n'a aucune envie d'une nouvelle mise à nu. Ce n'est pas aussi chaud, pas aussi gonflé – du moins en apparence.

Maladroitement, sans grâce, elle se relève. J'aurais dû rabattre sa jambe de pantalon, se dit-elle. C'est bête. Manque d'attention. Les mains – qu'elle aurait soudain voulu laver – sur les hanches, elle l'observe se débattre avec le tissu.

"Prends ton violoncelle, dit-il. On se met au travail."

7

Heleen vient de raccompagner son mari et ses trois fils jusqu'au seuil. Ils sont partis à vélo, un sac de sport posé sur leur guidon. Tous portent un blouson d'aviateur et une casquette qui n'est plus de leur âge. Soirée d'entraînement au club de foot. Elle retourne à la cuisine pour débarrasser la table. Aussi copieux que soient les repas qu'elle leur prépare, ils n'en laissent jamais une miette, vidant leur assiette à un train d'enfer pour aussitôt se resservir abondamment.

Ils apprécient ma cuisine, se dit-elle, je n'ai pas à me plaindre. Je devrais juste éviter de suivre leur rythme. Manger plus lentement, réduire mes portions. Elle hausse les épaules en soupirant. Si ça me dérangeait vraiment, j'essaierais d'y faire quelque chose, non? Comme dit Henk, on peut être à la fois grosse et belle. Comme cette chanteuse de blues extrêmement corpulente, vue un jour à la télévision – on aurait dit un tonneau, elle n'était véritablement pas montrable... jusqu'au moment où elle s'est mise à chanter. Un morceau combatif, rapide, plein de vie. Elle bougeait sur ce rythme enlevé, sautillait sans effort apparent. À chaque petit bond, elle propulsait en l'air ses deux cents kilos, pas même essoufflée. Elle s'était métamorphosée en une femme belle, tonique, inspirant confiance par la seule grâce de sa masse compacte, qui semblait parfaitement naturelle. Heleen aimerait bien être grosse de cette façon-là, ça ne la gênerait pas. Alors que perdre haleine au bout de trois pas et transpirer sans arrêt, c'est ennuyeux et ça fait honte.

Elle repense à cette expérience vécue à l'école d'infirmières : une femme obèse dans un lit renforcé, la chair de son ventre phénoménal retombant en besace – un tablier abdominal, leur avait-on expliqué. Il lui avait fallu soulever les pans de graisse pour nettoyer le creux de l'aine et les bourrelets adipeux formés sur les cuisses. Ces crevasses abritaient des mycoses et des bactéries qui détruisaient la peau et causaient des douleurs atroces chez la patiente. Armée de désinfectants, de sulfamide en poudre et de pommade à la pénicilline, Heleen s'était attaquée aux dégâts. C'était répugnant. Un amas de plis sans forme. Alors ça, non, jamais.

Elle se donne une petite heure pour travailler sa musique maintenant que les gars sont partis. Elle prend le violon, l'harmonise. Depuis qu'elle l'a fait régler par Jochem, l'instrument tient bien l'accord et produit un son qui lui correspond mieux : moins saillant (tranchant, comme elle dit) et plus ample, plus doux, sans pour autant perdre de sa substance. Elle se met à jouer lentement toutes les notes de la gamme.

Avec trois enfants et un travail, on apprend à profiter du moindre moment disponible entre les différentes activités quotidiennes. Quand elle a un quart d'heure, elle ne se dit jamais qu'on ne peut rien faire en si peu de temps. Au contraire, elle sort le violon de son étui et se met à étudier un passage.

Elle pratique la musique depuis son plus jeune âge, toujours honnêtement, avec justesse et application – et sans véritable ambition. Elle n'a commencé à y prendre plaisir qu'en jouant avec d'autres, en écoutant ce que faisait le premier violon et en se réglant sur lui de sorte que le tout devienne supérieur à la somme des parties. Elle ne sait pas ce qu'elle ferait si elle était assise à la place du numéro un, mais elle devine sans jamais se tromper les intentions de celui-ci et lui apporte son appui. Il ne s'agit pas seulement de servir l'autre et de s'adapter en permanence : Heleen est également capable de relever un peu le tempo ou de prendre l'initiative lors d'un changement de couleur sonore. Elle incarne l'idéal du second violon, tout le monde le dit. C'est un don, se dit-elle dans un élan d'autodérision ; elle se moque, mais avec un certain contentement.

Il est déjà l'heure d'aller à son "atelier d'écriture", comme elle le nomme. Une fois par mois, ils se réunissent à cinq ou six dans une salle de la maison de quartier, relique du passé aux plafonds bas et au décor émaillé d'accents orange et marron. Les autres participants, quatre femmes et un homme, sont déjà installés devant une table en formica lorsque Heleen arrive essoufflée, déboutonnant son manteau. Ils regardent en silence un type au costume fripé qui se tient, malhabile, près du vieux tableau noir. Lui aussi se tait.

"Il n'y a pas de thé ?" demande Heleen. Personne ne répond. D'un pied en crochet, elle tire une chaise de dessous la table et s'assied.

"Quelque chose ne va pas ?"

L'homme fripé s'éclaircit la gorge. "Comme je le disais, je représente la municipalité. À compter du mois prochain, ces locaux ne seront plus disponibles. Nous nous voyons en effet dans l'obligation de nous séparer de certains biens immobiliers. Cela signifie que vous ne serez plus en mesure d'utiliser cet espace. Malheureusement.

— Mais ce que nous faisons, c'est du bénévolat ! réagit la femme assise à côté d'Heleen. La Ville est censée soutenir ce genre d'activités, non ? Vous pourriez au moins nous proposer un local de remplacement."

L'homme transpire. Heleen le voit s'essuyer furtivement la paume des mains sur son pantalon.

"Cela ne fait pas partie de mon mandat. Je suis simplement venu vous annoncer qu'ici, c'est terminé. L'eau et l'électricité vont être coupées. Point final. Voilà de quoi il s'agit."

Le seul homme de la tablée redresse les épaules. Heleen voit qu'il s'apprête à protester. Ces cheveux un peu trop longs, cette chemise entrouverte, ce pull-over tricoté, à quoi ça rime ? Y a donc pas de gens normaux pour faire ce qu'on fait ici ? Mais rien ne prouve qu'il n'est pas normal, se reprend-elle, je ne devrais pas me fier autant aux apparences.

"Agir pour la communauté, conclut le bénévole. On parle d'un groupe jeté au rebut de la société. Dont personne ne s'occupe. Un groupe d'ÊTRES HUMAINS. C'est tout ce que je dis."

Heleen jette un coup d'œil autour d'elle. Les autres femmes, apathiques, contemplent leur bloc-notes. Le fonctionnaire municipal affirme que l'objectif de leurs activités ne lui a pas été précisé.

"C'est un cours d'écriture ?

— Vous savez quoi ? dit Heleen. Nous allons nous concerter. Merci d'être venu. Et bonne soirée."

“J’ai été prise de colère, s’excuse-t-elle une fois que l’homme est parti. Je pensais au concierge, il va sûrement perdre son emploi. Pour nous, ça va finir par s’arranger, on peut éventuellement se réunir chez moi.

— La direction de la prison devrait nous fournir un local, dit l’homme au pull. On travaille pour eux, que je sache. Personne ne dira le contraire.”

Heleen hésite.

“J’ai parfois l’impression qu’ils nous trouvent embêtants. Et aussi un peu bizarres. Après tout, qui a envie d’écrire à des criminels ? À des assassins ? À des violeurs d’enfants ? À des maîtres chanteurs sans aucun scrupule ? Moi, j’y crois, honnêtement, parce que ces gens sont totalement exclus. On ne souhaite ça à personne. Mais je peux m’imaginer que la direction nous considère comme des enquiquineurs. Toutes ces lettres à censurer, ça prend du temps.

— À censurer ? Allons donc, je ne vois pas ce qu’on peut écrire de dangereux, objecte la voisine d’Heleen. On n’a pas le droit de parler de notre vie privée parce que ça les rendrait jaloux, pas le droit d’évoquer le délit, pas le droit de tisser le moindre lien personnel. C’est souvent la croix et la bannière pour trouver quelque chose à dire. Avec tous ces interdits, il ne doit plus y avoir beaucoup d’informations sensibles dans nos lettres. Je vais faire du thé.”

Une fois le calme revenu, chacun se penche sur son bloc de papier. Heleen noircit les pages d’une écriture nette et lisible. Trois lettres. Elle n’est jamais à court de sujets, racontant tout simplement ce qui lui passe par la tête. Mais elle ne parle pas des ombelles qui fleurissent partout en ce moment, ce serait trop pénible pour quelqu’un qui n’est pas autorisé à sortir. Elle se représente la vie d'un détenu, s'interroge sur ses occupations. Manger, regarder la télé, peut-être faire de la gym ou quelque chose dans ce genre, de la musculation, tout ça. Les sujets d'actualité sont moins risqués, elle pourrait mentionner l'ouverture du nouveau palais de justice, si beau là-bas au bord de l'eau, ou bien serait-il possible que ses correspondants aient à y comparaître pour d'autres affaires en cours ? Le sport passe toujours bien, surtout le football. Parfois, elle regarde un compte rendu de match, juste pour avoir quelque chose à écrire dans ses lettres : elle n'y comprend rien, mais note soigneusement l'impression que lui font ces jeunes sportifs. Conformément aux consignes, elle n'évoque sa propre situation qu'à mots couverts, laissant entendre qu'elle travaille dans le secteur de la santé – peut-être comme diététicienne ou kinésithérapeute – et qu'elle fait de la musique, mais sans préciser de quel instrument.

Dans ses courriers, l'homme au pull-over explique ce qu'est le socialisme, a-t-il dit un jour. La voisine d'Heleen commente les livres qu'elle a lus, afin d'encourager les détenus à fréquenter la bibliothèque de la prison. De son côté, Heleen préfère leur parler de cuisine et de composition des menus. On pourrait tout aussi bien leur envoyer chaque mois une page blanche, éventuellement marquée d'un "Salut !" bien senti. Qu'ils sachent au moins qu'on pense à eux, qu'on ne les oublie pas. Mais non, ce serait du cynisme, elle ne veut pas être comme ça. Avec ferveur, elle évoque les magnifiques émissions diffusées par la chaîne de musique classique : il faut un peu de temps pour s'y habituer quand on n'en a jamais entendu, mais c'est très enrichissant. La musique remédie à tout. Que les prisonniers la tiennent pour folle, elle en prend son parti, ce n'est pas ce qui l'intéresse. Elle continue d'écrire d'une traite jusqu'à ce que toutes les lettres soient terminées. Demain, c'est quatuor, elle s'en réjouit déjà.

8

Il faut repousser la longue table sur le côté, contre le mur, de sorte qu'il y ait suffisamment de place pour s'asseoir en rond tous les quatre et répéter devant la grande fenêtre qui donne sur l'eau. Hugo déplace le meuble massif et y pose à l'avance les tasses ainsi qu'un paquet de gaufres au caramel. Son violon est appuyé debout sur le canapé, contre les coussins, comme un bambin observant le salon avec curiosité. La petite n'est pas là, elle passe la journée chez sa mère ; ils peuvent donc commencer tout de suite à faire de la musique sans se charger d'un enfant à mettre au lit, sans s'inquiéter de son endormissement, sans sursauter à l'apparition soudaine d'un bout de chou en chemise de nuit blanche.

À la naissance du bébé, il y a bientôt trois ans, Hugo avait déjà quitté la maman. Leur couple s'était avéré une erreur et cette grossesse en constituait le couronnement amer. À son grand étonnement, Hugo avait éprouvé de la joie à l'arrivée de l'enfant et il avait tout naturellement demandé à exercer son droit de garde. Son ex n'avait pas fait de difficultés, au contraire, il n'y avait jamais eu de frictions sur le partage de l'autorité parentale, ni sur les allers-retours incessants entre sa maison à elle et son bateau à lui.

Hugo était un papa non conventionnel, il emmenait la petite au bureau, dans un porte-bébé, et travaillait son violon le soir en laissant bien ouverte la porte de la chambre où elle dormait. Le seul jour de la semaine où il avait réellement besoin d'une nounou, c'était le jeudi. Il passait en effet l'après-midi en réunion avec ses collaborateurs et recevait des professionnels de la culture. Ensuite, ils allaient boire un verre. La première fois que cette situation s'était produite, Hugo avait, en désespoir de cause, frappé à la porte de Caroline, qui, à l'époque, restait à la maison car elle n'était pas encore en état de reprendre le travail. Il savait qu'elle avait du temps libre et rejetait toutes les raisons de ne justement pas la déranger, elle. Nécessité fait loi, pensait-il, on se connaît depuis une éternité, du temps du conservatoire même ; elle n'a pas besoin de trouver ça drôle, du moment qu'elle est là pour le bébé, qu'elle lui donne le biberon et qu'elle lui change ses couches de temps à autre. En pleurant, s'il le faut. Ce sera juste pour une fois, je me confondrai en excuses, je reviendrai chercher Laura dès que mes dignitaires auront tourné les talons.

À peine Caroline avait-elle ouvert la porte qu'il lui avait flanqué l'enfant entre les bras et balancé le sac de changes dans le couloir de l'entrée.

"Je suis vraiment navré, s'était-il écrié d'une voix un peu trop forte. Je file, je suis déjà en retard, désolé de t'importuner, je meurs de honte, à très vite, il lui faut son biberon dans une heure..."

Elle avait accepté la petite sans rien dire, la posant d'un geste assuré contre son épaule, puis avait refermé la porte en douceur une fois qu'Hugo eut fait demi-tour.

En est-elle capable, s'était-il demandé chemin faisant, est-ce bien prudent, se pourrait-il qu'elle fasse quelque chose au bébé, va-t-elle sombrer encore davantage dans la dépression, qu'est-ce qui m'a pris de la choisir, elle, pour garder Laura ? Il avait assisté à la réunion sans y prêter aucune attention, devenant de plus en plus inquiet jusqu'à se retrouver dans un état de panique totale sur le coup de dix-huit heures. Il n'enregistrait plus ce que les agents du ministère avaient à dire, désobligeait ses propres collaborateurs et sabotait complètement son travail de président de séance. Ça m'apprendra, se disait-il. Ne plus recommencer, jamais. Fixer mes priorités. La petite en premier. Les réunions en deuxième, ou plutôt en troisième. Il était retourné à toute vitesse chez Caroline.

Jochem avait ouvert la porte, amaigri et usé. En vêtements sales, aussi.

"Ça va bien, ne te fais pas de souci, avait-il dit d'emblée. On n'en espérait pas tant. Entre vite."

Hugo ne savait plus quoi penser. Confus, il avait traversé le couloir d'un pas maladroit avant de pousser la porte du salon. Plus loin, au milieu de la végétation vert pâle qui emplissait la véranda, Caroline était assise sur une banquette, les genoux repliés, le bébé dans les bras. Le biberon vide était posé près d'elle, sur le sol. Hugo s'était approché doucement. Elle chantait. Elle fredonnait une berceuse. Tranquillement blottie contre elle, les yeux grands ouverts, l'enfant regardait avec attention ce visage étranger, sa petite main refermée autour du doigt de Caroline.

Jochem avait donné un coup de coude à Hugo et l'avait invité d'un signe de tête vers la cuisine.

“Elle nous entend, mais elle s’est coupée de nous et de tout le reste. Elle ne veut avoir de contact qu’avec le bébé. Un whisky ?”

Ils avaient trinqué.

“J’étais fâché que tu oses lui demander de garder la petite, avait confié Jochem. Je pensais que ça créerait des ennuis. Mais cet après-midi, en la voyant, je me suis tout de suite rendu compte que c’était exactement l’inverse. Elle a cette faculté, tu sais, elle comprend l’enfant de façon intuitive. Ça lui fait du bien de voir qu’elle en est toujours capable.”

Hugo avait encore une fois présenté ses excuses, mais Jochem les avait écartées d’un revers de la main.

“On est là, jour après jour, à vivre dans ce vide absurde. Alors c’est bien que quelqu’un fasse appel à vous, vous donne l’impression d’avoir besoin de vous. Bizarrement, j’ai ça avec mes clients. Un violon désajusté qui grince, concert le lendemain, crise d’hystérie : ça me fait l’effet d’un tranquillisant et je me mets tout de suite au boulot. C’est un soulagement pour moi, un bref moment de calme.”

Voilà comment les choses s’étaient passées. Caroline tenait désormais lieu de tantine un peu particulière pour la petite fille et, après avoir recommencé à travailler, prenait toujours son jeudi afin de passer la journée avec elle.

Hugo se tient au milieu du salon et se balance d’avant en arrière, de la pointe des pieds aux talons. Contre les murs de la barge s’accumulent des objets en pagaille : piles de dossiers, outils de menuiserie, vêtements, partitions, jouets, comme s’il avait tout balayé sur le côté. Il déploie les quatre pupitres et les pose sur le plancher désencombré. Futaie d’acier. Il rangera quand il aura un peu de temps. Mieux vaut ne pas faire ça trop souvent : on a beaucoup plus de satisfaction à attendre que le fatras soit devenu impossible à gérer. Il faut laisser le chaos s'accroître jusqu'à l'insupportable et n'intervenir qu'à ce moment-là. Alors seulement, c'est gratifiant. Principes. Lignes de conduite. Il enlève son violon du canapé, le serre contre son cœur et se met à faire le tour de la pièce à pas lents.

9

Jochem est dans son atelier, l'alto entre les mains. Sur l'établi, la partition du quatuor de Dvořák. Une écriture très subtile pour cet instrument. Tous les grands compositeurs ont joué de l'alto : Bach, Mozart, Beethoven, Schubert, Dvořák aussi à n'en pas douter. C'est un plaisir secret que d'interpréter cette voix dite intermédiaire. Ceux qui tiennent ce genre de partie pour un simple accompagnement sont désobligeants et montrent qu'ils n'y comprennent rien. Les voix intermédiaires colorent celle du soliste au premier plan, elles lancent les modulations, elles traduisent par des sonorités les indications du compositeur. La voix intermédiaire forme également un pont, un lien entre le violon et le violoncelle. Sans alto, l'édifice s'écroule. Sans alto, il n'y a plus que des bribes qui n'ont aucun intérêt. Il faudrait au moins que je répète ma partie, se dit-il. Travailler les passages difficiles. Bien étudier ces solos inattendus, qui ne durent jamais longtemps. Mémoriser les doigtés. Il donne un coup d'archet et prête une oreille attentive au résultat. Un peu trop nasal ? On pourrait faire plus rond. Dans les graves, l'instrument paraît manquer d'ouverture.

Avant même de s'en rendre compte, il a posé l'alto sur l'établi, s'attaquant à l'âme et au chevalet.

C'est toujours comme ça : il essaie d'abord d'accorder l'instrument au mieux, si bien qu'il ne lui reste pratiquement jamais de temps pour travailler sa partie. Heureusement que le déchiffrage ne lui pose aucun problème. Il est bon de jouer de la musique quand on est luthier. Il faut pouvoir saisir intuitivement les aspirations des clients. Leur donner le sentiment que vous comprenez ce qu'ils veulent dire. Pourtant, Jochem parvient rarement à s'expliquer pourquoi les autres n'entendent pas la même chose que lui, comme s'ils n'écoutaient que le cortège des notes produites et non la véritable voix de leur instrument. Ils continuent tranquillement à jouer malgré un chevalet sur le point de basculer ou une table d'harmonie qui bâille, sans même parler des âmes affaissées ou décalées. Systématiquement, il tente de leur inculquer l'amour des sons. Après avoir positionné l'âme à sa juste place en s'aidant d'un crochet à travers l'une des esses, il tend l'instrument au client. Qui donne un coup d'archet, puis un autre, et sourit avec étonnement.

"Vous voyez, dit alors Jochem, toute la différence est là. C'est la base. L'âme doit rester bien en place : faites-y attention."

Parfois, il enrage d'une telle incompétence, d'une telle surdité, et l'envie le démange de faire éclater le pauvre violon sur cette caboche stupide. Il a déjà été tenté de refiler pour très cher un violon français à la sonorité agressive, mais portant une prestigieuse étiquette. Pourquoi se retenir de tromper un client quand celui-ci ne demande qu'à l'être ? Mais il se domine, il reste fidèle à son oreille.

On sonne. Jochem ne se souvient pas d'avoir programmé un rendez-vous. Il appuie sur le bouton de l'ouvre-porte et entend quelqu'un entrer dans le couloir en soupirant. Chocs sourds d'un étui ballotté contre le mur. Cette personne est maladroite, désinvolte, se dit-il. La porte de l'atelier s'ouvre en grand sur une petite femme trottinant derrière un instrument de forme singulière. Jochem fouille dans sa mémoire : ah oui, bien sûr, l'experte en viole de gambe… Elle n'a plus la même couleur de cheveux que la dernière fois. C'est seulement lorsqu'elle se met à parler qu'il la reconnaît pour de bon. Il n'est pas de sens plus fiable que l'ouïe.

Le monde de l'exécution dite authentique est un territoire où Jochem ne s'aventure pas volontiers. Il respecte l'évolution des instruments à cordes et répugne à remettre un violon dans son état d'origine. Moins de son. Qui peut bien le vouloir ? Des tas de gens, à l'évidence. Ils renoncent au vibrato et serrent si fort leur archet qu'ils ne peuvent plus attaquer la note. Les cordes, ils les raclent. Des cordes en boyau nu. Jochem trouve que ça ne ressemble à rien. Seulement, il tient un commerce, alors quand un de ces fanatiques de musique ancienne vient le consulter, il fait de son mieux. Inutile de lui confier une vielle, mais pour une viole de gambe, il veut bien faire l'effort de jeter un coup d'œil.

La cliente retire l'instrument à six cordes de son étui et commence à exposer ses griefs.

"Vous prendrez bien une tasse de thé ?" demande-t-il. Rares sont ceux qui veulent du café. Elle acquiesce et sort un chiffon d'une poche aménagée dans le couvercle de l'étui. Le temps que Jochem lui prépare son thé, elle a fini d'astiquer l'instrument dans les règles de l'art.

"Asseyez-vous", dit-il, désignant un tabouret. Il lui prend la viole des mains et l'inspecte sous tous les angles.

"La jointure de la dernière réparation s'est ouverte. Je vais vous la recoller. C'est de là que vient le problème, je pense."

Il donne un coup d'archet. Le son est ténu, essoufflé. Les notes aiguës semblent encore acceptables, mais dans le grave, c'est la misère. La saison hivernale, avec ses variations de température et son chauffage central, a fait sécher l'instrument, déplaçant les pièces de bois et rouvrant les plaies anciennes.

"Je vais voir si je peux faire quelque chose au niveau de l'âme. Le chevalet aussi aurait besoin d'être remplacé. Je vous en taille un nouveau, avec moins de bois cette fois-ci ? Ça peut se faire plus tard, vous savez. Je suppose que vous souhaitez repartir avec l'instrument ?"

La femme approuve d'un signe de tête. Jochem se met au travail. Il siffle entre ses dents le thème de la première partie de Dvořák, le solo pour violon alto. Après avoir terminé, il rend la viole de gambe à sa propriétaire. Elle frotte chacune des cordes avec circonspection. Le résultat est équilibré, sonore. Pour une viole.

Pendant qu'elle se dispose à partir, Jochem remet ses outils à leur place.

"Je vous laisse un dépliant, dit-elle. Spécialement pour vous.

— Oui, très bien", répond-il, plongé dans la caisse à ciseaux. Encore un de ces horribles festivals de musique ancienne, pense-t-il. Pas question d'aller dans ce genre de truc pour traîner toute la journée entre les ensembles de flûtes à bec et les formations de gambistes. Et alors que tout, mais vraiment tout, sonne faux. Mais qu'est-ce qu'elle s'imagine ? Il va vite se retrouver dans la corbeille, son dépliant…

"Vous m'enverrez la note ?

— Ça, c'est compris dans le service, répond Jochem. Mais je vous facturerai le chevalet si vous me le donnez à refaire. Repassez donc quand vous aurez le temps."

La cliente rougit et lui tend la main. Puis, à pas heurtés, elle disparaît dans le couloir.

10

En cette fin d'après-midi, la rue est à l'ombre. Reinier ouvre la porte de devant. À l'autre bout du couloir, celle qui mène au balcon donnant sur le jardin est déjà ouverte. Il sait que la maison d'une personne âgée a vite tendance à sentir le renfermé, à puer, même. Alors : de l'air.

Un vent chaud s'engouffre dans l'entrée. Reinier se poste sur le seuil. La rue s'est animée. Les habitants ont posé des bancs et des tables sur les larges trottoirs. Devant presque toutes les façades, il y a des pots de fleurs au contenu des plus variés, de l'oranger nain à l'herbe de la pampa. Dans ce décor convivial, il aperçoit partout des bicyclettes et des triporteurs attachés à des chaînes.

Il faut une sacrée confiance en soi pour prendre possession de l'espace public avec si peu de gêne, pense-t-il. Les gens qui vivent ici se savent dans leur droit. Ils ne nuisent pas inutilement à l'environnement, pratiquent le tri sélectif et font en sorte que leurs enfants puissent jouer dans la rue en toute sécurité. Ils ne mangent que des bêtes ayant foulé de vrais pâturages et commandent chaque semaine un cabas rempli de légumes non traités. Un sac en jute, naturellement, pas en plastique. Le samedi, on les voit rentrer chez eux à pied avec leur provision de scorsonères et de fanes de navet. L'idée que tout le monde va bientôt cuisiner la même chose ne semble pas les gêner. Une cantine ambulante serait plus commode, leurs repas écoresponsables livrés tout prêts, que trouverait-on à y redire ? Et moi, je vis au milieu de ces gens, avec mes boulettes de viande conditionnées sous emballage plastique et mes boîtes de soupe aux pois cassés.

Le carrefour situé au-delà des conteneurs à ordures est en réalité une petite place bordée de cafés aux terrasses improvisées. Au milieu se trouve une fontaine, avec de l'eau qui jaillit parfois vers le ciel ou qui gargouille en gros tourbillons sur la pierre lisse. Les chiens viennent y boire. Ils sont bien dressés et ne mordent pas les enfants. Ici, on ramasse d'ailleurs soigneusement les déjections canines dans des sachets. Des bambins sont en train de jouer dans le bassin, pieds nus, leurs petits débardeurs trempés.

"Bonjour monsieur !"

Reinier sursaute et s'efforce d'accommoder son regard, longtemps fixé sur la fontaine, à la vision de près. Le garçon qui l'avait aidé à jeter la poubelle se tient au bas des marches. Il porte un jeans et un tee-shirt à manches longues. Une lueur joyeuse danse au fond de ses yeux noirs.

"Hé, salut ! s'écrie Reinier d'un air faussement décontracté. Encore merci !

— Je veux bien vous aider plus souvent, pour les courses ou des trucs comme ça."

Il se sent prêt à accepter avec ravissement, à compter sans réserve sur ce qui s'appelait autrefois solidarité entre voisins et, plus récemment, aide de proximité, à s'en remettre avec bonheur à un être qui ne critique pas, qui ne juge pas, mais qui se montre tout simplement amical. D'accord, mais la peur? Le bon sens? Dès qu'on avoue la moindre incapacité, on est perdu.

"Tu es gentil, répond-il d'un ton neutre, mais j'aime bien sortir faire les courses moi-même. Alors ce n'est pas la peine. Grand merci pour ta proposition. Très, très sympathique."

Mais arrête donc, se réfrène-t-il, ne fais pas tant de manières! Il n'y a rien de grave. C'est juste un gamin qui te parle. Tout va bien.

Le garçon hoche la tête et poursuit son chemin. Reinier referme la porte, puis se traîne, curieusement épuisé, jusqu'au salon de musique. Son violoncelle est couché par terre sur le flanc, près du fauteuil. Il s'assied avec peine et empoigne l'instrument. Après avoir tendu l'archet, il s'occupe de l'accordage.

Pendant plus d'une heure, il ne pense à rien d'autre qu'au poids de l'archet sur la corde et au placement des doigts sur la touche. L'effort ne l'empêche pas de se sentir ensuite reposé, presque heureux. J'aimerais bien recommencer à jouer en groupe, se dit-il, on trouve tant de compositions inégalées en musique de chambre, un genre qui doit se pratiquer dans l'intimité, comme son nom l'indique, et si Caroline y arrive avec son quatuor, bon sang, je devrais bien pouvoir trouver des gens pour venir ici chez moi, dans mon salon, histoire d'éprouver à nouveau cette sensation de disparaître entièrement dans un son émis en commun, d'être plongé dans un chef-d'œuvre que l'on connaît par cœur… Je les envie. Mais qu'est-ce qui me retient? Peut-être que Schubert leur plairait, tiens, le quintette à deux violoncelles. Cela me permettrait de jouer cette magnifique partie du second violoncelle dans l'adagio, avec ses guirlandes de murmures. Il dodeline de la tête au rythme du mouvement lent et s'imagine parmi les musiciens assis en demi-cercle sous une lumière éblouissante, flanqué de son élève et du premier violon. Ce désir lui fait mal.

Il se ressaisit. Voilà où j'en suis, songe-t-il, au point de vouloir faire de la musique avec une bande de semi-amateurs. Le résultat ne peut être que décevant, disons-le franchement, cela ne rime à rien. Que vont-ils penser de ma proposition ? Pitoyable. Ils vont la trouver pitoyable et n'oseront pas refuser, même s'ils préfèrent rester à quatre. Le pire serait qu'ils prennent cela pour un honneur : le prétendu "grand" violoncelliste qui les juge assez bons pour travailler avec eux ! Ça, ce serait vraiment affreux.

Traînant les pieds jusqu'à la salle de séjour, il allume la télévision. Il s'appuie contre le dossier du fauteuil et remarque à quel point il est agité. Son front est mouillé de sueur. Dans son dos, il trouve un mouchoir enfoncé entre les coussins et s'essuie le visage. Du petit écran s'échappe la voix surexcitée d'un reporter qui, la main serrée sur son microphone, se tient sur les marches du nouveau palais de justice. On voit derrière lui des gens entrer et sortir, il y a un drapeau qui claque au vent et la caméra se détourne pour montrer l'eau tumultueuse.

Reinier écoute la mélodie journalistique sans comprendre de quoi il est question. Cette musique lui semble figée, le rythme est inconfortable, saccadé. Il y entend comme une indignation, peut-être feinte, peut-être sincère. Le commentateur lui donne l'impression d'être offusqué, mais aussi de se réjouir en secret. Petit à petit, Reinier se met à tendre l'oreille.

C'est le procès, bien sûr. Première grande affaire jugée au nouveau tribunal, ce bastion de sécurité. Il a un peu suivi la question dans les journaux, de manière superficielle car il n'arrive pas à s'y intéresser véritablement. La justice se penche, ou s'apprête à le faire, sur le cas d'un homme déjà en prison pour une série de sinistres forfaits : extorsion de fonds, assassinat, trafics douteux impliquant des sommes astronomiques. Aujourd'hui, l'individu est soupçonné d'avoir fait tuer une ministre et un homme d'affaires, liquidation sans scrupule, sous les apparences d'un accident. Tout le pays avait été le témoin du drame lors d'une cérémonie ennuyeuse retransmise en direct au journal télévisé : on hissait la ministre de l'Infrastructure et des Travaux publics dans une nacelle de chantier afin qu'elle contemple d'en haut la construction d'une voie ferrée. À côté d'elle se tenait le directeur du groupe de BTP chargé du projet. Lorsque la nacelle s'était fracassée à terre (le pire, c'était le bruit), l'émission n'avait plus rien d'ennuyeux, faisant au contraire bondir toute la population de son canapé ou de son fauteuil. La ministre s'était brisé la nuque, le directeur avait été aplati et l'écran de télévision était brièvement passé au noir. Puis les spéculations avaient commencé. Accident ou attentat ? Y avait-il eu sabotage des fixations de la nacelle ? L'enquête a duré des mois. On a enterré la ministre. Qui avait donc été pris pour cible, elle-même ou bien le directeur qui l'avait accompagnée dans sa chute ? Ils s'étaient écrasés aux pieds du maire, qui avait renoncé à effectuer l'ascension au tout dernier moment, ressortant blême de la nacelle. Vertige. Après tout, c'est peut-être lui que visait l'attentat, et les autres sont morts pour rien.

Tout à fait possible, se dit Reinier. Personne ne mérite confiance, ni la ministre, ni le directeur, ni le maire, ni le bureau d'enquête. Ni le juge. Il ne faut se fier qu'à soi-même et rester vigilant pour éviter les embûches. Le plus sage serait de ne laisser entrer personne chez soi, de renvoyer tous les visiteurs. Il éteint la télévision. Il voudrait que la pièce soit un vide parfait. Au-delà de ces murs plane le danger, mais à l'intérieur, il y a de l'air et du silence. Sur le guéridon à côté du fauteuil est posée la partition des *Dissonances*, le quatuor de Mozart. Il attrape le fascicule jaune et l'ouvre devant lui. Tout en lisant, il joue une musique que personne ne peut entendre.

11

Au cabinet médical, à l'heure du déjeuner, on arrête de travailler. Les rendez-vous du matin sont passés ; l'après-midi sera consacré aux visites à domicile, aux tâches administratives et aux consultations de longue durée. Autour de la petite table s'assoient Heleen, Caroline et Mollie. Daniel a enfourché son vélo pour aller faire une course et sera bientôt de retour. On ne peut pas débrancher le téléphone : le répondeur a été enclenché et mis sur haut-parleur. De temps en temps, la voix d'un patient retentit à travers les locaux. Les trois collègues gardent le silence avant de décider s'il faut rappeler aussitôt ou non. La porte de la cour est ouverte.

"Qu'est-ce que tu veux faire de cette plante ? demande Caroline. C'est bien celle de la salle d'attente, non ?

— Elle a des pucerons, répond Heleen. Je vais la traiter avec une cigarette à toi. Ne jamais laisser une plante s'étioler près des patients, ils vont croire qu'on ne s'occupe pas bien d'eux non plus." Daniel revient, portant deux sacs en plastique.

"Des croquettes ! Aux crevettes pêchées de ce matin ! Et les petits pains sont là, prenez ce que vous voulez."

Heleen est déjà debout. Daniel s'affale sur la chaise vide en face de Caroline. Elle le voit lorgner les croquettes d'un air gourmand. Lorsque Mollie pose devant elle une tasse de café, elle s'en saisit et disparaît au-dehors. Elle s'appuie contre le mur à côté de la plante malade. Son oreille perçoit vaguement le bavardage venant de la cuisine. Je n'y arrive pas, se dit-elle, je gâche toute l'ambiance à me taire comme ça. Vaut mieux rester ici. Pas question de manger non plus. C'est fou que ça soit aussi important pour eux, on pourrait les faire parler de croquettes pendant au moins une heure. Répugnant.

Elle se force à penser au programme de l'après-midi. Deux consultations à domicile et puis quelques heures de gestion. Ça ira, elle a de quoi s'occuper jusqu'au soir avant d'aller avec Jochem à la répétition du quatuor.

Téléphone. Le volume du haut-parleur est tellement fort que, même dans la cour, elle entend tout ce qui se dit.

"Merci de laisser un message", résonne la voix enregistrée de Mollie. Puis un silence. Quelqu'un s'éclaircit la gorge.

"C'est pour les résultats des analyses, dit l'homme dans un souffle. Les analyses de notre fille – on voudrait en parler avec vous, avoir votre avis. S'il vous plaît, rappelez-nous. S'il vous plaît."

Elle frémit. C'est le père d'une jeune patiente, une enfant aux symptômes alarmants. Elle l'avait dirigée vers le centre anticancéreux, c'était quand déjà ? Il y a une dizaine de jours, pour examens, pour traitement si ça servait encore à quelque chose. Pourquoi n'a-t-elle pas eu les résultats, pourquoi ne l'a-t-on pas rappelée ? Pourquoi n'y a-t-elle plus pensé toute seule ?

Caroline se recroqueville contre le mur. Et maintenant ? Elle entend quelqu'un se précipiter hors de la cuisine ; puis un bruit étouffé de voix féminines. Je n'ose pas, se dit-elle, je n'ose même pas rentrer dans mon propre cabinet, par peur des regards qui accusent, peur que les autres me voient comme une généraliste sans cœur, sans considération pour ses patients. Comment peut-on oublier de suivre ce genre de dossier ? Ils vont dire : vous voyez bien, elle n'est pas capable de faire son travail, il faut qu'elle parte, qu'elle s'arrête, qu'elle prenne un congé, qu'elle démissionne.

Encore une cigarette. Elle se souvient très bien des parents assis devant son bureau avec, entre eux deux, la fillette. Des gens timides, mal assurés. C'est préoccupant, leur avait-elle dit, nous allons faire des examens approfondis. La mère avait pris l'enfant sur ses genoux et posé ses mains protectrices sur le petit ventre gonflé.

Caroline s'était dit : Du balai, il faut qu'ils partent, dehors, du vent, plus vite que ça ! Elle est sûre d'avoir téléphoné au service d'oncologie pédiatrique. D'avoir laissé un message à la secrétaire pour annoncer la famille. Et d'avoir envoyé un e-mail au professeur, lui faisant part de ses observations et de ses hypothèses. Puis le couvercle s'était refermé. Jusqu'à aujourd'hui. Daniel apparaît dans la cour. Il tire la porte derrière lui et se pose face à Caroline. "Je viens de rappeler ces gens, dit-il. Les résultats étaient catastrophiques, des métastases partout, il n'y a absolument plus rien à faire, juste rester à la maison et attendre la fin. Avec suivi du médecin traitant.

— Ah, réagit Caroline. Mais ce sont des patients à moi.

— Je sais. Mais il y a une limite à ce que tu peux assumer. Le service pédiatrique a téléphoné quand tu étais en visite, alors c'est moi qui ai parlé avec l'oncologue pour enfants. Et j'ai décidé de reprendre le dossier de cette famille. On est un cabinet de groupe, toi et moi, ça veut dire qu'on peut se remplacer en cas de besoin."

Mollie passe la tête par l'ouverture de la porte.

"Daniel ! Votre rendez-vous est là !"

Et la voilà repartie. Cet intermède donne à Caroline le temps de s'interroger sur ce qu'elle ressent, au fond. Surtout de la culpabilité. Elle laisse les sales boulots à son collègue, elle est l'élément faible du binôme, elle ne vaut rien, elle manque à tous ses devoirs. Une immense fatigue l'envahit, paralysant l'ensemble de son corps. Il lui est impossible de mouvoir les muscles de sa langue, de ses lèvres. Malgré l'avertissement de Mollie, Daniel n'a pas bougé. Qu'est-ce qu'il veut ? De la reconnaissance ? Une réaction ? Caroline est soudain prise de furie.

"Mais de quoi tu te mêles ? Est-ce que je m'occupe de tes patients sans te demander ton avis ? Tu t'imagines ce que vont penser les parents ? C'est humiliant, ce que tu me fais, un vrai coup de vache, tu n'as pas le droit, tu m'entends ? Tu entends ce que je te dis ?!"

Il la saisit vigoureusement et lui plaque le visage, mouillé de salive, contre sa chemise.

"Là… Tu vas te calmer maintenant.

— Non ! crache-t-elle. Je ne vais rien du tout, c'est toi qui…

— Écoute un peu. Cette petite fille est en train de mourir, les parents ne savent plus que faire, l'hôpital arrête les frais, alors tout repose sur nous. Visites à domicile. Médication. Soins palliatifs ou euthanasie.

Ça veut dire aller à son chevet, même à une heure indue, sans avoir le temps de se préparer mentalement. Je refuse que tu t'en charges, après tout ce qui s'est passé. Ce n'est pas de la pitié, juste que tu ne peux pas accompagner la famille comme il le faudrait. Il nous arrive à tous un jour ou l'autre de ne pas être à la hauteur d'une tâche qui nous tombe dessus. Aujourd'hui, c'est toi. Il n'y a pas longtemps, c'était moi, avec ma paperasserie en retard. Tu m'as dépanné cette fois-là, maintenant je t'aide. Que tu le veuilles ou non. Tiens, mouche-toi."

Il lui tend la serviette en papier dans laquelle était emballée sa croquette, Caroline renifle l'odeur de poisson, se mouche docilement et donne un petit signe de tête. Daniel part à toutes jambes retrouver ses patients.

12

Une soirée pareille, songe Heleen en roulant tranquillement le long du canal, une soirée pareille, ça vous repose. Il n'y a pas de vent, l'air est humide et chaud, les arbres ont le feuillage luisant. Les sacoches de sa bicyclette cliquettent sur les rayons, elle les a chargées à bloc, à droite quelques bouteilles de vin et de quoi manger, à gauche le violon dans son étui. Bien qu'étant, à travers ses lettres, entrée dans l'intimité de criminels de toutes sortes, elle n'envisage pas une seconde que quelqu'un, la dépassant au guidon d'un scooter vrombissant, puisse vouloir faire main basse sur son instrument. Mécaniquement, elle appuie sur les pédales, laissant son regard glisser sur les prés qui jouxtent les maisons flottantes. Elle aperçoit au loin le toit végétalisé d'Hugo, avec fleurs et gazon – il pourrait facilement y mettre une chèvre, des poules, une famille de lapins... Mais ce n'est pas son genre, il n'a jamais aimé les animaux, même petit, déjà, quand Heleen et lui passaient leurs vacances d'été ensemble. S'ils croisaient un chien au cours de leurs vagabondages, Hugo se cachait toujours derrière elle, sa grande cousine. Il la tirait par la manche, pressé de partir. Nous n'avons pas beaucoup changé, se dit-elle, il est toujours obsédé par le mouvement, le changement. Et moi, je transforme tout en cabane ou en maison. Je réfléchis à ce que je vais préparer pour que chacun mange à sa faim.

Hugo est sur le pas de la porte, observant les arbres. Il braque son regard vers Heleen lorsqu'il l'entend s'engager à vélo sur le large plancher de la passerelle et s'élance pour l'aider à garder son équilibre. Elle l'embrasse un peu maladroitement sur les joues. Une amorce de barbe. Un plaisant effluve d'eau de toilette. Hugo enlève les provisions de la sacoche. Heleen attache la bicyclette à la rambarde et prend son violon.

“Tu es fatiguée, dit Hugo. Je le vois bien.

— Mais non ! Rien de spécial, une journée de travail ordinaire. Henk est à l'entraînement, avec les garçons. Je nous ai apporté à dîner, viens, on rentre.”

Déplaçant son corps massif, elle se dirige tout droit vers la cuisine, jette son manteau sur une chaise, allume le gaz d'une main et de l'autre attrape un saladier, sort assiettes et casseroles des placards, vide les sacs de courses qu'elle a charriés jusque-là, met la hotte à puissance maximale et saisit un grand couteau de cuisine dans le tiroir à couverts.

“Va donc t'asseoir, dit-elle. C'est toi qui dois faire le plus dur, ce soir.”

Elle remue dans la cocotte à l'aide d'une spatule. Quel délice, cette odeur de bonne viande… Ça requinque.

“Tu as raison, je suis fatiguée. Pas à cause du travail, j'en fais relativement peu. C'est plutôt les soucis. Caroline vient encore chaque semaine garder Laura ?

— Heureusement, oui. Elles vont au bac à sable, tout près d'ici. Et au zoo. C'est comme si la nature voulait que les enfants apprennent tout sur les bêtes avant de s'intéresser aux humains. À dix-huit mois, Laura connaissait des trucs incroyables sur les animaux de la ferme. Elle pouvait imiter à la perfection les chèvres et les poules, ou bien les ânes. Elle finira par oublier ces choses-là, on ne va pas en faire une agricultrice juste comme ça, sans aucune formation. Bizarre. Tes enfants aussi sont passés par là ?"

Heleen confirme d'un signe de tête.

"Je trouve que ce n'est pas toujours facile de savoir comment s'y prendre avec Caroline, dit-elle. Au cabinet, on la protège un peu. Trop, peut-être. Ça l'énerve. J'aimerais bien qu'il y ait des consignes à suivre dans un cas comme ça, pour l'instant on ne sait pas si on fait bien.

— Évidemment qu'on ne fait jamais bien ! lâche Hugo. C'est naturel. Toi, tu veux la consoler, je te connais, depuis le temps. Mais ça non plus, ça n'est pas possible. On ne peut rien arranger. Tu dois apprendre à vivre avec. C'est si compliqué que ça ?"

Elle ne répond pas, déplace les récipients, arrête la bruyante ventilation de la hotte et pousse le paquet de gâteaux à l'écart. Boulettes d'agneau, écrasé de pommes de terre avec beaucoup, beaucoup de coriandre.

"Et ton boulot à toi, demande-t-elle, comment ça va au fait ?

— Catastrophique ! Un tourbillon infernal, comme on dit. Une tornade, et je suis en plein dedans. C'est pour ça que toute mon équipe s'affole et gesticule tandis que moi, je suis la sérénité même. À la place que j'occupe, on ne peut jamais bien faire, car personne ne sait ce qui est « bien ». Lever des fonds ? Monter des programmations révolutionnaires qui se solderont par un déficit ? Fermer boutique et vendre à un trafiquant d'armes russe ? Je suis dans l'œil du cyclone et je regarde autour de moi. Quelque chose d'autre se présentera plus tard, j'en suis sûr. Je ne m'en fais pas."

Heleen hausse les sourcils et Hugo éclate de rire.

"Bon d'accord, j'ai mal au crâne. J'ai peur que ma tête éclate, c'est terrible. Mais il suffit que je rentre ici à bord, que je bricole un peu – aménager la salle de bains, défoncer un mur au marteau-piqueur – pour que ça s'en aille. Généralement.

— Tu as mal en ce moment ? Il faut manger, ça aide. Ou mieux : jouer de la musique. Tu vas voir, au bout d'une heure de violon, ta tête sera complètement vidée, comme si quelqu'un y avait passé l'aspirateur.

— Toi et tes métaphores ménagères, toujours aussi charmant", remarque Hugo.

Heleen se tait. Elle mange. Se sent-elle tournée en ridicule ou bien rejetée ? Pas le temps d'y penser. Il faut débarrasser la table, préparer du café, faire de la place pour que chacun puisse aller et venir sans problème tout à l'heure. Hugo a déjà bondi de sa chaise, repoussant à coups de pied les objets qui traînent ici et là pour les rapprocher du mur. Il ne tient pas en place, se dit-elle, comme s'il allait partir à tout moment, disparaître. Quand il était petit, il s'enfuyait tout le temps. Pour aller quelque part ou pour échapper à quelque chose ? Il devrait se trouver une copine, pour de bon. Il a suffisamment de petites amies, mais pour l'instant, pas une seule qui accepte en prime d'habiter sur une barge à moitié retapée, avec une fillette de trois ans. Ça ne l'intéresse pas vraiment lui-même, il n'y a qu'à voir, tout cet espace lui appartient et quiconque y pose un pied doit le faire à ses conditions.

Elle verse le café. Avec leur tasse, ils vont s'asseoir à l'extérieur, sur le petit banc près de la porte d'entrée. Hugo tape sur la cuisse généreuse de sa cousine.

"Merci à toi. C'était très bon. Et gentil de ta part."

L'eau s'écoule tout doucement sous le caillebotis de la passerelle, en un flux obscur et menaçant. Heleen se dit qu'elle aurait dû apporter une douceur, du chocolat par exemple. Caroline, elle, allumerait une cigarette.

Hugo se renverse en arrière, étirant ses grandes jambes devant lui. Les façades des maisons de l'autre côté de la rue sont cachées par les feuilles des arbres. Une voiture fait halte pour s'engager un peu plus loin sur une place de parking. Il se passe une éternité avant que les deux portières ne s'ouvrent, en même temps, comme les élytres d'un scarabée s'apprêtant à prendre son envol. De l'habitacle émerge lentement l'imposante silhouette de Jochem. Les épaules tombantes, il se frotte la tête et baisse les yeux vers les roues du véhicule, avec hésitation, presque immobile. De l'autre côté apparaît Caroline, barre nerveuse en habits sombres. Elle se penche à l'intérieur pour attraper un sac, hèle son mari par-dessus la voiture, il faut qu'il enlève l'alto du siège arrière, allez, on est déjà en retard. Heleen et Hugo n'entendent pas la totalité du dialogue, mais le complètent à partir du spectacle qui s'offre à eux. Le violoncelle est dans le coffre. Caroline l'en sort avant que Jochem n'ait le temps d'arriver jusque-là. Elle pose l'étui debout sur la chaussée. Jochem lève un bras et referme le hayon. Sans se regarder, ils entreprennent de transporter leur instrument jusqu'à la barge, en silence, côte à côte.

Heleen entend Hugo pousser un juron et elle en est toute surprise, ébahie. Il vient pourtant de dire qu'il fallait prendre les choses comme elles viennent ? Alors pourquoi s'insurger ? Elle secoue la tête. Elle est certaine qu'une fois à bord, Caroline et Jochem reprendront haleine, retrouveront leurs esprits, regarderont autour d'eux comme des rescapés d'une noyade. Pour l'instant, il leur faut persévérer encore un peu, nager les dernières brasses malgré des muscles prêts à céder sous la tension, plus que quelques mètres, jusqu'au lampadaire, jusqu'au dernier arbre et puis grimper sur la passerelle. Sans même s'en apercevoir, Heleen s'est levée d'un bond, courant les bras ouverts en direction de ses amis pour les décharger de leur fardeau et les conduire à l'abri.

13

Reinier ouvre la porte avant même que la sonnette n'ait retenti. Le garçon est là, hissé sur la pointe des pieds, le bras tendu, puis se remet d'aplomb et laisse échapper un rire.

"B'jour m'sieu ! Bonsoir, monsieur !"

Reinier tire la porte en grand et fait un pas de côté. Le gamin entre dans le couloir, se débarrasse de ses chaussures et les range soigneusement l'une à côté de l'autre sous le portemanteau.

Mon Dieu, pense Reinier, qu'est-ce qui m'arrive ? Je le laisse entrer chez moi sans rien dire. Il va raconter à ses délinquants de frères tout ce qu'il y a ici, les archets qui valent plusieurs milliers d'euros, le violoncelle qui se vendrait pour cinq cent mille aux enchères… Je pourrais aussi bien attendre qu'ils viennent dévaliser la maison, triple imbécile que je suis. C'est de ma faute. Je n'ai pas toute ma tête.

"Je peux aller voir à l'intérieur ? demande le garçon avec un sourire adorable. Vous êtes d'accord ?"

Il approuve d'un signe de tête et suit le gamin d'un pas chancelant. Dans le salon de musique, l'enfant s'immobilise, raide comme un piquet, balayant du regard la rangée d'archets suspendus au mur, l'armoire aux partitions, l'immense masse noire du piano à queue.

“Je vous ai déjà écouté jouer, dit-il à voix basse. Une belle chanson. On entend bien devant la porte en haut de l’escalier.”

Il faudrait lui proposer quelque chose, qu’est-ce que ça boit à cet âge, un sirop, un coca ? Je n’en ai pas. Il y a du thé, bien sûr. Mais dans ce cas, je dois aller dans la cuisine et le laisser seul ici. Je ne peux pas non plus tout porter, les tasses, la théière. Dans quoi me suis-je embarqué ? S’il pouvait partir, là, maintenant… Je ne lui donne rien. Si ça se trouve, il va dire à sa famille que le petit vieux du bout de la rue ne peut plus marcher et qu’il n’a rien à manger. Que c’est un vrai taudis chez lui. Alors sa mère va téléphoner au service d’assistance gériatrique de la mairie et il va y avoir du grabuge. Ils vont venir me chercher avec leur fourgonnette, m’arracher de chez moi et je ne reviendrai plus jamais ici.

“Vous pourriez jouer une chanson maintenant ?”

La question ramène Reinier à la réalité. Un petit gars poli qui s’intéresse à la musique. Sa mère n’appellera pas la mairie, avec un peu de chance elle ne parle même pas le néerlandais. Les frères sont sûrement aussi bien élevés que lui, je me tourmente pour rien. Il veut juste entendre du violoncelle. Le vieil homme se force à refouler son angoisse et sa défiance.

“Comment t’appelles-tu ? Je ne le sais pas encore.

— Djamil. À l’école, ils disent Jamie. C’est bien aussi.

— Moi, je m’appelle Reinier.

— Vous avez du travail ? Ah mais non, vous êtes un grand-père, alors vous n’avez pas besoin de travailler.

— Jouer du violoncelle était mon travail”, dit Reinier d’un air compassé. Le garçon le dévisage avec stupéfaction.

“Les gens payaient pour ça ?

— Oui. C'est ce qu'ils faisaient, lorsque je jouais pour eux. Je donnais aussi des cours : j'apprenais aux jeunes gens comment il fallait faire."

Djamil a les joues en feu. Il s'est assis sur le rebord de sa chaise.

"S'il vous plaît, juste une chanson…"

Le temps de régler la tension de l'archet et d'attraper avec effort l'instrument posé sur le piano, tout en rendant grâce à son orthèse qui lui permet au moins de se tenir debout malgré sa jambe malade, Reinier réfléchit fiévreusement au programme de cet absurde concert de chambre. La musique arabe, je n'y pige rien, à part que ça n'a pas de début ni de fin et que ça se perd en balancements fastidieux, sans qu'on réussisse à se faire une idée de la tonique – Bach ! Le prélude de la première suite ! Voilà !

Il plante bien solidement la pique du violoncelle dans le parquet et jette un coup d'œil vers le visage anxieux du petit garçon. Puis il commence à jouer. Les arpèges s'enchaînent avec souplesse, toujours selon le même motif, on passe de l'un à l'autre sans s'en apercevoir jusqu'à ce que soudain la cadence arrive, il n'y a rien à y faire, c'est l'Occident ici. Reinier fait décoller l'archet d'un tour de bras.

"Une autre !" réclame Djamil.

Il finit par jouer la suite jusqu'au bout. Tous les mouvements. Puis il couche le violoncelle par terre, à côté de sa chaise. Bach l'a rendu à sa vie active, à sa vie productive. Il estime avoir bien joué, avec de la retenue, mais aussi de l'expressivité. Et tout le temps juste. Finalement, ça ne va pas trop mal. Les choses ne sont pas aussi graves qu'il le pensait. Et tant qu'il y aura des gamins comme celui-ci, capables d'écouter toute une suite en retenant leur souffle, la culture n'est pas encore définitivement perdue. En allant s'asseoir dans le fauteuil, il a l'impression de se tenir plus droit qu'avant.

Au cours de la conversation qui suit, il essaie de ne pas s'emballer. L'envie le prend de proposer au garçon des cours de violoncelle gratuits, mais il parvient à se contenir. Ils parlent de logement (en contrebas de la voie ferrée, au bord du canal, un appartement à l'étage), de situation familiale (sœurs, parents, grand-mère) et du collège (classe de sixième). Il n'y a pas de frères malfaisants, se rend compte Reinier, soulagé. Ses pensées s'arrêtent sur cette grand-mère : a-t-elle encore toutes ses dents, sort-elle parfois, est-elle encore saine d'esprit ? Il n'ose pas poser de question. À la maison, on parle dans la langue du pays d'origine, mais Djamil et ses sœurs communiquent en néerlandais.

"Il faut que tu partes, sinon ta mère va s'inquiéter", dit Reinier.

Et elle va te demander où tu étais fourré, te fera douter de la décence de cette visite, t'interdira de jamais revenir ici. Mais ça, il ne le dit pas.

Djamil est déjà debout. Il ouvre la porte du salon et risque un œil dans le couloir. Puis il court vers la porte d'entrée et fauche le journal du paillasson. Il revient en trottinant, donne le quotidien à Reinier.

"Merci, mon garçon. Au revoir."

Djamil s'attarde sur le seuil.

"Pour l'histoire des courses, dit-il, vous devriez quand même y réfléchir. Ça me fait plaisir de vous aider. Les bouteilles, c'est lourd, vous savez."

Reinier acquiesce, agitant un peu la main comme s'il congédiait Djamil avec un éventail. Il ouvre le journal et se met à lire les nouvelles du procès. La porte de la rue se referme doucement.

14

Ils commencent toujours par Bach. *L'Art de la fugue*. Parfaite égalité entre les voix, peu de différences dynamiques, pas de surcharge dans l'expression. Minutie et justesse exigées. Tour à tour, ils entrent dans le jeu et le tissage des voix se complexifie peu à peu. Il faut se replier à chaque nouvelle entrée, le thème est prioritaire. Parfois, on n'a rien à faire pendant un certain temps et il vaut mieux compter les mesures car ils n'ont pas de partition d'orchestre, mais des parties individuelles. Hugo voit les doigts de Caroline bouger l'un après l'autre sur sa cuisse. Un mouvement de phalange par mesure. Lui-même n'y regarde pas d'aussi près, il se fie à son sens musical. Et à la force de l'habitude : ce n'est pas la première fois qu'ils jouent ce morceau.

L'alto dérape. On reprend. Le deuxième violon est trop fort et couvre l'entrée du premier. Le violoncelle a des problèmes d'intonation qui privent les autres instruments de leur lustre. Si la basse n'est pas juste, plus rien ne sonne comme il faut.

Ce n'est vraiment pas leur jour. L'œuvre coince et progresse en cahotant vers la frustration finale. Quand tout va bien, songe Hugo, Bach vous libère les tympans, il vous aiguise l'ouïe, l'appétit pour les lignes mélodiques, il vous fait prendre conscience de votre rôle dans les accords. Mais quand ça ne va pas, vous finissez immensément déçu. Comme maintenant.

Il ne peut s'empêcher de penser à l'adjointe au maire, avec ses exigences ridicules et son babillage irréfléchi. Cette femme ne se figure pas un seul instant ce qu'il faut avoir de métier pour se produire en public : tous ces exercices de motricité, ces connaissances musicales… Le nombre d'heures à répéter, la discipline que ça demande avant qu'une œuvre soit prête à être jouée sur scène, le travail nécessaire pour arriver à une interprétation qui convienne à tous les musiciens de l'ensemble. Pas la moindre idée. Cette pétasse fait la snob devant ce qu'elle croit futile et obsolète. Il ne faut pas que je me préoccupe d'elle, c'est du gaspillage d'énergie. Je finirai bien par la mater, et sinon, je m'en vais.

"Tu as l'air bien contrarié, dit Heleen. Ça n'a pas vraiment marché, hein ? On essaie une deuxième fois ?

— Dvořák, plutôt, répond-il. Ça vaut peut-être mieux."

Caroline réaccorde son violoncelle. C'est laborieux, détecte Hugo à l'oreille, elle n'en finit pas de tourner et de tortiller les grandes chevilles en bois. Au bout du compte, décidant que ça peut aller, elle hausse les épaules et fait un signe de la tête.

"La corde de *sol* est un peu usée. On fera avec."

Heleen estime qu'il faudra quand même jouer Bach en fin de soirée, histoire de ne pas rester sur un sentiment d'échec, ce qui serait dommage.

Bon Dieu, se dit Hugo, quelle prise de tête… Allez, on joue ! Il va chercher sa partition sous un tas d'affaires agglutinées contre le mur et la flanque sur le pupitre. Les autres sont déjà assis. Il prend place dans le cercle et cherche le regard d'Heleen : elle va devoir le suivre dans son friselis de trémolos. À la deuxième mesure, ils sont en tout cas synchrones. À la troisième, Jochem se lâche. Il étrille le thème de toute la force de son alto, comme s'il injuriait d'abondance le propriétaire d'un chien agressif. Hugo prend le relais peu après, avec plus de maîtrise et de modestie. Il est incapable de s'affranchir des notes aujourd'hui, il ne réussit pas à se perdre dans la musique. En réalité, il voudrait déjà être arrivé à la fin du morceau, à la pause, au moment où tout le monde laisse son instrument pour aller boire une bière et râler, ragoter, papoter. L'expression qu'il observe sur le visage de ses compagnons à l'issue du premier mouvement ne lui donne guère d'espoir. Ils veulent continuer, c'est clair.

La partie lente, la fameuse cantilène, lui semble cette fois-ci un calvaire. Il entend bien que Caroline a travaillé ce passage, mais le résultat ne lui plaît pas. Son interprétation est stéréotypée, sa dynamique restreinte et il craint qu'elle ne fasse pas attention à lui tout à l'heure lorsqu'ils avanceront en alternance vers les aigus. Ne sois pas aussi critique, se dit-il, ce sont tes amis, on joue pour le plaisir, alors amuse-toi aussi !

Son insatisfaction demeure. Il trouve le troisième mouvement trop lourd et le quatrième, avec son allégresse forcée, ne passe pas assez vite pour lui. Enfin ! La pause.

Caroline, muette, part fumer sur la passerelle. Jochem discute avec Heleen, mais de quoi parlent-ils ? Du régime pénitentiaire, apparemment. Elle décrit les activités quotidiennes des prisonniers, Jochem écoute attentivement. Hugo se hâte d'ouvrir le réfrigérateur. Du vin blanc. De la bière. Des choses à grignoter.

“Laisse donc, dit Heleen, surgissant soudain à ses côtés. Je m’occupe des toasts, tu peux y aller.”

Ce n’est qu’une fois attablés devant quatre verres bien remplis qu’ils se mettent à éclater de rire. Quelle bouffonnerie c’était, comment se fait-il qu’ils soient manifestement tous aussi peu en forme ?

“Et moi qui voulais vous proposer de jouer pour l’anniversaire de mon collègue, dit Caroline. Il vaut mieux oublier.

— Foutaises, aboie Jochem. Faut justement y aller ! On en est bien capables, non ? Ça arrive à tout le monde d’avoir un jour sans, les choses vont et viennent, ça finit par passer. Ces réactions impulsives, cet abandon à l’émotionnel : je ne peux pas encaisser. Y a qu’à continuer. Négliger la contre-performance.”

Il ressemble à un boxeur en colère, prêt à en découdre, se dit Hugo. Certaines personnes naissent avec la rage au ventre et voient chaque événement comme une bataille à remporter. Au moins, ça vous sert de guide dans la vie, ça vous montre les étapes à franchir. Je ne sais pas comment Caroline fait pour le supporter, elle semble être ailleurs, ce soir. Déçue que Laura ne dorme pas ici ? Fâchée d’avoir été trahie par son instrument ? Elle a l’air d’une statue de granite sombre, insensible à la pluie et au froid, pétrifiée, les yeux fixés sur un point mystérieux. Dans le temps, elle avait de l’enthousiasme, de la présence. Si au moins je pouvais trouver quelque chose pour capter son attention, quitte à parler de football ou de la famille royale, plus c’est nul, mieux c’est.

Il va s'asseoir près d'elle, se détournant un peu de la table afin qu'ils puissent ensemble regarder l'eau à travers la fenêtre.

"Laura est chez sa mère. Tu lui manques sûrement."

Avec lenteur, Caroline tourne son visage vers lui.

"Une jeune enfant comme elle se lie à n'importe qui. Deux ou trois semaines sans me voir et elle m'aura oubliée. C'est un mécanisme de survie. Ils doivent pouvoir s'attacher au premier idiot qui accepte de s'occuper d'eux. Purement biologique. Ça ne veut rien dire."

Hugo soupire. Rien ne sert de discuter. Il est convaincu que sa fille et Caroline sont liées par un nœud indissociable, qui n'a pas besoin d'être confirmé ou renouvelé toutes les semaines. Elle-même conçoit les choses autrement, d'un point de vue scientifique ou sous l'influence de la peur – dans tous les cas, il n'est pas plus avancé. Il l'interroge sur son collègue mélomane et sur son projet de jouer pour lui. Cette fois, le sujet l'accroche : elle raconte la visite de Daniel au Centre et ses louanges pour le quatuor entendu ce soir-là.

"Les *Dissonances*, dit Hugo. Un quatuor bien agréable à jouer. On n'essaierait pas de s'y frotter tout de suite pour voir si c'est faisable ?"

Bonne pioche. Ils paraissent tous libérés d'un fardeau, maintenant qu'il y a sur leur pupitre une chose qu'ils n'ont pas préparée. Dans le mouvement lent, Hugo et Caroline modulent en alternance les soupirs mélancoliques, ils font la course au vague à l'âme, puis échangent un sourire à la fin du passage. Le trio du menuet est un vrai plaisir, avec ses enchaînements de sauts fiévreux à trois temps ; le finale, exécuté à vive allure, les laisse tous les quatre hors d'haleine, comme s'ils venaient de franchir la ligne d'arrivée d'une course d'obstacles.

"On le fait!" dit Jochem.

Ils prennent agendas et téléphones afin de programmer les répétitions. Hugo sent que tout son être se relâche enfin. Quelle soirée décapante, se dit-il – des instrumentistes gênés aux entournures, une musique enrayée qui ne parvient pas à convaincre, mais une situation qui finit quand même par se rétablir. Ou est-ce que je me trompe?

Il remplit encore une fois les verres. Une journée se termine. L'eau clapote paisiblement contre la coque.

15

Dans la voiture, sur le trajet du retour, Jochem et Caroline se taisent. Minuit, les rues sont vides. Ils voguent d'une flaque de lumière à l'autre.

"Tu n'as qu'à poser ton violoncelle directement à l'atelier, dit-il. Je vais regarder ça demain. Changer les cordes en tout cas."

Silence.

"Ça tient aussi au temps qu'il fait. L'air est humide. J'ai vraiment dû me donner du mal pour sortir un son de l'alto."

Elle acquiesce. Il le voit du coin de l'œil.

"L'andante du Mozart sonnait plutôt bien. Hugo et toi, en duo. Pas mal."

À croire qu'elle est tout bonnement incapable de parler, se dit-il. C'est peut-être même ce qu'elle ressent : lèvres scotchées, langue collée, mâchoire scellée. Peut-être qu'elle veut parler, mais qu'elle n'y arrive pas.

"Un type étonnant, Hugo. Il me fait penser à un oiseau des marais qui aurait abandonné la nature pour aller vivre en ville. Qui se demande où sont passés les roseaux et les plantes aquatiques. Qui se fabrique un nid avec des sacs en plastique et des fils électriques. Qui s'adapte. J'espère quand même pour lui qu'il apercevra le danger à temps. Son Centre, là, il est mort, tu ne crois pas ?"

Un sujet neutre. Elle devrait pouvoir y réagir. C'est ce qu'elle fait.

"Les choses vont mieux que tu ne le penses, dit-elle. Il est en affaires avec des sociétés indiennes et chinoises. Sans compter les hordes de managers qui viennent au Centre assister à des congrès, au prix fort. Le bâtiment n'est pas prévu pour ça, mais Hugo peut en tirer de bons profits. Jusqu'à ce qu'il ait sa dose."

Ils ont quitté le périphérique et traversent des quartiers aux maisons endormies.

"En fait, je ne comprends rien à ces trucs de management, dit Jochem. Avant, organiser, ça n'était même pas un métier. Maintenant, on étudie les sciences administratives, ou la communication. Rien que des foutaises et pour quoi faire ? Que dalle ! Le pire, je trouve, c'est l'absence de concret. Quel est le produit, le résultat ? Un échéancier, un plan de travail. Rien que des affaires qui passent et qui disparaissent. Fabriquer quelque chose, ça, c'est un métier. Créer. Réparer. Des objets tangibles, qui restent. Qui se voient ou qui s'entendent. Comment peut-on trouver de la satisfaction à manager quelque chose ? Ça n'a quand même aucun rapport avec ce que fait un véritable artisan ? J'ai du mal à me retrouver là-dedans. Ça me répugne tellement que je n'essaie pas d'approfondir. De toute façon, même si je m'y intéressais, je crois que ça me dépasserait. Avec toutes ces choses qui évoluent, on vieillit beaucoup trop vite."

Les voilà rendus. Descendre de la voiture, en extraire les instruments, chercher les clefs de la porte d'entrée, l'interrupteur, le portemanteau. Jochem entend Caroline soupirer.

“Tu bois encore quelque chose ? lui demande-t-il en se dirigeant vers la cuisine.

— Je veux bien une bière.”

Le manche de son violoncelle coincé sous le bras, elle disparaît derrière la porte qui mène à l’atelier. Il l’entend allumer la lumière dans le corridor, la deuxième porte grince – penser à mettre du lubrifiant. Il perçoit le bruit sourd de l’instrument qu’elle laisse tomber sur l’établi.

Assis à la table de la cuisine, il attend devant un verre de bière. Il a déjà ouvert la cannette destinée à Caroline. Le silence est tel qu’il entend éclater les bulles de gaz. Mais qu’est-ce qu’elle trafique ?

Après avoir terminé son verre, il décide d’aller voir. Pour un peu, il va la retrouver inconsciente, étendue sur le sol entre les copeaux… Tout d’un coup, une extrême inquiétude le saisit. Il rejoint à grands pas l’atelier et fait valser la porte sur ses gonds.

Caroline est debout près de l’établi. Pâle comme un linge. Elle tient dans sa main quelque chose, une feuille de papier, une brochure, un dépliant – ah oui, le tract laissé par cette fêlée de gambiste.

“Qu’est-ce que ça veut dire ?” Le timbre de sa voix est étrange, métallique. “D’où vient ce papier ? Qu’est-ce qu’il fait dans ton atelier ?”

Elle tend le feuillet à bout de bras devant elle, comme pour le maintenir le plus loin possible.

“Je ne sais pas, répond Jochem. Je ne sais pas ce que c’est. Une cliente a débarqué avec. C’est pour un festival de musique baroque, je crois.

— Une cliente ? Tu parles de nous à tes clients ? Tu leur demandes conseil, tu fais des projets avec eux ? Dans mon dos ?”

Il ne voit pas ce qu'elle veut dire. Son agitation l'inquiète. C'est trop pour lui, il n'en peut plus. Poussant un soupir, il s'assied sur un tabouret en bois. Il tend la main vers le papier. Il lit.

Les mots qu'il a sous les yeux ne parviennent pas à pénétrer son esprit. Il parcourt le texte sans en comprendre la signification. "Partager le chagrin", lit-il, "groupes de parole", "accepter l'absence", "le soutien de ceux qui ont connu la même expérience".

Caroline tremble de tout son corps. Il ne sait pas si c'est d'angoisse ou de colère.

"Ce n'est pas un festival, observe-t-il avec une pointe de déception dans la voix. Ça parle de deuil, on dirait.

— C'est pour les parents qui ont perdu un enfant, précise Caroline. Un cercle d'entraide pour travailler ensemble sur cette problématique. Une sorte d'association de patients. Il y en a aussi pour le cancer. Et pour les myopathies incurables. Chaque réseau est divisé en sous-groupes, par spécialisation, finalement. Il y a les parents d'enfants suicidés, de jeunes cancéreux, d'accidentés de la route, et même de victimes de meurtre. On vous ramasse une demi-douzaine de couples, ou plutôt ce qu'il en reste, on les assoit en rond sur des chaises en plastique et on les pousse à raconter leur histoire, en chialant, à tour de rôle. Sous les yeux d'un travailleur social, ou d'une AMP. Savoir que ton voisin, tout comme toi, ne sait plus où il en est, c'est censé te faire un bien fou. En vertu de quoi ? Pas-d'inquiétude-c'est-parfaitement-normal ? Le malheur des autres fait plaisir à voir ?"

Jochem se tait. Il chiffonne le papier entre ses grandes mains.

“Peut-être, dit-il après un long silence, peut-être que c’est utile parce qu’au moins on finit par dire quelque chose. Peut-être qu’il faut en arriver là, s’abaisser au point de recourir effectivement à ce genre de club des lamentations, pour réussir à en parler. En petit comité. Avec un surveillant à côté.

— C’est vraiment ce que tu penses ? C’est ce que tu veux ?

— Je ne sais pas. Non, évidemment. Ou peut-être que si. Ça m’a l’air abominable.”

Cette fois, Caroline le regarde dans les yeux.

“Abominable, oui. Les affects des autres, tu parles d’un cadeau ! Et leurs conseils pratiques : est-ce qu’il vaut mieux vider la chambre de l’enfant tout de suite ou au contraire en faire un musée à visiter de temps à autre pour s’y ressourcer avec nounours ou un ballon de football dans les bras ? Partir à deux pour sauver son couple ou rester justement à la maison et vivre l’absence ? Toutes ces fadaises, on a envie de vomir rien que d’y penser. Moi en tout cas.”

Jochem se lève. Il va dans la cuisine et en revient avec deux cannettes de bière. La plus fraîche, qui sort du frigo, est pour Caroline. Il garde pour lui celle qui est restée si longtemps ouverte.

“Quatre-vingts pour cent des couples mariés qui ont perdu un enfant finissent par se briser. Divorce, suicide, maladie. Ça vous donne le cancer, ça perturbe votre système immunitaire. Tu le sais mieux que moi. De toutes les manières, c’est un coup dévastateur. Si ces gens veulent trouver du réconfort les uns auprès des autres, je ne vais pas les dénigrer, même si je pense comme toi que ça ressemble à une abomination. Une sorte de mauvais théâtre militant, à éviter absolument. Mais au moins, ils essaient quelque chose, Caroline.

— Tu ne l'as pas fait exprès, alors. Tu ignorais vraiment ce qu'il y avait dans ce dépliant."

Caroline paraît se vider de son énergie, elle se ratatine comme un pneu crevé, cherchant sur l'établi un point où s'appuyer.

"Ce n'est pas de ça que je parle. C'est de toi. Du fait que tu ne dises jamais rien et que tu flanques la trouille à tout le monde avec ton mutisme. Les gens autour de toi essaient de te protéger. En ta présence, ils n'évoquent jamais les sociétés d'autocars, les voyages scolaires, les enfants qui meurent."

Elle hausse les épaules. Sous l'établi, il y a un tabouret. Elle le tire vers elle et s'assied dessus.

Ils boivent leur bière. Ils se taisent.

16

Heleen éventre le courrier d'un geste impatient. Dans la grosse enveloppe kraft se trouve un pli blanc, de taille plus modeste. Fermé. C'est bizarre, les lettres des prisonniers sont généralement passées au crible et réexpédiées sans aucun scrupule sous forme de charpie. Sûrement une mesure d'économie. Il faut bien que quelqu'un ait le temps de décrypter ces textes cabalistiques, elle-même doit le plus souvent se torturer les méninges pour y parvenir.

La lettre est adressée à "Madame Rosemarie". Entre guillemets, comme si l'expéditeur voulait lui montrer qu'il n'est pas dupe de son faux nom. Le "madame" la touche au vif. Je ne suis pas si vieille, se dit-elle, on a sans doute à peu près le même âge. Ce genre de formule crée une distance. Dommage. Mais non, en vérité, c'est bien comme ça, il ne faut pas laisser un tel individu s'approcher de trop près. C'est ce qu'ils disent au centre pénitentiaire, ça fait partie de leur règlement. Pour sa part, elle ne sait pas très bien, elle aimerait considérer son engagement auprès des détenus comme une activité complètement indépendante, lui permettant d'être la seule à entrer en contact, de manière toute personnelle, humainement, avec ce genre de cas désespérés.

Impossible, avait affirmé le psycho-criminologue avec qui elle s'était entretenue un jour de sa marotte épistolaire, ce sont tous des psychopathes qui vous embobinent sans que vous vous en doutiez, il ne faut jamais l'oublier.

Elle déplie la lettre. Rédigée recto verso. Il lui écrit qu'elle l'a impressionné avec ses histoires de musique, il a même réglé sur la radio classique le petit transistor qu'il a dans sa cellule. Il a écouté un quatuor à cordes ! La preuve que c'est possible, se dit-elle. Il suffit de parler sincèrement de ce qui vous motive pour que l'autre vous écoute. Ça fait effet. Tiens, là, il va poser des questions, il s'intéresse. Avec qui joue-t-elle, est-ce qu'ils ont besoin d'un endroit spécial pour répéter ou bien se retrouvent-ils simplement chez l'un d'eux ? Et le solfège, c'est difficile ? Combien coûte un violon ?

À le lire, il dort mal. La nuit, il aimerait écouter de la musique. Il appréhende le procès qui va bientôt commencer. Toutes ces accusations mensongères… Il est tendu, angoissé peut-être. Comme le médecin refuse de lui prescrire des cachets, il espère trouver le calme à travers la musique. Grâce aux conseils qu'elle lui a donnés.

Il sait bien qu'il ferait mieux de ne pas évoquer dans ses lettres les délits qui l'ont mené en prison et les charges qui pèsent contre lui, mais ne pas parler de choses aussi déterminantes lui semble trop impersonnel. Il voudrait qu'elle sache qui il est, autrement il aurait l'impression d'être un imposteur. Comprend-elle cela ? Il n'a pas le droit d'employer son vrai nom avec elle, c'est évident, mais il peut lui donner un indice : qu'elle lise le journal, on parle de lui tous les jours dans la presse. Il fait l'actualité quotidienne.

C'est bien ce qu'elle pensait. En fait, à chaque fois qu'elle écrit à ce détenu, la tête de rapace d'Olivier Helleberg lui vient à l'esprit, elle a toujours su que c'était lui, cet homme hautain, mais intéressant, qui lui a montré dans ses lettres un autre côté de lui-même. Un côté fragile, se dit-elle. En tout cas sensible. C'est ce qui occupe ses pensées lorsqu'elle lui écrit. Elle évite de réfléchir à ce qu'il a pu trafiquer, ce serait trop dur à supporter dans des moments pareils. Enlèvement, chantage, meurtre. Inimaginable. Elle s'en doute bien, pourtant : dix-huit ans de prison, c'est sûrement pour des choses graves. Elle sait aussi qu'il y aura de nouvelles révélations pendant le procès qui se prépare, ce procès qu'il appréhende tellement. Elle compatit, c'est pourquoi elle préfère se concentrer là-dessus. Olivier Helleberg. Intérieurement, elle l'appelle Ollie, même si ce petit nom ne convient pas du tout à son visage effilé.

Il y a du monde au cabinet cet après-midi. La salle d'attente est remplie de patients venus pour une consultation de longue durée – dans ce cas-là, on réserve deux ou trois fois plus de temps afin de pouvoir s'entretenir sereinement avec eux. Chez Daniel comme chez Caroline, la porte est close et le voyant rouge est allumé.

Heleen reçoit ses patients diabétiques. Les rendez-vous ne durent pas longtemps, elle revient toutes les dix minutes à l'accueil chercher la personne suivante. Mme Pasma a appris à se piquer toute seule à l'aide de ce petit appareil astucieux dont Heleen lui a expliqué le mode d'emploi avec tant de persévérance.

Tous les patients qu'elle voit aujourd'hui sont d'âge canonique ou gras comme cochons. Elle adapte son comportement à la situation : douce et compréhensive avec les petits vieux, tolérante mais ferme envers les gros-pleins-de-soupe. Son entrevue avec une jeune femme colossale qui vient pour la première fois prend plus longtemps que prévu. Après avoir raccompagné la patiente, elle se faufile derrière le comptoir pour regarder la suite du planning. Dans la salle, elle voit les parents de la petite malade en fin de vie, assis tout près l'un de l'autre. Elle les salue de la tête, mais ils paraissent ne pas la remarquer. L'attente les accapare entièrement.

La porte de Caroline s'ouvre d'un coup. Heleen la voit prendre congé d'un jeune homme, puis s'approcher de la salle d'attente avant de s'arrêter sur le seuil, hésitante. La mère de la fillette malade s'adresse à elle.

"Vous nous avez repris ?" lui demande-t-elle.

Caroline fait signe que non.

"Je crois que vous avez rendez-vous avec mon collègue.

— Nous étions chez vous, dit la femme. Pourquoi ne peut-on pas rester ? On préférerait ne pas changer de docteur. Ce n'est pas qu'on ne le trouve pas bon, il est très gentil, le problème n'est pas là, mais vous au moins, vous nous connaissez. Ça change déjà tellement. Pourquoi vous ne voulez plus de nous ?"

Caroline semble tétanisée. Heleen la voit devenir rouge, déglutir, échouer à prononcer le moindre mot.

"C'est de ma faute", lance-t-elle depuis le comptoir d'accueil. À présent, tous les patients ont le regard tourné vers elle, intrigués, saisis par sa bruyante intervention.

"C'est à cause des mesures d'économie, poursuit-elle sans faiblir. On nous demande d'être plus efficients.

J'ai passé en revue le fichier des adresses et j'ai redistribué les zones de visites. Chaque patient est maintenant inscrit chez le médecin qui habite le plus près de son domicile. Il se peut donc que certaines personnes aient changé de référent. Le Dr Van Gelder habite dans votre quartier, c'est plus pratique pour venir chez vous."

Le couple a l'air abasourdi. Caroline ne fait pas un geste. On la croirait pétrifiée, se dit Heleen, absolument incapable de se mouvoir, comme quelqu'un atteint de Parkinson. Elle regarde en vitesse quel est le prochain nom sur le planning, l'énonce à haute voix, une jeune femme se lève et se dirige vers Caroline.

"Nous avons rendez-vous, dit-elle.

— Ah oui, bien", répond Caroline. Elle baisse un peu les épaules, serre la main de la patiente et retourne dans son bureau. En passant, elle regarde brièvement Heleen. Ses yeux ne laissent rien paraître, aucune surprise, aucun soulagement, aucune reconnaissance. Juste du vide. Heleen s'alarme. Il faut que je la surveille, se dit-elle, sinon ça va mal tourner. Elle voit la porte se refermer, le voyant rouge s'allumer. Elle respire.

17

Reinier observe discrètement la rue de derrière ses rideaux. Au loin, il voit arriver Djamil, un sac de courses à la main. Ils ont passé un accord. Reinier est surpris de l'aisance avec laquelle il a chassé toute suspicion. Ce garçon a quelque chose de désarmant : une telle pureté, une telle sincérité dans son désir de se rendre utile, qu'il était impossible de résister.

Il m'a bien amadoué avec son intérêt pour la musique, se dit Reinier. C'était pendant la suite pour violoncelle, oui, à ce moment-là. Quelques jours après, sa douleur au genou s'était réveillée et il s'était retrouvé incapable de faire un pas. Il n'avait plus de café ni de lait ; il lui fallait aussi du papier-toilette, du pain, du liquide vaisselle, du dentifrice, du vin. Dans sa cuisine en désordre, il était resté là, impuissant. Le coup de sonnette l'avait réjoui plutôt qu'effrayé.

Tous les deux, ils avaient préparé la liste des commissions. Djamil écrivait. D'une écriture soignée. Reinier lui avait confié de l'argent. Payer en liquide, est-ce encore possible, ne faut-il pas utiliser une carte bancaire de nos jours ? Dans ce cas, je dois lui donner mon code. Après le départ de l'enfant, l'idée qu'il serait interpellé pour achat d'alcool avait provoqué l'inquiétude de Reinier. C'est vrai, on n'en vend qu'aux plus de dix-huit ans. Et si le gérant appelait la police ? Ou les parents ? Je n'aurais jamais dû mettre du vin et de la bière sur la liste. Que va dire Djamil dans le magasin ? Qu'il fait les courses pour un vieil homme inapte à prendre soin de lui-même ? Ils vont venir me chercher, ce sera encore pire.

Finalement, il n'y avait eu aucun problème. Djamil était revenu les paniers remplis, personne ne lui ayant demandé son âge. Avec précaution, il avait posé le ticket de caisse et la monnaie sur la table. Il s'était mis à déballer et à ranger les provisions. Pendant ce temps, Reinier se tracassait à propos de l'argent. Je dois lui donner quelque chose, se disait-il, je ne veux pas le froisser, mais il faut que je le paie pour ses efforts.

"C'est du travail, lui avait-il dit. Et les gens qui travaillent sont payés. Pareil pour toi. J'insiste."

Djamil avait refusé. C'était un service entre voisins, avait-il expliqué, ajoutant que cela lui faisait plaisir. D'ailleurs, il allait aussi au magasin pour sa mère. Gratuitement.

"Tu ne mets pas d'argent de côté ? avait demandé Reinier. Pour quelque chose que tu aimerais avoir, un téléphone, un vélo ?"

Le garçon avait fait non de la tête, mais une idée germait déjà dans l'esprit de Reinier.

"Je vais économiser pour toi. À chaque fois que tu me rendras service, je mettrai de l'argent dans une cagnotte. Dans quelque temps, tu pourras t'acheter ce que tu veux. Tu n'es pas obligé de décider maintenant. Ça te va ?"

Leur choix s'était porté sur une boîte en métal aux couleurs pimpantes qui, l'odeur l'indiquait, avait contenu du chocolat : la cagnotte de Djamil. Elle est maintenant posée sur le réfrigérateur. Reinier sourit. S'aidant de sa canne, il se dirige d'un pas lent vers l'entrée pour ouvrir la porte.

Toutes les provisions sont rangées. Djamil et Reinier sont assis face à face dans le salon. Les haut-parleurs diffusent le quintette en *sol* mineur de Mozart.

"Est-ce que tu entends le violoncelle ? demande Reinier. Le son le plus grave, là, dans les basses, tu l'entends ?"

Djamil acquiesce. "C'est vous, là ? C'est vous qui jouez ?"

Reinier est soudain ému aux larmes. Incontinence émotionnelle, se dit-il, c'est la vieillesse, il ne faut pas que je me laisse aller, quelle horreur ! Il fait semblant de se moucher et s'essuie les yeux avec le carré de tissu.

Oui, c'est bien lui. Accompagné de son propre quatuor et d'un second alto. Ils ont enregistré tous les quintettes, c'est une musique qui vous délivre de vos soucis, une musique indispensable à chacun.

"Cela fait des années, reprend-il. J'étais jeune, nous l'étions tous. Voilà longtemps que je n'avais pas entendu cet enregistrement. Il est meilleur que je ne le pensais.

— Est-ce que ça vous arrivait de vous disputer ? demande Djamil. Par exemple si quelqu'un voulait être le chef ? Ou quand les autres ne faisaient pas comme on avait dit ? C'est une question bête ? Des fois, dans mon équipe de foot, on se dispute là-dessus. Du coup, l'entraîneur se fâche. Mais il n'y a pas d'entraîneur dans un groupe de musique, alors, comment ça marche ?"

Si au moins je m'y connaissais en football, se dit Reinier, je pourrais me servir d'exemples à sa portée. Les passes, on ne les fait pas avec un ballon, mais avec un thème, on laisse à son coéquipier l'occasion de se distinguer. Il faut bien surveiller la partie et toujours être prêt à intervenir dès que le ballon s'approche. On doit pouvoir penser aux autres, garder une marge pour l'improvisation, pour les actions individuelles. Il faut également se conformer à ce qui a été convenu, en termes de tempo et de dynamique, même quand on a l'impression que c'est un mauvais compromis.

"Oui, il y avait quelquefois des disputes. Des discussions sur le résultat à obtenir. On travaillait à quatre, tu sais, mais tout le monde ne voulait pas s'impliquer autant que les autres. Parfois, quelqu'un avait la tête ailleurs parce qu'il était tombé amoureux ou qu'il venait d'avoir un bébé. Alors, il s'entraînait moins souvent. Cela créait des désaccords. Nous n'étions pas non plus toujours d'accord sur les pièces à étudier, et encore moins sur la manière de les interpréter. En général, il y a ceux qui ont une grande gueule et qui s'expriment facilement tandis que d'autres sont plus timides et ne trouvent pas leurs mots. Mais nous faisions des efforts pour trouver une solution, par exemple en imposant à chacun cinq minutes de temps de parole."

Il sourit amèrement à cette évocation.

"Quand on en arrive là, c'est que les choses ne vont déjà plus très bien. Pourtant, nous avons tenu bon pendant des années. Nous ressentions une telle passion pour le répertoire, je veux dire, pour cette musique que nous pouvions jouer. Et nous avions du respect pour le savoir-faire de chacun."

Bien vu, ça, le respect, c'est un concept de footballeurs. Djamil approuve d'ailleurs de la tête.

"Nous nous sommes arrêtés parce que nous avions des ambitions différentes. Le premier violon pouvait devenir chef de pupitre dans un orchestre de grand renom. Le deuxième souhaitait passer plus de temps avec ses enfants. Moi, je voulais une carrière de soliste.

— Je dois rentrer", dit Djamil. Reinier se sent brusquement confus. Qu'est-ce qui me prend d'embêter ce garçon avec mes vieilles histoires sans intérêt, c'est insensé, il s'ennuie comme un rat mort ici et moi, je fais le malheureux en manque d'attention.

"Ma mère veut bien venir nettoyer ici, indique Djamil. Elle le fait déjà chez d'autres gens, c'est son travail, qu'elle dit."

Il a dû raconter chez lui combien c'est sordide dans cette baraque. Le sol graisseux de la cuisine, la quantité de poussière qui traîne dans cette pièce-ci. Heureusement qu'il n'a jamais vu dans quel état se trouve l'étage. La salle de bains ! Les torchons infâmes qui me servent de draps !

"Elle peut aussi laver le linge, et repasser, tout ça."

Reinier est subitement frappé d'une fatigue si intense qu'il ne trouve rien à répondre. Se lever de son fauteuil ne lui réussit pas davantage.

"Je mettrai l'argent d'aujourd'hui dans ta boîte", prononce-t-il d'une voix faible. Djamil a déjà atteint la porte. Le joyeux finale du quintette est presque terminé.

18

Bien qu'il soit presque dix heures, Caroline est encore assise à son bureau, devant l'ordinateur. Elle vérifie les conventions de tiers payant et répartit dans différents dossiers les lettres de confrères généralistes. Les choses doivent être à leur place et elle-même a besoin d'y voir clair.

Elle s'étire et prend un cendrier dans le tiroir du bas. Son téléphone, posé à côté du clavier, se met à sonner avec un bruit aigrelet. Hugo.

"Je te dérange ?

— Non, je suis en train de classer mes papiers. J'allais m'arrêter."

D'une main, elle cherche des cigarettes au fond de son sac. Un vrai fourre-tout, se dit-elle, il y aurait des fortunes à se faire dans l'agencement des sacs à main. Le briquet. Du feu. Elle se penche en arrière. Pourquoi appelle-t-il ? Un problème avec Laura ? Un conseil à demander ? Elle aimerait beaucoup ça, que quelqu'un la prenne au sérieux et prête l'oreille à ses réflexions.

Hugo semble un peu éméché.

"Je passe ma soirée à boire de la bière, dit-il. Ça fait un boucan du diable, ici, un soi-disant concert avec chansons populaires et klaxons. Tu entends ?"

Des chocs sourds en fond sonore, oui.

“Ils défilent en barque juste devant mes fenêtres. Tous complètement ivres. Sympa. J’ai déjà eu un accrochage avec une chaloupe. Ils se sont pris un bon coup de latte de ma part.

— Est-ce que Laura dort chez toi ?

— Non, heureusement. Son sommeil est déjà bien assez agité ces derniers temps.

— Une simple étape, explique Caroline. C’est ce qui se produit à l’approche d’un changement, lorsqu’ils vont apprendre quelque chose de nouveau. Quand elle a commencé à parler, elle dormait aussi très mal, tu te souviens ?”

Il ne se rappelle plus. Elle, en revanche, se le remémore clairement. La fillette dans son lit-cage, comme un petit balluchon en gigoteuse zippée jusqu’au cou, la porte entrebâillée, Hugo et elle attablés dans la salle de séjour. Elle dort ? Oui, elle dort. De quoi avaient-ils parlé ce soir-là ? Peut-être d’avant, du temps où tout leur donnait encore de l’espoir et de l’excitation, lorsqu’ils jouaient dans un trio pour la classe d’orchestre et qu’ils avaient des projets peu réalistes. On n’a sûrement pas parlé de ma vie, se dit-elle. De son travail à lui, sans doute ? Il était préoccupé par le Centre, où les affaires n’allaient déjà plus très bien. Ils avaient dû en tout cas évoquer le toit végétalisé de sa maison flottante et les lourdes plaques de gazon qu’il s’était coltinées jusqu’en haut.

Tout à coup, leur conversation avait été interrompue par un cri venant de la chambre à coucher, un bruit totalement inattendu chez un enfant d’à peine un an.

“Tadaaaaap !”

Il y avait du désespoir dans ce braillement, une urgence qui avait affolé Caroline. La petite veut nous dire quelque chose, avait-elle pensé, elle se sent en danger, mais n'a pas les mots pour l'exprimer. Hugo et elle avaient bondi en même temps vers la chambre de l'enfant. Là, tout était normal, Laura s'était rendormie, paisiblement enroulée sur elle-même, deux doigts glissés dans la bouche.

"En fait, je voulais te demander si tu avais déjà une date pour l'anniversaire de ton ami. Quel jour on joue. Je dois m'arranger pour être libre à ce moment-là.

— Je vois ça demain et je te passe un coup de fil.

— J'appelle aussi pour savoir comment tu vas. Tu n'avais pas l'air en forme pendant la répétition, j'ai trouvé."

Silence. Elle entend distinctement les basses trépider à travers le téléphone. Elle éteint son ordinateur.

"Caroline ? Comment ça va, toi ? Réponds-moi franchement.

— Jochem s'est pointé l'autre jour avec un dépliant sur une thérapie de groupe pour parents d'enfants morts. Ça m'a fait un sacré choc. Tu peux t'imaginer ?"

Hugo tousse légèrement et, à l'entendre, avale une gorgée de bière.

"Ça n'est qu'à toi. Tu veux être la seule.

— Mais je suis la seule.

— Oui, bien sûr. Ce qui est vrai aussi, c'est qu'il y a des tas de gens dans la même situation. Ça fait deux vérités.

— Pour moi, il n'y en a qu'une. Je ne comprends pas comment on peut l'adoucir en parlant avec de prétendus compagnons d'infortune.

— Non, ça n'est pas fait pour toi, reconnaît Hugo. Je te vois encore au tribunal, parmi ces dix-huit autres couples. Toute une salle remplie de victimes comme toi. Tu restais de marbre. Tous les autres sanglotaient ou bien réprimaient leur colère alors que toi, tu avais l'air de ne pas être affectée le moins du monde. Jochem était cramoisi, il ne desserrait pas les dents. Et toi, tu étais la tranquillité même."

Elle se tait un instant et tente de visualiser sa propre image, de se voir il y a deux ans, pendant le procès. Elle avait mis un pull sous sa veste, elle avait toujours froid à l'époque.

"C'est vrai, ça ne me concernait pas, reprend-elle. Je n'y étais pour rien. Je voulais que ça soit fini. C'était une comédie, une farce morbide.

— Tu as raison là-dessus. Porter plainte contre un chauffeur dans le coma. Contre une société d'autocars vendue à un géant des transports publics. Privatisée, sans aucun investissement dans l'entretien, dans la sécurité, les contrôles. L'État leur avait refilé des sommes astronomiques pour éviter à tout prix que la boîte s'écroule. Vous n'aviez aucune chance. Je suis certain qu'il y a eu pression sur les juges.

— Une histoire aussi modeste, poursuit Caroline, d'ordre intime pourrait-on dire, un voyage scolaire, un bus qui fait une sortie de route : c'est concret, c'est visible, ça touche directement la vie des gens. Sauf qu'en réalité, ça fait partie d'un incommensurable réseau de pouvoirs. Il y a de quoi se perdre, c'est un labyrinthe dont on ne ressort jamais. La cour d'appel, le Conseil pour la sécurité, le médiateur. Une voie sans issue. Personne n'arrivera jamais à percer de telles machinations souterraines. Pas même les plus intelligents. Et puis j'avais bien autre chose en tête."

Qu'est-ce qui me prend de dire ça, se demande-t-elle. Quelle conversation inutile ! Jochem voulait bien qu'on se parle. Moi, je lui ai ri au nez... Nos fils sont morts. Tués pendant un voyage scolaire, sur le chemin du retour. À dix et onze ans. Je ne suis plus mère. Personne ne m'appelle plus "maman". La maison est vide et je discute avec Hugo de fraude et de corruption. Ce n'est pas ça, l'important. Il a parlé d'autre chose... Deux vérités.

"Je ne peux pas aller à un groupe de parole avec ces parents-là. Ni avec d'autres parents. Leur perte n'est pas la mienne.

— Mais est-ce que ça ne t'aiderait pas, d'être en contact avec des gens dans le même cas ? De voir qu'ils continuent à vivre même après ça ? C'est juste une question.

— Je n'ai rien à voir avec tout ça, Hugo. Ça me déconcentre, ça me bouffe de l'énergie et ça n'avance à rien. Ce qui m'occupe, ce qui me concerne, c'est la mort des garçons. Je suis la seule mère. La seule."

Elle entend une violente collision. Hugo pousse un juron.

"Je crois que ma barge vient encore de se faire rentrer dedans par une bande de noceurs. Trop cuits pour tenir la barre. Il faut que j'aille voir, Caroline, désolé."

Face à l'écran mort de l'ordinateur, elle reste un instant immobile, le téléphone toujours à la main. Je suis peut-être en train de me la jouer, songe-t-elle, de faire la martyre, la masochiste triomphante qui brandit son glorieux chagrin du haut d'un promontoire, intangible et hors d'atteinte.

Elle raccroche le téléphone et se relève à la force des bras. Son corps lui semble lourd. Lentement, elle traverse le cabinet en éteignant partout les lumières. Puis elle sort et verrouille la porte d'entrée. Elle ressent comme une délivrance à se dissoudre dans la nuit.

19

Mon sens de l'orientation ne vaut pas un clou, se dit Jochem en fonçant à travers le quartier situé derrière l'avenue Solander. Il peste devant les panneaux de sens unique et prend deux fois le rond-point de la place à la fontaine avant de s'apercevoir qu'il est déjà depuis longtemps dans la bonne rue. Au volant, il éprouve habituellement une colère modérée, peu importe contre quoi. Trous dans la chaussée, plaques de rue invisibles, panneaux d'interdiction ridicules, automobilistes lourdauds ou agressifs : tout se prête à une incessante volée d'injures. Une fois arrivé dans l'avenue, il s'énerve contre les larges trottoirs convertis en terrasses par les habitants. Tiens, les voilà, ces petites familles comblées... Des couples diplômés de l'enseignement supérieur, avec un boulot formidable, un corps athlétique et élancé, sans oublier naturellement deux ou trois gamins doués qu'ils éduquent sans problème. En ce début de soirée, ils portent des tenues à la fois élégantes et décontractées, boivent du vin blanc ou de la bière italienne et échangent à haute voix des propos pédagogiquement responsables avec leur progéniture.

“Mais foutez-moi ça en l'air, maugrée Jochem. Faites venir les bulldozers, stop à l'annexion ! Faut envoyer l'armée, bazarder tout ce mobilier de jardin et ces bacs à sable ! La peste, ça irait aussi."

Il trouve une place pour se garer, va chercher un ticket de parking en ronchonnant et se plie avec une irritation proche de la jouissance aux injonctions de la borne de stationnement. Il retourne à la voiture d'un pas lent, secouant la tête.

Voyons, le numéro 39. Il est déjà venu ici, avant, avec Caroline, et reconnaît le petit perron dès qu'il se trouve devant lui. Ce matin, Van Aalst l'avait appelé pour lui décrire en détail les déficiences de son instrument. Passez donc me voir, avait proposé Jochem, mais c'était impossible. Pour l'instant du moins, avait dit le vieux violoncelliste, quelques petits soucis moteurs, il aurait pu évidemment commander un taxi, mais alors il lui aurait encore fallu descendre les marches avec le violoncelle, non, malheureusement, j'en suis incapable en ce moment. Jochem avait consulté son agenda et offert de passer avec une sacoche de dépannage comportant serre-joints et autres outils faciles à manier. Équipé de ce matériel, il attend maintenant qu'on lui ouvre la porte. À peine est-il entré chez Van Aalst que ce dernier se confond en excuses.

"Laissez, dit Jochem. C'est un plaisir d'avoir de nouveau cet instrument entre les mains."

Il débarrasse une table dans un coin de la pièce et la recouvre d'un plaid qu'il a fourré dans la sacoche par précaution. Van Aalst vient de sortir le violoncelle de son étui. Le bonhomme paraît en effet ne pas bien tenir sur ses jambes, constate Jochem. Vite, récupérer l'instrument pour éviter un malheur.

Observer, tapoter, caresser, écouter. La table d'harmonie commence à bâiller, le chevalet s'est un peu décalé, il y a un bruit parasite à éliminer. Jochem travaille.

Il a finalement coincé les épaules du violoncelle entre des serre-joints, après avoir préparé la colle dans la cuisine, où, à son grand étonnement, tout a l'air propre et bien rangé. Il attrape maintenant deux bières dans le frigo, qui lui aussi semble avoir été mis en ordre.

“Je repasse demain enlever les serre-joints, dit-il une fois que tous deux se sont assis. Et puis, vous allez voir, j'ai réussi à supprimer la vibration. Vous jouez encore souvent ?

— J'essaie de ne pas perdre la main, répond Reinier. C'est un délice que d'entendre cet instrument. Alors j'en fais un peu, oui. Mais je passe aussi énormément de temps devant la télévision, vous savez, je deviens vieux.

— Caroline apprécie vos conseils. Elle rentre à la maison toujours plus enjouée qu'elle en est partie. Et elle s'exerce presque tous les soirs, c'est bon signe.

— Et votre entreprise, elle marche ? Financièrement, je veux dire. Vous ne souffrez pas trop de la politique culturelle ?

— Curieusement, ça va encore. Beaucoup de mes clients sont bien placés dans le circuit et ils peuvent continuer à se produire, enfin, pour l'instant. Ce qui me pose plus de problèmes, c'est mon propre énervement face aux méthodes employées dans le secteur. Tous ces milliards qui disparaissent dans des projets faramineux, ces sommes colossales gaspillées pour des affaires dont on pouvait dire dès le départ qu'elles n'allaient rien donner. La simplicité, l'évidence avec laquelle les choses se font, la publicité insolente qu'en font les journaux – tout ça, j'ai du mal à digérer.

Que les gens associent aujourd'hui la musique aux boîtes à rythmes ou à un concours de chansons, ça me gêne moins. Je pense qu'ils en reviendront. Le goût pour la vraie musique a des hauts et des bas. Ou est-ce que je me trompe, selon vous ?"

Il observe Reinier avachi dans son fauteuil, les yeux mi-clos. Est-ce qu'il m'entend ? Il va me sortir une réponse ou quoi ? Patience : c'est un homme usé.

"Je ne suis qu'un fossile du siècle dernier, dit Reinier au bout d'un moment. C'est peut-être pourquoi je ne partage pas votre optimisme. Le gouvernement que nous avons élu l'affirme depuis des années : il n'y a pas de public, ce qui fait que les orchestres et les ensembles musicaux n'ont aucune raison d'être et qu'il n'est pas nécessaire de composer. Ils ont raison, c'est la réalité. Mais d'où vient le problème ? Ils ne se posent même pas la question. Ils ferment les écoles de musique – pourquoi pas d'ailleurs : tous ces gosses qui écorchent leur violon, qui se battent avec leur guitare ou avec leur trompette pour en tirer une ritournelle, quel intérêt ? Aucun, évidemment, les petits prodiges sont rares. Mais nos dirigeants ne se rendent pas compte qu'il s'agit de bien autre chose. Ces violons écorchés, ces laborieuses ritournelles forment un nouveau public, voilà le véritable enjeu. Qu'ils fassent de la flûte à bec ou n'importe quoi d'autre, ces enfants apprennent d'abord à écouter. La mélodie et l'accompagnement, la cohérence entre les phrases, la tension dans une série d'accords. Au bout d'un an ou deux à s'exercer sur une guitare, ils pourront savourer une sonate de Brahms ou une symphonie de Haydn. Le nouveau public, ce sera eux."

Jochem se lève pour chercher d'autres bières.

“Dans le sport, au moins, ils savent regarder plus loin que le bout de leur nez, affirme-t-il en revenant. On vous dit de jouer au foot ou de courir, pas pour gagner des compétitions, mais parce que c’est bon pour la santé. Paraît-il. Parce que ça fait du bien. Alors il faut faire du sport. Mais apprendre un instrument aussi, c’est bon : ça oblige à se concentrer, à être patient, à écouter les autres.

— À s’adapter, renchérit Reinier, à prendre l’initiative. Toutes ces aptitudes sont extrêmement utiles. Ah, Jochem, quelle misère ! Mais cessons d’en parler. Je suis content que vous ayez encore assez de clientèle et que ces gens sachent apprécier un bel instrument. Moi, j’ai fait mon temps, je ne dois pas m’apitoyer sur mon sort à présent. Il y a un jeune garçon qui fait mes courses, quelquefois. L’autre jour, il m’a dit qu’il s’arrêtait souvent sous le porche pour m’écouter jouer pendant mes exercices, qu’est-ce que vous en dites ?

— Étonnant”, répond Jochem. Il éprouve de plus en plus le besoin de partir, la demeure silencieuse du vieil homme commence à l’étouffer. Derrière ces rideaux épais, le monde s’est effacé, laissant la place aux idées sombres. Que reste-t-il dans ce salon, où tout est voué à la musique ? Des rêves surannés, un plaisir exagéré devant l’intérêt porté par un gamin des rues, la mort qui attend patiemment dans un coin de la pièce.

Il se lève, jette un dernier coup d’œil au violoncelle et ramasse ses outils.

“Je reviendrai demain, dit-il. Votre maison est impeccable, au fait. Vous avez quelqu’un qui s’occupe du ménage ?”

Une ombre semble s’abattre sur le visage de Reinier. Il ne donne pas de réponse claire, mais bredouille vaguement quelque chose dans le vide. J'ai sûrement fait une gaffe, pense Jochem. Est-ce que ça veut dire qu'il nettoie tout lui-même, alors qu'il tient à peine sur ses jambes ? Pourquoi y aurait-il un problème à faire venir une aide ménagère ? C'est devenu quelque chose de louche et je ne m'en suis pas rendu compte ?

"Enfin, bon… entend-il Reinier prononcer quelques secondes plus tard. Ce garçon, vous savez, il a une mère qui m'aide de temps à autre. Oui. Ne le répétez pas. Cela ne regarde personne. Cette femme est peut-être clandestine ou quelque chose dans ce genre."

Jochem acquiesce, surpris de cette méfiance subite, de la peur qu'il croit percevoir dans la voix de Reinier. "Pas de souci, répond-il. Je ne raconte jamais rien à personne. Déformation professionnelle. Ça me fait simplement plaisir de savoir que vous avez un peu d'aide. À demain !"

20

Une excellente soirée, se félicite Hugo. Ils ont bien avancé sur les *Dissonances* et après la pause, avec vin et bière, ils ont interprété un Dvořák flamboyant. À leur insu, de petites embarcations se sont arrêtées devant les fenêtres ouvertes de la barge. Les passagers à bord sont restés tout ouïe jusqu'au dernier accord du tempétueux finale. Puis il y a eu des applaudissements et des bravos éclatants.

Tous les quatre sont maintenant à table, quasi rayonnants. Dans la chambre d'à côté sommeille Laura. Caroline est allée lui raconter une histoire pendant que les autres buvaient leur café. Plus tard, une fois la fillette rassasiée de lecture et bordée dans son lit, papa est venu lui faire un bisou pour dormir. Il faut laisser la porte ouverte, avait-elle dit.

Caroline a parlé à la femme de Daniel. Ils joueront le matin de son anniversaire, dans le salon. Daniel ne se doute de rien, ce sera une véritable surprise. Il y aura bien de la visite, des parents, des amis peut-être, mais pas beaucoup. On enverra Daniel acheter un gâteau supplémentaire pour les invités, une tâche qu'il ne laisse habituellement à personne d'autre, et, à son retour, le quatuor sera en place. Instruments accordés.

Hugo pose la main sur l'épaule de Caroline.

"Bonne initiative, lui dit-il. C'est bien de jouer pour quelqu'un qui sait l'apprécier. Tu peux aller fumer à présent." Obéissante, elle se lève et disparaît vers la passerelle avec ses cigarettes.

"Qu'est-ce que tu penses de mon violon ? demande Hugo à Jochem. Tu trouves qu'il sonne franc ? Moi, j'en suis très satisfait maintenant."

Jochem saisit l'instrument et donne un puissant coup d'archet.

"Impeccable, prononce-t-il. Rien à redire. Les nouvelles cordes sont très bien, ton violon peut les tenir, il conserve sa réactivité. Et le son est nickel. Tu sais que Van Aalst, le professeur de Caroline, a aussi un Ruggieri ? Mais oui, tu dois le savoir, bien sûr, tu le connais. Il est en assez bon état, son violoncelle, juste la volute qui est faussée, mais ça ne fait pas un poil de différence pour la sonorité. Je suis passé chez lui l'autre jour vérifier l'instrument.

— Ça fait une éternité que je ne l'ai pas vu, dit Hugo. Quel beau musicien c'était, à l'époque… Bon prof, aussi, on était dans sa classe de musique de chambre, Caroline et moi.

— Il a beaucoup vieilli. C'était un peu oppressant chez lui, j'ai trouvé, il a peur de tout. Retranché dans cette maison, comme pour se protéger de la violence du monde. Esseulé aussi, naturellement. Personne pour corriger sa paranoïa."

Cette remarque va manifestement trop loin pour Heleen, qui suit la conversation.

"Comment ça, paranoïa ? Le danger est réel, non ? Les vieilles personnes ne peuvent pas se défendre en cas de problème. Un racket, un cambriolage, quelqu'un qui sonne et qui met son pied dans la porte : qu'est-ce qu'il peut faire, cet homme ? Il n'a pas de forces, il est seul, il a autour de quatre-vingts ans. Tu saurais comment réagir, toi, si on te menaçait ?”

Mince alors ! se dit Hugo. Quelle virulence, tout à coup, de la part de mon altruiste de cousine ! Mais elle pourrait bien avoir raison. Il paraît qu'en général, les gens se laissent intimider par leur agresseur. Ils obéissent, ils se taisent, ils rentrent dans leur coquille. Pas moi, non, je débarrasserais le plancher illico. Je laisserais tout en plan, plus vite que ça.

“Et toi, Caroline ? lui demande-t-il lorsqu'elle revient de sa pause cigarette. Que ferais-tu si quelqu'un essayait de t'agresser ?

— Ta porte est ouverte, indique-t-elle. Ou plutôt, je l'ai refermée, mais elle ne se verrouille pas.

— J'en mettrai bientôt une neuve. Avec serrure, verrou et tout le tintouin. Pour l'instant, c'est encore un peu le bazar. Je la ferme à clé la nuit, tu sais, si je n'oublie pas. Mais tu as éludé la question : qu'est-ce que tu ferais dans ce cas ?

— Aucune idée, répond Caroline. Probablement rien du tout. Quand j'ai fait mon stage en psychiatrie, il y a longtemps, on avait un bouton d'alarme fixé au sol, sous le bureau. Je n'avais qu'à poser le pied dessus dès qu'un patient s'approchait trop près. Et dans les trente secondes, on voyait débarquer un peloton d'infirmiers bien musclés. Je ne pense pas que je réagirais plus que ça. Jochem, si : il se jetterait tout de suite sur l'agresseur.

— Un gros bout de bois sur le crâne, confirme Jochem. Direct.”

Heleen semble un peu chagrinée.

“Tu ne peux tout de même pas blesser quelqu'un comme ça ? Ce gars risque une lésion cérébrale, une hémorragie – il peut même y passer et ce sera ta faute.

— C'est lui qui commence, répond Jochem. Si j'en vois un arriver chez moi une barre de fer à la main, ou un revolver, est-ce que je dois le laisser piller la maison, violer Caroline, me cogner dessus ? Dans un cas pareil, j'ai quand même le droit d'essayer de me défendre ! Sans compter que je serai sans doute totalement fou de rage. Je pense que je lui sauterai dessus sans me poser de questions. Je lui planterai une vrille en plein cœur si par hasard j'en ai une sous la main. Aucun remords. C'est à lui de réfléchir avant de tenter quelque chose, pas à moi."

Il tousse brièvement.

"En toute honnêteté, je ne sais pas si je le ferais pour de bon. J'y songerais, c'est sûr. Mais je me retiendrais sans doute, par réflexe."

Ils rient. Quelle drôle de petite bande, se dit Hugo. Des gens sociables, aux idées bien comme il faut sur le bien et le mal. Mais avec ça, on ne va pas très loin dans la vie réelle, il le sait, on se retrouve au contraire relégué du côté des sans-pouvoir, du côté de ceux qui se font avoir et plumer. Dans la société d'aujourd'hui, l'altruisme et le sens de l'équité sont de sérieuses entraves. Mieux vaut ruser en pensant à ses propres intérêts. C'est ce que font les autres. Dans le secteur socioculturel, où travaille Hugo, on joue peut-être à des jeux d'enfants, mais ce sont des jeux bien inquiétants : marchés conclus sous la pression, menaces tournées en plaisanteries, rétributions alléchantes pour intervenir ou justement ne rien faire, selon le cas… Lui-même est assez alerte et habile pour s'échapper à temps de la nasse. Jusqu'ici. On le pense naïf, crédule. C'est faux : il a simplement le regard tourné ailleurs. Vers la porte de sortie.

“Et pourtant, je ne suis pas d’accord”, dit Heleen. Elle s’est redressée, le rouge aux joues. “À la maison, on en discute souvent à cause des bagarres pendant les matchs. Il y a des gamins qui s’essuient les crampons sur la tête de l’arbitre parce qu’ils se sont pris un penalty. Entre eux aussi, c’est à qui fera les pires vacheries pour gagner. Là, je vous parle de brutalités, de violence physique, pas d’insultes ni de crachats. Comme je dis toujours à mes garçons, rares sont les difficultés qu’on ne peut pas résoudre par l’écoute et le dialogue. Ils se moquent de moi, bien sûr. Mais bon, je ne crois pas que je pourrais rendre quelqu’un paraplégique à coups de pied, non, vraiment.”

Ils finissent par s’enliser dans un débat sur l’éducation et l’importance de donner l’exemple. Sur l’absence de modèles au sein de nombreuses familles, au travail, dans l’administration. Jochem trouve que la tyrannie des “vraies valeurs”, imposée durant des années par les différents gouvernements chrétiens-démocrates, a rendu les gens indifférents. Avec internet, tout est public : les scandales, les arrangements secrets, les manigances abjectes pour étouffer une affaire… Rien n’est conforme aux apparences. Tout n’est qu’hypocrisie.

Mais c’est qu’il est vraiment furieux, s’étonne Hugo. Et on ne parle encore que de politique, de la manière de gouverner un pays. Qu’est-ce qu’il ressent alors face au malheur qui a frappé ses enfants ? Pourquoi n’explose-t-il pas ? Caroline reste coite. À croire qu’elle n’a pas besoin de se fâcher quand Jochem dépasse le point d’ébullition – est-ce bien cela ? Hugo l’a connue tout feu tout flamme, n’hésitant jamais à étaler ses opinions. Mais ça, c’était avant.

“J’ai compris, dit-il. Personne d’entre nous n’est capable de tuer ne serait-ce qu’un lapin.”

Il note qu’Heleen approuve, serrant entre ses doigts un couteau parfaitement affûté pour trancher le salami.

“Question de distance, intervient subitement Caroline. Plus la destruction est en lien direct avec nous, moins nous sommes à même d’y procéder. Quand la distance augmente, nous pouvons tuer aussi bien que n’importe qui. Moi certainement, munie d’un protocole d’euthanasie, mais toi aussi, Heleen. Chaque fois que tu retires une personne âgée de la liste des patients, tu signes son arrêt de mort.”

Heleen reste sans voix. Hugo la voit perdre ses couleurs. Elle pose le couteau sur la table et se frotte les mains comme pour les laver. Il s’incline en arrière et son regard se pose tour à tour sur ses amis : Caroline poursuivant ses réflexions le dos droit sur sa chaise, Jochem feuilletant son agenda, Heleen dévisageant Caroline avec stupeur… Quelle naïveté ! se dit Hugo. Ils sont vraiment d’une extraordinaire naïveté. Incapables de risquer un coup d’œil par-dessus les palissades qu’ils ont bâties au cours de leur vie ; agrippés aux lois et aux idéaux avec lesquels ils ont grandi. Il y a quelque chose de beau là-dedans, c’est rassurant. Mais sans aucun rapport avec la réalité. Maintenant, il faut être flexible. Le nouvel idéal, c’est la plasticité. Si vous ne savez pas vous adapter aux circonstances, vous coulez. En envoyant par le fond vos vieilles certitudes. Par le fond.

21

Heleen se tourne en grognant lorsque retentit la sonnerie du réveil. Elle frappe d'un coup mal ajusté sur le poussoir d'arrêt. Ne réveiller personne, ne pas déranger, faire en sorte que la journée commence paisiblement – c'est un automatisme, elle n'y peut rien. Elle se traîne jusqu'à la salle de bains. Il y a quelque chose, se dit-elle, ça ne va pas. Elle s'efforce de se concentrer sur ce qu'elle ressent véritablement. Mais son esprit se heurte à tout ce qu'elle est d'abord censée éprouver : les provisions qu'elle est allée chercher hier afin de pouvoir cuisiner sans problème ce soir, les patients qu'elle va retrouver tantôt et qui seront heureux de la revoir, les garçons qui débouleront dans une demi-heure et qui prendront leur petit-déjeuner en échangeant des blagues… Il y a quelque chose. Ça ne va pas.

Elle laisse l'eau de la douche tomber en pluie battante sur son crâne. Le corps immobile, les yeux clos. Elle pleure. Il se passe un moment avant qu'elle puisse attraper le shampooing, produire un mouvement. Pendant le rinçage des cheveux, elle manque de replonger dans l'immobilité, mais parvient à se hisser jusqu'au réel en exécutant des gestes brusques. Fermer le robinet. Ouvrir le rideau. Prendre la serviette.

Jamais je ne suis d'aussi mauvaise humeur, se dit-elle, essayant de se donner un peu de recul. Pas mon genre. Je suis quelqu'un du matin. Toujours bien disposée. Qu'est-ce que je mets ? Allez, la même chose qu'hier. En soupirant, elle enfile malaisément son large pantalon. Se frictionner les cheveux, bien les sécher. Mascara, rouge à lèvres. Faut bien, pour les patients. Faut bien.

Les événements de la veille au soir ne lui reviennent qu'une fois montée en voiture. Ici, pas de mari à laisser dormir, pas de garçons à envoyer en classe le cœur léger, juste elle, seule avec elle-même. Les autres ne m'ont pas comprise, se dit-elle, il faut avouer que je n'arrive jamais à bien expliquer – à part comment faire marcher une pompe à insuline ou dans quel ordre il faut prendre ses cachets, ça oui, je peux. Mais donner mon avis, dire pourquoi je fais telle ou telle chose ? Faut pas rêver. Tout le monde se paie ma tête. Le seul qui s'intéresse à moi, c'est mon correspondant chez les malfrats. Il a compris ce que je voulais dire. Il m'a écrit que la musique le tranquillisait.

Caroline. J'en suis malade. Elle m'accuse de choses auxquelles je ne peux rien. Dont je ne suis même pas au courant ! Bien sûr que j'essaie de garder les petits vieux le plus longtemps possible chez nous, au cabinet, c'est mon travail, non ? Leur arrêt de mort, elle a dit. Mais qu'est-ce qu'il faudrait que je fasse ? Au bout d'un moment, ce n'est plus possible… Quand les gens ne peuvent plus se débrouiller seuls, ils deviennent sales. Ils refusent de manger. Ils perdent la tête. Avant, c'est vrai, on avait l'aide à domicile. Des tas d'auxiliaires qui se chargeaient de tout, depuis les courses jusqu'à la lessive en passant par les médicaments. Ces petits services ont été supprimés les uns après les autres, il ne restait plus qu'un réseau administratif absolument inutile. Après, il y a eu les pôles de protection gériatrique. Une idée hyper-rentable, vu les économies réalisées. Au cabinet, on les appelle pôles d'extinction gériatrique, pas très respectueux à vrai dire. C'est difficile de lâcher les gens après s'en être occupé pendant si longtemps. On les dirige vers le comité d'avis médical, qui les envoie dans un établissement de soins ou une maison de retraite, bref, des endroits qu'on ne connaît pas et où on ne va jamais. Là-bas, les soins de médecine générale sont assurés par une équipe gériatrique. On reçoit un e-mail : "Votre patient est arrivé", et puis c'est tout. Les personnes âgées se retrouvent dans des institutions en pleine campagne ; les visites sont déconseillées ou tout bonnement interdites. De toute façon, la famille en fait rarement la demande. Le plus souvent, ils prétendent avoir déjà dit adieu à maman ou à grand-père, qui selon eux n'est d'ailleurs plus dans son état normal, et ils s'alignent sur la procédure ordonnée par les médecins.

À lire les faire-part dans le journal, la mort suit souvent d'assez près, même si tout le monde ne publie pas un avis d'obsèques. Il y a peut-être des foules de gens qui continuent à vivre pendant des lustres, mais les anciens patients dont je reconnais le nom sont tous décédés au bout d'un an. Ou avant, pour la plupart. C'est ça qu'elle veut dire par arrêt de mort ? Comme si j'envoyais les gens au massacre ! Je ne suis quand même pas un bourreau ?

Du calme, je m'énerve pour rien. Caroline n'a pas la vie facile. C'est mon amie. Elle a parlé en l'air. L'euthanasie, ça, c'est de l'assassinat. Elle le fait elle-même, quand c'est nécessaire. Enfin, elle le faisait, vu que depuis l'accident, c'est Daniel qui s'en charge pour elle. Avec l'accord du patient, bien entendu. Elle n'a tout simplement plus la force, je peux comprendre. Mais ce n'est pas une raison pour me faire porter le chapeau… Alors que je lui ai sauvé la mise l'autre jour devant les parents de cette petite malade ! Pas un merci, rien ! Bon, ça s'explique. Après une catastrophe pareille, c'est un miracle qu'elle soit encore debout et au travail, qu'elle conduise et qu'elle continue à jouer dans le quatuor. Nous devons tous l'aider, la soutenir, ça n'avance absolument à rien d'être en colère. Je vais faire comme si rien ne s'était passé hier, c'est préférable. On dirait que Jochem, lui, s'en tire mieux, en tout cas il n'a pas l'air aussi insensible qu'elle et il est resté plus ou moins le même. Mais je peux me tromper, voir les choses de travers. Il faut être prudent avec les personnes en deuil.

Elle travaille toute la matinée avec ardeur et même avec plaisir. Elle n'a pas le temps de faire une pause, il y a toujours un nouveau patient dans la salle d'attente et elle n'ose pas dire qu'elle voudrait d'abord aller se chercher un café. C'est seulement pendant le déjeuner, dans la cuisine, qu'elle voit Caroline. Celle-ci sourit et lui pose la main sur le bras.

"Bien travaillé ?" demande-t-elle.

Heleen la regarde avec gratitude. Tout va bien, finalement… Je me suis fait mon cinéma. Ce n'était rien. Pourtant, le malaise persiste. À table, le soir, elle est moins bavarde que d'ordinaire. Son mari et ses fils ne s'en rendent pas compte, ils parlent tous en même temps et, après le repas, vont s'installer devant la télévision pour regarder un match de football. Heleen débarrasse, remplit le lave-vaisselle et nettoie la cuisine. Des tâches agréables, qui reposent. Après avoir fini, elle enlève son tablier, puis jette un regard hésitant vers le salon. Là-bas, personne n'a besoin de son aide, ils s'amusent très bien sans elle. Elle est libre.

J'aimerais en parler, pense-t-elle. M'adresser à quelqu'un d'extérieur. Me plaindre que ma meilleure amie m'accuse. Demander si je suis coupable. Eux, là, avec leur match, ils ne font pas attention à moi. De toute façon, ils ne comprendraient pas, ils traiteraient ça de foutaise et me diraient des choses du genre "ne prends pas ça au sérieux" ou "tu te fais un film". Et si j'appelais Hugo pour avoir son avis sur la conversation d'hier ? Non, il est trop proche. Et lui aussi se moquerait sûrement de moi.

Dans un coin de la chambre se trouve son petit bureau. Elle entend vaguement la voix du commentateur sportif. De temps à autre éclate un rugissement. C'est un but de marqué, ou justement pas. Elle n'en a rien à battre.

Du papier, un stylo. Elle n'en connaît qu'un seul qui sache ce que ça fait d'être accusé injustement. À lui, elle pourra l'expliquer. "Cher Olivier", écrit-elle avant d'enchaîner d'un seul trait, sans aucun effort. Elle détaille les faits comme ils se sont déroulés, mentionnant sa véritable profession, le type d'instrument qu'elle pratique, le nom de ses amis. Elle pense brièvement à toutes ces règles qu'elle enfreint, mais ne se laisse pas par effleurer par le doute. J'en ai ma claque de toujours faire ce qu'on attend de moi, ça suffit ! Maintenant, c'est moi qu'on va écouter. Elle évoque l'épaisse toiture végétale sur la barge d'Hugo. Elle dépeint les émotions qui s'emparent d'elle quand elle joue dans le quatuor. Elle raconte ce que son amie, la généraliste, lui a dit, et le choc que ces paroles ont provoqué chez elle. “Je pense que vous connaissez bien ce sentiment d’impuissance, écrit-elle, cette manière dont une accusation peut vous anéantir. Ce que c’est de ne pas pouvoir se défendre. Ce moment où vous commencez à douter de vous-même. Il fallait que j’en parle à quelqu’un, pardon si c’est à vous, je me suis mise à écrire cette lettre avant même de m’en rendre compte.”

Si ces paresseux de fonctionnaires ouvrent mon courrier et le rejettent, grand bien leur fasse, se dit-elle. La communication entre les humains, c’est ça l’important. Qui pourrait être contre ?

Elle finit par écrire quatre pages entières, qu’elle plie en deux avec soin avant de les glisser dans son sac. À envoyer demain. Elle se sent prodigieusement soulagée.

22

Caroline se tient sur le seuil de la chambre où dormaient ses garçons. Les draps ont été enlevés, des couvertures colorées protègent les matelas. Livres et jouets sont à leur place. C'est leur pagaille que je voudrais, leur pagaille et leurs mauvaises odeurs de gamins, se dit-elle. Le désordre, c'est un signe de vie, un présage de rangement, l'annonce de projets et d'entreprises à venir. Un livre posé à l'envers les pages écartées, un maillot crasseux, une carte-maquette à moitié découpée… Je leur cassais les pieds pour qu'ils mettent un peu d'ordre et quand ils oubliaient, je faisais ma tête des mauvais jours. Je leur ai sûrement dit ces choses horribles que disent les mères. Qu'on n'est pas à l'hôtel ici, que je ne suis pas leur bonne. Aujourd'hui, je donnerais tout pour avoir juste encore une fois leur pagaille autour de moi. Tout. Mon bras droit. Mon boulot. Jochem. Si seulement je les savais toujours en vie, quelque part. On pourrait même m'interdire de les revoir. S'ils vivaient encore, s'ils pouvaient continuer cette vie à peine entamée, alors ça ne me gênerait pas de mourir.

Elle a fermé la porte et s'est assise à même le sol, adossée contre le coffre à jouets. Elle replie les jambes et pose la tête sur ses genoux. Je suis partie à vélo avec eux pour l'école, ce matin-là de bonne heure, il faisait encore frais, un jour d'été plein de promesses, qu'est-ce qu'ils étaient surexcités tous les deux, trop énervés pour rester en selle, debout sur les pédales, à zigzaguer sur la piste cyclable, à se crier dessus, à me crier dessus ! On voyait de loin que l'autocar était déjà devant la cour.

À quoi pensait-elle vraiment à ce moment-là ? Sans doute irritée, elle a dû leur crier de garder leur droite, de faire attention, de ne pas hurler comme ça. Elle se sentait sûrement pressée par un emploi du temps inhabituel. Jochem se trouvant à Paris pour acheter des archets, c'était à elle d'accompagner les garçons au car. Elle aurait donc une heure de retard en arrivant au travail, ce qui la gênait, pour elle et pour ses collègues. Intérieurement, elle lançait des reproches indignés à Jochem, pourquoi faut-il justement que tu sois absent aujourd'hui ? Tout me retombe dessus, tu ne tiens jamais compte de notre planning alors que je l'affiche toutes les semaines sur le frigo ! Pensées tristes et vides de sens. J'aurais dû rouler fière et libre derrière mes enfants, me réjouir de leur enthousiasme, concentrés qu'ils étaient sur l'instant présent. Je voyais leur dos mince, les muscles juvéniles de leurs mollets, leur tête haute. J'aurais dû m'abreuver de leur vitalité enfantine.

Leurs petits sacs à dos. Les deux garçons avaient emporté un imperméable roulé sur lui-même, c'était dans la liste fournie par l'école. Des sandwichs sous film alimentaire, une cannette de boisson fraîche. La veille au soir, elle avait préparé leur pique-nique, ils étaient restés à côté d'elle, près du plan de travail, l'observant d'un œil critique. Allez donc chercher les impers, avait-elle dit, et videz bien vos sacs à dos, il y a encore de vieilles affaires de sport là-dedans, pouah, cette odeur ! Ils trépignaient d'impatience, insistaient pour qu'elle ne leur donne pas de beurre de cacahuète ni de pommes. Et tout ce qu'elle avait ressenti, c'était de la fatigue. Incroyable.

Les autres ont tous droit à des sucreries, avaient-ils dit. On peut avoir des Mars, nous aussi ? Des Nuts, des Snickers, des Ritter Sport ? Maman ? Elle respire à peine. Ça fait mal. Elle ne veut pas de ces souvenirs-là.

J'ai été injuste avec eux. J'aurais dû leur remplir les poches de bonbons et de chocolat pour qu'ils sachent que j'étais prête à tout faire pour eux, que je comprenais leurs envies et que je voulais bien céder là-dessus, même si ça devait leur pourrir les dents. Elle est prise de remords.

Un bruit très lointain, dans l'atelier, lui signale que Jochem est en train de creuser ou de scier quelque chose avec force. Ça la rassure : il ne risque pas de venir voir ce qu'elle est en train de trafiquer, solitude garantie pour l'instant. Pourquoi une telle dureté envers moi-même ? se demande-t-elle. Après tout, c'est la vie, on essaie de tout faire en même temps, le mieux possible, promis juré, mais des fois on commet des erreurs, pas possible autrement, il fallait vraiment que j'y aille, les patients attendaient, j'avais un nævus à retirer, un stérilet à placer, c'est à ça que je pensais et du coup, je voulais rattraper mon retard, je m'énervais parce que le car mettait du temps à se remplir, j'avais déjà le dos à moitié tourné en leur disant au revoir de la main. Leur figure plaquée contre la vitre. Leurs bras en l'air.

Après dîner, elle lit le journal sur le sofa. Jochem s'occupe de charger le lave-vaisselle. Puis il sort de la cuisine et va chercher la télécommande. Caroline entend la télévision bourdonner un instant avant de s'allumer. Le volume, trop fort, la dérange. Mais pourquoi au fait ? Le contenu des articles n'atteint pas son esprit, les mots lui effleurent le cerveau et s'envolent sans laisser de traces. Quand Jochem regarde les informations, ils n'ont pas besoin de se parler. Là, elle l'observe par-dessus son journal. Le buste penché vers l'avant, les coudes posés sur les cuisses, il prête une oreille attentive au présentateur. Elle-même n'écoute que vaguement ce qui se dit, ah oui, le procès. Qu'est-ce qu'il trouve de passionnant à cette histoire ? L'accusé, comment s'appelle-t-il déjà, Hellebaart ou un nom comme ça, est un psychopathe comme il en court les rues. Pas si finaud que ça, sinon il ne se serait pas fait cueillir et condamner. Elle n'arrive pas à s'intéresser au crime dont on l'accuse cette fois ; si ça se trouve, il n'y avait rien eu de malveillant, juste un vice de construction, ou une erreur du grutier. C'est le sensationnalisme qui en a fait un crime. Ou le souci des autorités de montrer qu'il y a encore une justice.

Le ministère public doit apporter la preuve que les câbles ont bel et bien été trafiqués, dit le présentateur. Sabotés, corrige-t-il. Elle soupire.

"Comment est-ce qu'il aurait pu faire ça ? demande-t-elle à Jochem. Il était en prison à l'époque, non ?"

Jochem ne répond pas. Sur l'écran, la chute de la nacelle repasse pour la énième fois au ralenti. Ils voient la ministre s'écraser longuement. Les avocats d'Helleberg se refusent à tout commentaire, ils ne dévoileront leur défense que dans le prétoire. Hypocrites, pense Caroline, ça ne veut rien dire. C'est du bluff.

"Évidemment qu'il ne s'en est pas chargé lui-même, dit Jochem. Il a commandité l'assassinat, il l'a organisé. C'est tout aussi criminel. Il oblige un sous-fifre à zigouiller quelqu'un, comme ça il n'a pas besoin de se salir les paluches. Coupable à distance."

Un meurtre indirect, songe Caroline. Je n'aurais pas dû dire ça à Heleen, c'est très mal passé. Un acte de pur dépit. Il arrive des choses affreuses, alors on cherche quelqu'un sur qui passer sa colère. Je vais lui parler demain, présenter mes excuses, lui expliquer que je suis aussi effarée qu'elle par l'opacité des soins gériatriques, lui faire comprendre que les sans-pouvoir comme elle et moi essaient toujours de trouver un bouc émissaire. Est-ce que le chauffeur de bus est un assassin ? L'inspecteur des ponts et chaussées ? La ministre qui vient de se rompre le cou ? Il me faut absolument quelqu'un à haïr parce que la haine coule en moi comme un poison, il faut que ça sorte, que ça s'en aille quelque part. Sans quoi je me mets à dire des choses très désagréables, comme à Heleen, ou bien je refuse de parler tellement je culpabilise.

"J'aurais dû les garder à la maison", prononce-t-elle à voix haute.

Jochem sursaute et la regarde dans les yeux. Sans indulgence. Elle retourne à sa lecture en baissant la tête. Le présentateur du JT se perd en détails sur le nouveau palais de justice : tant de couloirs de contrôle, tant de barrières sécurisées, tant de portiques de détection.

"Arrête, Caroline. S'il te plaît. Je ne supporte pas tes délires. Comme si tu avais eu la possibilité d'y changer quelque chose, comme si tu étais en mesure d'agir sur ce qui s'est passé ! N'importe quoi. Tu n'y peux rien, justement, tu n'as aucune influence. Tu es totalement impuissante."

23

Reinier a posé le journal à plat sur la table et lit attentivement l'annonce publiée par le Centre. Devant l'immense succès rencontré lors de son dernier passage, le quatuor invité le mois précédent revient pour un concert unique que les organisateurs ont réussi, par un heureux hasard, à insérer entre deux dates de tournée. Une occasion exceptionnelle pour les mélomanes, affirme l'encart publicitaire. Un programme époustouflant, exclusivement constitué de chefs-d'œuvre de la musique classique : Haydn, le *Ré mineur* de Mozart et, après l'entracte, ce monument schubertien qu'est *La Jeune Fille et la Mort*. Trois cent cinquante euros la place. En bas de l'annonce, ce doit être un site internet, suppose Reiner, quelque chose avec http et www, sans majuscules.

Je devrais le faire, tout simplement, on ne va pas chipoter. En remerciement des services rendus. Tous les deux au concert. Avec peut-être une chemise pour Djamil, et un jean présentable, parce qu'en survêtement, c'est bien sûr impossible. Assis l'un à côté de l'autre dans cette belle salle. Il ne saura pas où regarder – les quatre chaises disposées sur la scène, les pupitres, les musiciens qui arrivent avec leur instrument rutilant, qui saluent, qui prennent place.

Tout ce que je lui ai raconté sur le jeu en quatuor, il pourra le voir, il pourra l'entendre. En passant, je lui en dirai davantage sur les morceaux, je lui expliquerai que Mozart était à sa table de composition pendant que sa femme accouchait dans la pièce à côté, il a incorporé ses hurlements à la musique, écoute bien, dans la partie lente… Et Schubert, alors, Djamil va sûrement adorer – ce lied, ces variations ! Il sera là, bouche bée, sur le rebord de son siège, à écouter le feu d'artifice du finale. Il faut absolument que je le fasse. Réserver des places et lui faire la surprise. Mais comme ça ? Je devrais peut-être d'abord lui demander s'il en a envie ? Obtenir l'autorisation de sa mère ? M'informer auprès des parents s'ils sont d'accord pour que leur fils passe une soirée avec un vieil homme ? C'est comment, la musique, du point de vue de l'islam ? Ils ont le droit ? C'est bien quelque chose d'abstrait, sans images, donc pas de problèmes à prévoir. Il faudrait que j'en sois sûr. Bon, ils ont des hautbois, et puis une sorte de violon avant la lettre, rebab, rebec ? Allez, pas d'histoires, j'achète les places et c'est parti.

Emportant la page du journal, il rejoint lentement son fauteuil. Le téléphone est placé à côté, sur une table d'appoint. Il empoigne le combiné et garde un instant les doigts suspendus au-dessus du clavier, scrutant l'annonce à travers ses lunettes de lecture. Aucun numéro de téléphone. A-t-il bien regardé ? Oui, il a bien regardé. Il se penche en gémissant pour attraper le lourd annuaire téléphonique posé sur le sol. Petits caractères, encre grisâtre. Où chercher ? "Centre" ? "Palais de la musique", peut-être, c'est un annuaire d'il y a dix ans. Il réprime son agacement et continue de parcourir les colonnes. En vain. Et maintenant ? Les renseignements ! Ça existe encore ? Une standardiste qui vous cherche votre numéro ? Il me faut un stylo, un bout de papier.

L'annuaire regorge d'informations. Des plans de ville, des publicités, des annonces pour le service de réveil par téléphone. Ce n'est qu'en dernière page qu'il trouve le numéro des renseignements. Un euro la minute, peut-on lire. Dès qu'il entend une voix dans l'écouteur, il se met à parler. La voix poursuit imperturbablement : "Il y a douze appels avant vous merci de rester en ligne nous nous efforçons d'écourter votre attente." Mais pourquoi ne m'écoute-t-elle pas, s'étonne-t-il – ah oui, un automate, c'est à moi d'écouter. Après le signal sonore, continue la femme artificielle, veuillez prononcer distinctement le nom et l'adresse de votre correspondant. Il transpire, la sueur lui picote les aisselles. L'adresse ? C'est sur un quai, avec un nom d'explorateur. Quai James Cook ! Mais je ne sais pas à quel numéro.

Il raccroche, appelle encore une fois la dame des renseignements, la laisse réciter son message, s'éclaircit la gorge et formule solennellement les informations demandées. Puis il attend, le stylo à la main. Au bout de trois tentatives, il a son numéro de téléphone. Il repose l'annuaire sur le sol et se renverse dans son fauteuil. Tout va bien se passer maintenant. Il se voit déjà en route vers la salle de concert, Djamil à ses côtés.

La voix synthétisée du Centre s'avère tout de même une nouvelle surprise. Autrefois, vous aviez tout de suite quelqu'un de la billetterie, se souvient-il. Bon, fini de râler. Il faut faire attention.

"Pour la programmation, tapez 1. Pour une question d'ordre économique ou financier, tapez 2. Pour la prévente, tapez 3. Pour le bar ou le restaurant, tapez 4. Pour la direction et les services administratifs, tapez 5."

Il en a le tournis. Faut-il choisir "programmation" ? Peut-être vaut-il mieux opter pour "services administratifs", ils doivent bien avoir un employé qui pourrait lui réserver des places. La fois suivante, il appuie sur 5.

"Tous nos collaborateurs sont occupés pour le moment. Merci de renouveler votre appel ultérieurement ou de consulter nos services en ligne."

La touche n° 1, alors.

"L'ensemble de notre programmation figure sur le site www.lecentresurlequai.com. Vous y trouverez des informations détaillées sur les artistes invités, la réservation des billets, ainsi que sur les moyens d'accès et de stationnement."

Pour ne pas faire les choses à moitié, il essaie également la touche n° 2 ("… dans l'impossibilité de vous répondre actuellement"), la 3 ("Veuillez rappeler durant nos heures d'ouverture") et la 4. À son grand soulagement, un jeune homme lui répond d'une voix nonchalante.

"Mais vous êtes réel ! s'écrie Reinier après un instant de surprise.

— Oui, répond le garçon. Bar Sur le Quai, Willem à votre service."

Reinier se présente et exprime son souhait d'acheter des billets.

"C'est le bar, ici. Vous n'appelez pas pour dîner ?

— Non. Enfin, peut-être, mais je dois d'abord réserver des places. Pouvez-vous m'aider ?"

Il entend le jeune homme interpeller quelqu'un. Sa voix résonne. C'est sûrement très grand autour de lui. Puis une autre voix répond au téléphone, une femme.

"Restaurant Cook, bonjour !"

Encore une fois, il reprend l'histoire depuis le début. Il entend à sa propre voix, devenue terne, combien il est fatigué à présent.

"Vous n'êtes pas au bon endroit, dit la femme. Pour les billets, il faut aller sur le site. Vous cliquez juste sur la représentation qui vous intéresse. Vous pouvez même choisir votre place et payer par carte de crédit. C'est très convivial."

Il voudrait lui expliquer qu'il n'a pas d'ordinateur et que de toute façon il ne comprend rien à ce qu'elle dit, mais renonce avant même d'avoir ouvert la bouche. Inutile d'essayer.

"Merci", dit-il. Avec douceur, il raccroche le combiné.

Que faire ? Y aller, bien sûr. Il ne se laisse pas décourager aussi facilement. Il y a un arrêt de tram au coin de l'avenue Solander. Changer à l'hôtel de ville, puis continuer jusqu'au terminus et là, encore quelques centaines de mètres à pied. Une bonne répétition pour le trajet avec Djamil. Serrer l'orthèse au maximum. Prévoir de l'aspirine. Manteau, portefeuille, canne. Il referme la porte derrière lui et descend prudemment les marches. Petites enjambées, marche lente, dos droit. Ne penser à rien d'autre, juste à l'itinéraire, à la prochaine étape.

Il n'attend pas depuis cinq minutes que le tram apparaît déjà. La montée s'effectue aisément : le trottoir surélevé arrive au niveau de la porte et Reinier embarque sans aucun problème. Les autres voyageurs pressent une carte en plastique contre un appareil qui émet à chaque fois un signal irritant. Lui-même ne possède pas ce genre de chose, mais un contrôleur sympathique, assis dans une petite guérite au milieu du tram, lui vend un ticket à un prix étonnamment élevé. Le poing refermé sur son titre de transport, il va s'asseoir près d'une issue et pose la canne entre ses genoux. Le haut-parleur énumère les arrêts : Musée-Colonial, Jardin-Zoologique. Attention, le prochain, c'est Hôtel-de-Ville.

Il parvient à rejoindre la sortie à temps. Une femme lourdement chargée manque de le pousser dehors avec son sac, mais il réussit à garder l'équilibre et à se tenir debout sur la plateforme devant l'hôtel de ville. Le tram suivant dessert justement la ligne qu'il doit prendre, c'est un vieux modèle, avec des marches à escalader pour y accéder. La douleur lui perce le genou tandis qu'il traverse pas à pas le wagon brinquebalant. Il y a un siège de libre à côté d'un gros monsieur portant un attaché-case. Pour lui passer devant, Reinier doit lâcher la barre d'appui à laquelle il se tient. Il redoute un instant de basculer sur l'homme en se contorsionnant jusqu'à sa place – mais pourquoi est-ce que ce type ne se décale pas tout bêtement vers la fenêtre ? Ça y est, de justesse. Il ferme les yeux un instant.

Quand il les rouvre, il se rend compte que le tram l'éloigne peu à peu de sa destination. En sens inverse. Il lance un juron. Descendre au prochain arrêt, traverser la rue entre les coups de klaxon des voitures et les vrombissements des scooters… Pas d'arrêt en face. Mais plus loin, si, de l'autre côté du carrefour. Il se met en chemin.

Attendre. La station debout lui demande beaucoup d'efforts, mais il n'y a pas de banc, alors il faut s'y faire. C'est l'affluence, les gens le bousculent en avançant sur le trottoir étroit. Soulagé, il voit le tram arriver au loin. Avec une lenteur insoutenable.

Il y a tellement de monde à l'intérieur qu'il ne peut pas s'asseoir. Peut-être qu'un autre passager, par exemple un de ces jeunes qui chahutent à l'arrière et s'amusent avec leur téléphone, pourrait lui céder sa place, mais il n'y croit pas une seconde. Djamil, lui, le ferait, mais des gamins comme ceux-là, jamais de la vie. Il s'agrippe de sa main libre à une barre peu ragoûtante et s'arc-boute à chaque virage.

Dehors, enfin. Il y a un pont qui enjambe un vaste bassin. Le long de la rambarde s'étend un banc interminable, utilisé par des touristes et quelques clochards endormis. Peu lui importe, il trouve une place et s'assied.

Un peu de repos maintenant. J'ai fait la plus grande partie du chemin, tout va comme prévu. Mais j'aurais dû prendre un pardessus plus léger, je sue à grosses gouttes. Allez, ouvrir tout ça pour aérer un peu. Ce fichu genou, ce qu'il me fait mal !

Il fouille dans sa poche de chemise et en sort un cachet d'aspirine, qu'il avale à sec. L'un des clochards l'aborde en criant. Il ne réagit pas. Au bout d'un long moment, il fait un effort sur lui-même et se lève. Cette fois, prendre la bonne direction, c'est par là, on voit le bâtiment d'ici. Il semble y avoir plusieurs façons d'y arriver, par un passage élevé qu'empruntent aussi les voitures, ou par une piste cyclable en contrebas. Après s'être approché suffisamment, il aperçoit dans les profondeurs les portes de l'entrée avec, à l'arrière, la billetterie, mais comment aller jusque-là ? Pas d'escalier en vue ; pour rejoindre l'autre accès, au niveau supérieur, il est contraint de faire un grand détour et de franchir une passerelle pas très rassurante.

Il appuie sur la lourde porte vitrée. Rien. “Pull”, lit-il en toutes petites lettres. Maintenant, c’est bon. Le voilà entré.

À ses pieds se déverse une cataracte de bois, un gigantesque escalier d’au moins cinquante marches de dix mètres de large. Sans rampe. Tout en bas, il distingue le vestiaire et les guichets de l’accueil. Si près du but, et si loin de surmonter ce dernier obstacle ! La déception le frappe jusque dans les jambes, qui se mettent à trembler, le forçant à s’adosser au mur pour rester debout. Quelques instants plus tard, la porte vitrée s’ouvre à nouveau et une jeune femme pénètre dans le bâtiment. Perchée sur ses talons hauts, elle descend les premières marches de l’escalier, puis tourne la tête et s’adresse à lui.

“Je peux vous aider ? Il y a un ascenseur, vous savez.”

Elle désigne le mur sur lequel il est appuyé. En suivant son regard, il discerne un vague rectangle dissimulé dans le métal de la paroi. Sur le côté se devine, avec un peu d’attention, le pictogramme estompé d’une flèche.

“Vous n’avez à pousser le bouton et il arrive”, dit la femme.

Hésitant, Reinier pénètre dans l’ascenseur, un caisson longitudinal violemment éclairé. Il appuie sur “0”, qui lui semble préférable à “1” ou “- 1”. Ils pourraient quand même indiquer à quoi correspondent – non, je dois rester concentré, prendre les choses comme elles viennent, ne pas me fatiguer pour des histoires inutiles.

Une cathédrale. Une basilique austère. L’immense volume se déploie sous ses yeux. Pas de bancs ni de chaises à l’horizon. Avec prudence, il pose sa canne sur les dalles de pierre lisse et avance de quelques pas. Plus loin, la femme en talons aiguilles disparaît à l'angle d'un couloir.

Il essaie de s'orienter. Le hall est bordé d'immenses baies vitrées. Au-delà, c'est l'eau. Il s'arrête un instant pour observer le passage d'un haut paquebot blanc. La tête lui tourne, tout se met à virer, à valser, et il n'a rien à quoi se raccrocher. Ça ne va pas, se dit-il, je dois faire quelque chose. Trouver un lavabo, m'asperger la figure, mais où sont les toilettes ? Il regarde lentement autour de lui, ce n'est pas le moment de tomber, du calme. Il voit le grand escalier, lève les yeux pour retrouver l'endroit où il se tenait il y a une minute et en perd pratiquement l'équilibre. Bizarre d'avoir le vertige quand on est au fond, impossible pourrait-on dire et pourtant, c'est ce qui se passe. Il oscille, fait sans réfléchir quelques pas extrêmement douloureux et s'effondre sur une marche de l'escalier. Tandis que la canne ricoche sur les dalles, il pose la tête contre ses genoux. Assez, pense-t-il, j'abandonne, j'arrête de résister.

Il est réveillé par des voix fortes. Très loin dans les hauteurs, il aperçoit une charpente de bois et de métal. Un lustre contemporain, suspendu à des câbles épais. Par terre, se dit-il, je suis allongé par terre.

“Il était là, comme ça, raconte quelqu'un. Je n'ai aucune idée de ce qu'il veut, il ne répond pas quand on lui pose une question.

— Peut-être qu'il est tombé dans les pommes, suggère une autre voix.

— Ça pourrait être une crise cardiaque. Une hémorragie cérébrale. Il n'arrive pas à parler, c'est bien ça ? Faut appeler les secours.

— Oui, c'est le mieux. S'il nous claque dans les bras, on n'est pas sortis de l'auberge. Tu les appelles ?"

"Non !" s'oppose Reinier. Il n'entend pas le son de sa voix. Encore une fois. "Non ! Pas ça, pas la police !"

"Hé, mais il a dit quelque chose ! Monsieur, vous avez perdu connaissance, nous appelons les secours, ne bougez pas.

— Non, pas les secours ! S'il vous plaît. Pas ça."

"Protocole", entend-il. "Malade". "Téléphone". S'ils appellent, je suis perdu. Allez, debout, et hors d'ici. Il essaie de soulever une jambe, mais la douleur est telle qu'un voile noir s'abat de nouveau devant ses yeux.

"Un problème ?" demande une voix aimable qui lui semble vaguement familière. "Qu'est-ce qui se passe ?"

On s'agenouille à côté de lui, on lui prend le bras.

"Mais c'est M. Van Aalst ! Reinier ! Que vous est-il arrivé ?"

Violoniste, c'est ça, de la classe d'orchestre. Comment s'appelle-t-il déjà ?

"Je vous mets quelque chose sous la tête, le sol est si dur."

Un bras sous ses épaules, un petit paquet moelleux, sans doute une veste repliée, où vient se poser sa tête. Il ouvre les yeux, voit un homme en bras de chemise qui le regarde d'un air inquiet. Il me connaît, je le connais aussi même si j'ai oublié son nom pour l'instant. Il faut qu'il m'aide.

Au prix d'un immense effort, il étend la main et referme ses doigts crispés sur la manche à rayures.

"Aidez-moi, chuchote-t-il. Pas d'ambulance. Aidez-moi."

L'homme le redresse en position assise. Il sent le tournis s'en aller, sa vue s'améliore, le monde ne tremble plus. Hugo, voilà comment il s'appelle. Le trio avec Caroline. Et maintenant, il joue dans son quatuor. Un garçon sympathique.

"Je vais faire en sorte que vous puissiez rentrer chez vous sain et sauf, dit Hugo. Apparemment, vous n'avez rien de cassé et votre visage a repris des couleurs. Tout va s'arranger."

24

“Qu’est-ce qu’il a vieilli, remarque Hugo. Je l’ai à peine reconnu.”

Il est en train de téléphoner à Caroline, les pieds posés sur le rebord de la fenêtre.

“Il était totalement affolé, pas question d’aller aux urgences, il ne voulait pas. Je l’ai raccompagné chez lui en taxi. Espérons que c’était la bonne chose à faire, qu’il n’a pas d’hémorragie interne ou un truc de ce genre. Qu’est-ce que tu en penses ?

— Ça fait des années qu’il ne sort pas du quartier, répond Caroline. Il a une jambe invalide. C’était toute une expédition pour lui, ce trajet, je pense qu’il s’est surestimé. Et puis aujourd’hui, il a fait chaud. Cette angoisse, c’est complètement lui, il refuse toute aide, il trouve ça risqué. Il a peur d’être placé en hospice. De devoir quitter sa maison.

— Tu ne voudrais pas aller voir chez lui ? Tu trouveras bien une excuse… Histoire de vérifier qu’il ne joue pas les macchabées dans sa cuisine ? Tu peux encore l’appeler, il est à peine neuf heures.

— D’accord, je m’en occupe. De toute façon, je voulais lui emprunter sa partition des *Dissonances*, j’ai oublié de le faire pendant le dernier cours.

— Tu me rappelles quand tu seras rentrée ? Ça fait un choc, tu sais, quelqu'un qu'on admirait tellement et qui se retrouve si fragile tout d'un coup. Extrêmement préoccupant. Bien sûr il est dingue, parano, mais c'est quand même difficile à croire d'un homme aussi fort et plein de vie.

— Qu'il soit vieux, d'accord, mais dingue ? Je ne sais pas… Peu incité à agir, étroit de vues, tracassé par ses infirmités – tout ça est vrai. Quand je vais chez lui et qu'on travaille, il se remet à vivre. Ce serait presque comme à l'époque. Bon, je te tiens au courant."

Hugo se lève pour se resservir un whisky. L'évanouissement de son ancien professeur l'a secoué. Il se sent mal à l'aise, comme s'il était lui-même affaibli et avait perdu tout lien direct avec la réalité. La boisson n'arrange rien, se dit-il, et il boit. Lorsque le téléphone sonne, il bondit, persuadé que c'est Caroline, qui se tient auprès du corps immobile de Van Aalst.

C'est le président du conseil d'administration. La faillite semble inéluctable. Il va falloir vendre le bâtiment, un acheteur potentiel s'est déjà présenté, une grande fortune chinoise, tout est encore secret. Ce coup de téléphone confidentiel vise à le préparer à son licenciement prochain, à lui éviter d'être pris au dépourvu lors de la réunion programmée dans quelques jours. C'est regrettable, il s'est tant investi, les administrateurs ont véritablement la plus grande estime pour son travail et il y aura bien entendu un arrangement, dans la limite du raisonnable, on ne peut rien envisager de mieux vu les circonstances, mais lui-même, en tant que président, fera tout son possible pour lui assurer un minimum de dédommagement. Le personnel sera informé plus tard, une fois la transaction finalisée. Monsieur le président compte sur sa discrétion.

Hugo pose le téléphone sur ses genoux. Un immense soulagement l'envahit. C'est difficile à croire, mais il est heureux. Libre ! Libre de proposer ses services au chantier naval d'en face pour retaper des vieux bateaux ; libre d'aller jouer du violon dans les couloirs du métro, une casquette posée sur le sol ; libre de se reconvertir en instituteur et de travailler parmi les enfants. En tout cas : libre. Il éprouve moins de colère que de gratitude envers ce conseil d'administration aux agissements douteux. Le calvaire prend fin – il n'avait pas conscience de détester autant son travail, il se plaisait le plus souvent à louvoyer, à faire plus avec moins, avec les moyens du bord, et ainsi de suite. Le défi. Mais c'est terminé. Poussant un long soupir, il regarde les formations nuageuses filer au-dessus de l'eau. Libre. Il en est encore à savourer cette délivrance inattendue lorsque la sonnerie du téléphone retentit de nouveau.

"Drôle d'histoire, résume Caroline. Il venait acheter des places pour un concert. Je n'ai pas très bien compris, il est resté très mystérieux là-dessus. Il avait l'intention d'inviter quelqu'un, je me demande s'il n'a pas une copine, incroyable, non, qu'est-ce que tu en penses ? Il m'a dit après que c'était pour son aide à domicile. Ça m'étonnerait.

— Peut-être qu'il voulait y aller avec toi ? Je suppose que c'étaient des places pour ce quatuor à cordes, là, ils vont donner un autre concert tellement le dernier a bien marché. Par contre, ça va lui coûter bonbon… Quelle pitié, faire tous ces efforts et rentrer bredouille à la maison ! Est-ce qu'il a des séquelles ?

— Je l'ai trouvé plutôt bien. D'accord, son genou est fichu, mais ça datait d'avant. Il avait les idées claires. En fait, les réservations se font en ligne, il n'a pas réussi par téléphone. Il m'a parlé de toi, tu l'as sauvé d'après lui. Il se rappelait ton nom, il savait qu'on avait fait partie de sa classe. Un garçon doué, il a dit, fougueux et original. Il en garde un bon souvenir. Tu ne pourrais pas tout simplement lui envoyer ses places ?

— Je ne sais pas si ça tient toujours, pour le concert. Le bâtiment est en vente, je viens d'apprendre que j'étais viré. Il se peut qu'ils annulent toute la programmation.

— Hugo ! Toi, viré ? C'est terrible…"

Il lui avoue son soulagement et l'assure qu'elle verra toujours Laura une fois par semaine.

"Je peux enfin me laisser pousser la barbe, dit-il. Je ne suis plus obligé à rien. On va pouvoir aller au zoo tous les trois."

Caroline doute encore, soucieuse.

"Notre monde est en démolition, au rebut, ça devient si concret, si tangible, plus moyen de se voiler la face. Tout ce qui donnait de la passion à nos vies se retrouve balayé, anéanti.

— Regarde un peu le problème dans l'autre sens. Ça n'est pas forcément mauvais de faire table rase. Bazarder les vieilleries, fabriquer de nouvelles choses. Le maintien des institutions et des idéaux du passé nous étouffe. Il faut s'efforcer de croire qu'on peut s'en libérer.

— Tu parles comme un cours de management, note Caroline. Tu as bu ?"

Il rit.

"Bien sûr que oui. N'empêche que j'ai raison. Au fait, c'est encore un secret, tu n'en parles à personne.

Je l'ai appris moi-même il y a moins d'une heure, les autres ne sont pas encore au courant.

— Motus. Je ne suis pas à ça près. Les feintes, les mensonges, c'est mon boulot de tous les jours. Je suis entrée chez Van Aalst sous un faux prétexte. Il m'a prêté sa partition de Mozart, tu vois bien, celle en jaune, complètement décolorée, couverte de taches de doigts, avec son adresse tamponnée en grand sur la couverture. Dis, tu vas dormir après ? Pas de bêtises, hein ?

— Comme un loir, répond Hugo. Comme un bébé."

25

Il n'est que sept heures du matin et Caroline est déjà au bureau, devant son ordinateur. La fenêtre ouverte laisse entrer un air frais, vivifiant, et il n'y a pas encore de bruit dans la rue. Elle est contente d'être venue travailler de bonne heure. Depuis l'accident, elle se réveille beaucoup trop tôt et ne peut rester au lit sans être en proie à une sombre inquiétude. Alors elle s'oblige à se lever, à faire quelque chose, n'importe quoi. Mettre à jour les dossiers, lire les revues professionnelles, trier les e-mails.

Elle entend la porte du cabinet médical s'ouvrir. Serait-ce déjà Mollie ? Sûrement pas : elle débarque toujours à la dernière minute. Heleen ? Sans doute en train de prendre son petit-déjeuner avec les garçons. Caroline se redresse et jette un œil dans le couloir. C'est Daniel. Il a une mine épouvantable, les joues grisées par une barbe naissante et un teint de cendre. Sans un mot, il se laisse choir sur le siège placé face à Caroline.

“Elle est morte.

— Le neuroblastome ? Cette nuit ?”

Il acquiesce. Caroline s'aperçoit qu'elle tremble. Neuroblastome, quelle stupide précaution de langage ! C'est de la fillette qu'il parle, de cette fillette-là.

S'il y est allé cette nuit, à sa place à elle, c'est parce qu'elle-même tremble et se tait.

"Raconte-moi, dit-elle dans un souffle.

— Enfin, bon, tu sais comment ça se passe… Morphine, hypoventilation. Elle est partie doucement, sans complications. Une toute petite fille dans un lit médicalisé. Il y avait des infirmières, évidemment, de jour et de nuit ces dernières semaines.

— Ça vient d'arriver ? Pourquoi tu ne rentres pas chez toi ?

— C'était vers quatre heures, je dirais. Il faisait encore noir. Je suis resté pour les parents, ils tombaient de stress et de fatigue. J'ai appelé la pharmacie, un coursier est venu apporter de quoi les faire dormir. J'ai dû les envoyer se coucher. De force. Il leur faut quelques heures de sommeil avant le grand cirque. Un vrai crève-cœur, ces gens. Avec ce qui les attend… Vaut mieux ne pas y penser. Je ne pouvais pas rentrer comme ça chez moi, me pointer devant les enfants. Toute cette joie de vivre. Je ne veux pas voir ça pour l'instant."

Les parents, songe Caroline. Les gens qui viennent de perdre un enfant ont un air de désespoir brutal qui fait fuir tout le monde. Il faudrait les enfermer jusqu'à ce que les angles se soient un peu arrondis. Ça ne se fait pas d'exposer les autres à ce spectacle nocif. Moi, je ne le supporte pas, je m'en suis bien rendu compte quand ils étaient dans la salle d'attente. Et maintenant, pour eux, c'est quoi le tableau ? Leur fille emmenée au funérarium, le type des pompes funèbres avec son album photo plein de cercueils, les amis et les voisins qui viennent écrire leur adresse sur le registre de condoléances… Ils vont assister à tout ça, paralysés, à la frontière d'une réalité qu'ils sont incapables d'affronter. Non, ne pas y penser. Non.

Elle se lève et sert un café à son collègue.

"J'ai fait de l'ordinaire. Je n'ose pas toucher à l'autre appareil. Prends du sucre, c'est bon pour ce que tu as."

Il obéit sans protester, affalé sur sa chaise.

"Il faudrait aussi que tu dormes. Tu ne peux pas travailler comme ça.

— Un petit coup de rasoir, une douche et ça ira. J'ai des tas de rendez-vous ce matin."

Elle sait pertinemment que ce n'est pas une bonne idée. Si quelqu'un peut prédire l'impact désastreux d'un tel décès sur la capacité de travail, c'est bien elle.

"Il n'en est pas question, lâche-t-elle d'un ton décidé. Tu m'as remplacée la nuit dernière, ce matin je te remplace. Heleen peut aider les patients à se déshabiller, moi, je fais la navette entre nos deux bureaux pour l'examen clinique. On leur expliquera la situation. Aucun problème.

— C'est gentil de ta part. Tu as raison. Il faut que je rentre."

Avec effort, il se remet debout. On dirait qu'il a rétréci pendant la nuit, se dit Caroline. Elle lui pose la main sur le dos et le pousse délicatement vers le couloir, vers la porte encore ouverte. Elle s'arrête sur le seuil. Elle regarde Daniel marcher jusqu'à sa voiture, s'y asseoir, démarrer.

"Merci, murmure-t-elle. Merci beaucoup."

Plus tard, dans la cuisine, elle feuillette avec Heleen le planning des consultations.

"Il n'en pouvait plus, explique-t-elle. Je l'ai renvoyé chez lui. C'est ma faute. C'étaient mes patients.

— Il faut vraiment que tu arrêtes, dit Heleen. Tout s'est passé dans les règles, tu n'as pas à te sentir coupable. Tu aurais fait exactement la même chose à sa place.

— Vous êtes tous trop gentils avec moi. Jusqu'à quand ? Quand je serai redevenue normale ? Quand tout sera fini ? Mais ça n'est jamais fini, tu le sais bien toi aussi.

— Nous devons tous nous adapter à cette nouvelle situation. C'est pour toi que c'est le plus dur, alors ne te fais pas de soucis pour nous.

— Il y a toujours des patients qui meurent. Si je ne peux pas l'accepter, j'ai un gros problème. Je n'aurais jamais dû te dire ça, l'autre jour, sur les meurtres à distance. Désolée."

Heleen s'est levée, elle s'active devant l'évier. Caroline l'observe. Dos épais, jambes fortes. Qu'est-ce que je suis franche, ce matin, à dire toutes ces choses ! J'espère que la salle d'attente va vite se remplir. Je n'en peux plus.

"Pas grave, répond Heleen. J'avais déjà oublié. Mais ça fait plaisir que tu me le dises. Au fait, j'ai réussi à garder Mme Pasma, elle fait ses injections toute seule sans problème. Du coup, elle n'a pas à s'en aller, pour l'instant. En quoi ça t'ennuie qu'on essaie d'agir au mieux ? Ce n'est pas nous qui avons inventé le système de soins pour les personnes âgées. Tout ce qu'on peut faire, c'est s'en servir le plus intelligemment possible. Si les gens disparaissent de la circulation, ce n'est pas notre faute. On dirait que tu cherches à te culpabiliser de tout. Tu ne devrais pas."

Caroline se tient dans l'encadrement de la porte. Elle fume. Dehors, la plante malade ne s'est pas encore vraiment rétablie. Elle entend l'appareil :

Heleen se sèche les mains. Lavez-nous de tous nos péchés, pense Caroline. Il y a du bruit dans le corridor. Des patients arrivent ; Mollie, qui s'est discrètement faufilée derrière le comptoir, leur parle de sa voix haut perchée.

Le sentiment de culpabilité me va comme un vieux manteau confortable. Je ne pourrais jamais le jeter dans un conteneur d'aide humanitaire pour la Roumanie. Je ne veux pas m'en séparer. Me sentir coupable, c'est rester en lien avec mes garçons. Jamais je n'aurais dû les laisser monter dans le bus, en regardant sans rien faire. Jamais.

26

Je devais encore aller récupérer les serre-joints chez Van Aalst se rappelle Jochem. Complètement oublié. Caroline l'a vu pas plus tard qu'hier, il avait un souci. Bon, je l'appelle, sinon il ne va peut-être pas m'ouvrir.

Le téléphone sonne longtemps avant que quelqu'un décroche. Silence.

"Reinier? Vous êtes là? Je voulais passer pour le violoncelle. Enlever les serre-joints. Ça vous convient?"

Il entend quelque chose tomber à grand fracas sur le sol, puis un juron, et un objet lourd que l'on déplace. Quelle agitation, quelle pagaille! Ce n'est qu'une simple réparation, a-t-il envie de dire, rien de bien méchant. Je serai reparti au bout de dix minutes.

"Si je m'en occupe maintenant, vous pourrez vous remettre à jouer tout de suite. J'ai besoin des serre-joints ici, c'est pour ça que je me suis rappelé qu'ils étaient encore chez vous. J'aurais dû venir les chercher plus tôt, désolé, ça m'est sorti de la tête."

Van Aalst tousse dans le combiné. En fond sonore, on entend une voix, une voix claire de jeune garçon, devine Jochem. Et s'il demandait à lui parler un instant au téléphone ? Comme ça, on n'avance pas. Ou bien y aller directement, au moins il y a quelqu'un à la maison.

"Je serai là d'ici une demi-heure, annonce-t-il. À tout de suite."

J'ai l'air d'une bonne vieille infirmière de proximité, se dit-il une fois dans l'entrée. Est-ce que la maison sent le propre, est-ce que le patient réagit comme il faut ? Bon, pas de temps à perdre ce matin, vite, le salon de musique : défaire les serre-joints, vérifier que la colle a tenu. Ne pas se soucier de Reinier. La vieillesse est un naufrage. Ne pas y penser. Il fourre les outils dans son sac et se redresse.

"Vous voulez bien donner un coup d'archet ?" demande-t-il à Reinier, qui attend, l'air hagard, près de la porte.

"Non. Plus tard. D'abord me reposer."

Il veut que je m'en aille… Il a peut-être une double vie, le coquin, et il n'a pas envie qu'on le sache. Où est-ce qu'il a bien pu cacher son mignon ? Il faut que j'ouvre l'œil, Caroline va me demander de ses nouvelles ce soir.

"Tout va bien ?" s'enquiert-il. Le ton est désintéressé, il s'en rend compte, paroles sèches et précipitées. Reinier marmonne une réponse distraite, quelque chose à propos d'un malaise. Rien de grave. Nous avançons tous les deux le long de l'abîme comme si tout allait bien, pense Jochem. Un luthier qui fait des réparations pour un violoncelliste. L'un restaure des objets, l'autre joue de la musique. La réalité, elle, se cache au fond du gouffre : devenir sénile, perdre ses enfants. Bon, ça va comme ça. Je me taille.

Il prend congé sans chaleur particulière, uniquement occupé à fuir une situation dont il ne veut rien savoir. Une fois dans sa voiture, il voit un garçon chargé d'un sac de courses escalader les marches devant chez Reinier. Le supposé mignon. Il secoue les épaules comme pour se débarrasser d'un fardeau et quitte la rue en roulant trop vite.

Le violon est réussi. Le vernis a bien séché. Les cordes sont en place. Il repose sur l'établi, calé par des chiffons doux. Jochem le regarde avec fierté, les mains dans le dos. Des bruits étouffés lui parviennent de la cuisine. Caroline, en train de faire à manger ? Il ne peut pas le croire, elle ne cuisine jamais. Mais poussé hors de son atelier par la curiosité, il la trouve en effet aux fourneaux, portant un tablier. Elle remue quelque chose dans une casserole, il entend le raclement de la spatule.

La satisfaction qu'il éprouvait à l'instant devant son violon s'évanouit. Qu'est-ce qui lui prend de ne pas faire comme d'habitude, c'est quoi cette fois-ci ? Ne rien dire. Ne pas réagir. Il se sent soudain exténué.

“Tu es passé chez Reinier ?

— En coup de vent, répond-il. Juste le temps d'enlever les serre-joints. Il y avait un garçon qui venait lui porter ses courses.”

Il faut qu'elle la ferme, se dit-il. Non mais, préparer le repas, ça ne va pas la tête ? Danser devant l'évier, jouer avec une cuillère en bois… C'est pas le genre de la maison, ou bien si ? Nous, on mange des pizzas de supermarché toutes prêtes et de la soupe en boîte ! Et dire que j'enrage quand elle est inaccessible, déprimée ; maintenant qu'elle me pose une question, ma colère est toujours là. Bon sang.

“Ça t'a gêné ? demande-t-elle une fois que tous les deux sont à table.

— Gêné ?”

Qu’est-ce qu’elle veut dire ? Ses joues ont rougi à la chaleur s’échappant de la casserole. Elle le regarde dans les yeux.

“Qu’il ait ce garçon pour lui tenir compagnie. Pour l’aider à des choses pratiques. Pour s’intéresser à lui. Et que ce ne soit pas nous.”

Il hausse les épaules.

“Tant mieux pour lui”, grommelle-t-il.

Il ne perçoit pas le goût de la nourriture. Juste le bruit des couverts cliquetant contre la porcelaine.

“Il voulait juste faire plaisir à ce garçon, explique Caroline. C’est ce qu’il m’a dit hier. Il allait acheter des places pour un concert. Le gamin semble être intéressé par la musique. Mais tout a raté à cause de son malaise. Il aurait dû demander qu’on l’aide, je lui aurais commandé ses places sans aucun problème.

— Demander de l’aide, comme si c’était facile ! Tu t’entends un peu ? Demander de l’aide, ça veut dire admettre qu’on n’est plus capable de se débrouiller seul. Le dernier arrêt avant la fin.”

Ils fixent leurs assiettes en silence. Puis Caroline se met à parler de la petite fille morte. Elle tient sa fourchette en l’air, le poing crispé. Au début, il ne comprend pas très bien ce qu’elle raconte, mais les choses s’éclaircissent peu à peu. Elle a dû reconnaître qu’elle n’était plus en mesure de faire son travail. Elle a accepté d’être aidée. Un tournant, une ligne de partage des eaux. Est-ce pour ça qu’elle paraît si soulagée ? Elle a les yeux humides, la prévenance de Daniel la touche probablement – ou bien pleure-t-elle de dépit ?

“Les gens essaient de nous aider, dit-il. Ils veulent rendre service, ça leur fait plaisir. Comme cette toquée de gambiste qui s'amène avec une brochure sur le deuil, ou bien ton collègue quand il prend la relève. Ils pensent à nous et ils trouvent des moyens pour nous aider. Le problème, c'est que moi, je ne sais pas comment me comporter avec eux. Toi si ? Qu'est-ce que tu as dit à Daniel ?

— Je l'ai engueulé."

Elle parle si doucement qu'il la comprend à peine.

"Et ce matin, je l'ai remercié, mais d'une telle manière qu'il n'a pas pu m'entendre. Pourquoi on parle de ça, au fait ? Je vais travailler ma musique."

Il lui attrape la main par-dessus la table.

"Non, reste. On parle de ça parce qu'on a pris un sale coup, nous deux. On voudrait bien pouvoir tout faire comme avant, mais on ne peut pas. C'est comme ça. On a été frappés, mutilés, amputés. C'est comme ça qu'il faudrait qu'on se présente, mais on n'y arrive pas."

Il s'effraie de ses propres paroles, mais sait en même temps qu'il a formulé quelque chose d'essentiel. Le violoncelliste hébété lui revient à l'esprit, son désarroi quand il se tenait près de la porte, étalant son impuissance sans aucune honte. Lui-même s'était arrangé pour partir le plus vite possible.

"On a honte, dit Caroline, comme si elle l'avait suivi dans ses pensées. Quand je pense à l'état dans lequel je suis, je meurs de honte. Un sale coup. On ne peut quand même pas continuer à vivre comme ça ?

— Il faudra bien. On n'est certainement pas les seuls.

— Tu ne veux tout de même pas t'inscrire au groupe de parole de l'autre jour ? Sérieusement ?"

Il secoue la tête.

"Bien sûr que non. Je suis incapable de parler. Je ne veux pas parler. Tu sais ce qui fait du bien ? Le quatuor. Rappelle-toi, ça venait juste de se passer, quelques semaines après... On est allés en voiture chez Hugo. J'arrivais à peine à conduire. On ne disait rien. Heleen et lui, ils étaient déjà prêts. On a joué. Mozart, le *Ré mineur*. Ça m'a fait du bien. C'était comme, non pas de la consolation, mais une sorte de reconnaissance. Je ne peux pas l'expliquer. C'était une aide que je pouvais accepter."

À présent, Caroline pleure pour de bon. Il voit les larmes ruisseler.

"C'est vrai, dit-elle au bout d'un moment, les lèvres tremblantes. J'ai ressenti ça, moi aussi. On se comprenait tous les quatre sans avoir besoin de parler. C'est bête, mais je me suis sentie entourée, intégrée, soutenue. Et je n'avais pas honte. Peut-être parce qu'on était nous aussi en train de jouer, d'apporter quelque chose à l'ensemble ? Dans ce cas, on a moins de raisons de se sentir nuls."

Jochem se lève, si brusquement qu'il en fait tomber sa chaise.

"Pardon", s'excuse-t-il, se baissant pour la ramasser.

Ce n'est jamais bien, pense-t-il. Ni quand on parle, ni quand on se tait. Mais après tout, c'est comme ça dans la vie, on ne fait vraiment jamais bien. Il sourit à Caroline avec une espèce de grimace et sort de la cuisine.

27

"Ça te plaît, là, sans lumière du jour?"

Dans l'atelier, Heleen regarde autour d'elle. Pas de fenêtres. Comment fait-il pour ventiler? On sent une odeur de lavande.

"C'est le vernis, il y a de l'essence de lavande dedans, explique Jochem. Oui, je préfère les néons. Toujours le même éclairage, c'est bien. Et pas de contact avec le monde extérieur. Quand je veux de l'air, j'ouvre les portes."

Elle a apporté son violon, qu'elle sort de l'étui.

"Les cordes sont à changer, dit-elle. À deux semaines de notre petit concert, j'ai encore le temps de les roder.

— C'est quoi, ce que tu as? Ah, je vois. Garde-les en réserve, elles sont encore bonnes."

Il fouille dans un tiroir et en retire ce dont il a besoin.

"Assieds-toi, je vais te les monter."

Heleen se promène dans l'atelier et en hume les senteurs. De la sciure de bois fraîche, du fer, quelque chose d'oléagineux… Pas facile de décrire une odeur, se dit-elle, on va chercher le nom d'un objet qui sent comme ça – l'eau, le couloir chez grand-mère, du poisson frais – mais pour la sensation elle-même, on n'a pas les mots.

“Comment définir un son ?”

Jochem réfléchit.

“On emprunte des mots qui existent déjà : chaud, pointu, riche. Ou bien on fait des comparaisons. Ici, la semaine dernière, il y avait un violoncelle qui sonnait comme un saxophone. J’ai aussi eu un alto pareil à une corne de brume, une viole qui toussait comme un canard enrhumé. Avec tout ça, je m’en sors. On est tellement obsédé par le verbe qu’on veut tout nommer, tout expliquer. Le son est indéfinissable. Il faut simplement l’entendre.”

Heleen a pris place sur un tabouret et regarde Jochem s’appliquer sur le violon, tendant les cordes l’une après l’autre afin de maintenir une pression constante sur le chevalet. Elle aperçoit derrière lui une armoire aux portes vitrées où sont rangés des outils. Dans le fond se trouve une photo. En noir et blanc. Les garçons. La distance ne lui permet pas de distinguer l’expression sur leur visage, mais elle devine à leur pose qu’il y a de l’action, de l’amusement. Leurs têtes se touchent presque. On peut être sûr qu’ils sourient. Elle n’a pas vraiment le courage d’aller voir de plus près.

“Oui, c’est un joli portrait, dit Jochem, si brusquement qu’Heleen en sursaute. On était au zoo, le printemps d’avant. J’ai fait faire la photo pour Caroline. Pour qu’elle l’ait au travail. Sur son bureau, pas du côté des patients, mais en face d’elle, à tout moment. Maintenant, c’est moi qui l’ai ici.”

Est-ce qu’il faut qu’on parle de Caroline ? Non, elle est mon amie. Mais lui, c’est son mari, peut-être qu’il s’inquiète.

“Je trouve qu’elle ne va pas trop mal, dit finalement Heleen. Mieux. Comme si elle commençait à reconnaître qu'il y a quelque chose de changé, que c'est lourd à porter. Au début, elle n'arrêtait pas une minute, c'était beaucoup plus difficile."

Jochem approuve de la tête.

"Et toi, comment tu t'en sors ?" demande-t-elle.

Silence. Jochem pince les cordes et tourne les chevilles.

"Je m'enferme. Comme tes criminels. Bien à l'abri entre quatre murs. Ça ne me gênerait absolument pas de passer quinze ans à l'ombre, je pense, du moment qu'on me donne du travail à faire.

— Mes correspondants ne sont pas si contents de leur sort, tu sais. Ils se plaignent. Dans leur cellule, ils s'ennuient et quand ils en sortent, ils se disputent. Mais cette fois, j'en ai un qui s'est mis à écouter de la musique, qu'est-ce que tu en dis ?

— Du casse-tympan ou de la vraie musique ?

— Des symphonies, des récitals. Des quatuors à cordes, aussi. Ça le calme, à ce qu'il dit.

— À mon avis, ces mecs ne font pas grand-chose d'autre que de programmer de nouveaux méfaits. Quand ils sortent de taule, ils sont encore plus mauvais qu'en arrivant, non ? Là-bas, le patron, c'est le plus gros psychopathe de la bande, ils s'identifient à lui. Tu ne suis pas le procès de ce type ? Il a tout organisé depuis la prison, sa cellule lui servait de quartier général. Il a fait exécuter le boulot par des sous-fifres et des gars qu'il faisait chanter. Les experts qui ont inspecté la nacelle ont trouvé des traces de dégradation volontaire. Il y a eu bidouillage, c'était dans le journal ce matin.

— Sérieux ? demande Heleen d'un air étonné. J'ai du mal à le croire. Quand on a commis un crime, qu'on est condamné, qu'on purge sa peine, on se sent tout de même coupable, on prend de bonnes résolutions… Là-bas, il y a des gens pour accompagner les détenus, je le sais, des psychologues et des travailleurs sociaux qui essaient de les aider à mettre leur vie sur les rails. Je suis peut-être naïve, mais je n'arrive pas à voir les choses autrement. Si je les pensais tous incapables de renoncer à leur vie criminelle, je ne me serais sûrement pas engagée dans un groupe de correspondance pénitentiaire. Je crois au changement."

Jochem se lance dans une tirade sur l'immuabilité du caractère humain, sur les effets néfastes de la négligence, des mauvais exemples, du manque d'éducation et de soutien. Elle écoute d'une oreille sceptique. Qu'est-ce qu'il est négatif! se dit-elle, il a toujours été comme ça? Il doit sûrement penser qu'eux non plus ne peuvent pas changer, que Caroline ne peut pas changer.

"La seule chose qui marche, c'est le travail, affirme Jochem. Qu'ils fassent bosser toute la population carcérale! Un boulot utile, pas juste assembler des pinces à linge. Et des formations, aussi, ça leur ferait sentir qu'ils ont des capacités, qu'ils peuvent faire quelque chose… Rien de mieux que ça. Vous êtes bien trop optimistes, vous autres, avec votre club de correspondance. Croire que vous pouvez leur transmettre le plaisir de la littérature, de la peinture ou de la musique – une fausse bonne idée. Eux, ils aiment les gros tatouages, les musculatures hypertrophiées, les piles d'argent sale. Comme excès, ça ne vaut peut-être pas mieux que l'art, j'admets. Ce qu'il leur faut, c'est revenir à la base : bûcheronnage, charpente, menuiserie."

Lui-même ne peut s'empêcher d'en rire. Heleen aussi. Il y a longtemps qu'elle n'avait pas eu de vraie conversation avec Jochem : ces dernières années, ils discutaient surtout de questions pratiques, de ce qu'elle pouvait faire pour eux – leur préparer à manger, emmener Caroline acheter des vêtements, ce genre de choses. Elle n'ose plus inviter le couple à dîner. Chez elle, il y a trois garçons pleins de santé pleins de vie.

“Nos enfants étaient énormément attachés l'un à l'autre, dit soudain Jochem. C'est pour ça d'ailleurs qu'ils étaient assis côte à côte dans ce foutu car. Ils n'avaient qu'un an de différence, ils étaient toujours ensemble, presque comme des jumeaux. On avait quelquefois l'impression d'être exclus. Ils passaient des heures dans leur chambre à inventer des jeux : on les entendait rire et chuchoter, mais on ne savait pas pourquoi. J'ai rectifié ton chevalet, tu veux tester ?”

Heleen pose l'instrument sous son menton et, avec gravité, essaie les cordes une à une. Concentrés, tous deux n'écoutent plus que cette sonorité sans défaut.

28

Un vrai dépotoir, se dit Hugo. On n'a pas encore vendu l'affaire que tout est déjà complètement ravagé. Près de l'entrée, le sol est recouvert d'une couche de mégots écrasés, avec çà et là des boîtes en plastique maculées de ketchup. Les poubelles débordent.

Il gare son vélo et pénètre dans le bâtiment. On se croirait en pleine migration : partout, des cartons, des étagères, des chariots remplis d'objets divers, des fils électriques, des chaises empilées, des cageots de vaisselle. Il n'y a pas un chat et le silence est total. Hugo s'avance vers le cœur de l'édifice en sifflotant le thème final du *Quatuor des dissonances*. Les portes étaient ouvertes, donc il doit bien y avoir quelqu'un. Les couloirs desservant les bureaux sont tapissés de caisses de déménagement.

Il faut que je débarrasse mes affaires, pense-t-il, sinon le Chinois va me les piquer. Je ferai ça tout à l'heure. C'est fou ce que les gens accumulent avec le temps… Il regarde d'un air amusé les rayonnages à dossiers du cabinet d'avocats et se fraie un chemin parmi les documents publicitaires du service de bateaux-taxis.

À peine le groupe immobilier chinois avait-il mordu à l'hameçon que le conseil d'administration avait signifié son congé à l'ensemble du personnel.

“Qu’ont-ils l’intention de faire ? avait demandé Hugo au président.

— Du touristique. La ville attire énormément de Chinois fortunés. Ils auront la totale : promenade en bateau-mouche, spectacle musical dans la grande salle, dîner, hébergement à l’hôtel d’à côté. Bref, on leur évite de se risquer dans les rues tout en leur offrant une expérience typiquement hollandaise. Canaux et compagnie. La municipalité est folle de joie, c’est un souci de moins pour eux. De notre côté, nous fermons la boutique dès que possible. Les entreprises à qui nous louons vont recevoir des compensations.”

Tout comme Hugo. Le président du conseil d’administration laisse entendre que la municipalité y contribuera largement, prête à tout pour se défaire de son temple de la culture. Avec les élections à l’automne, ils doivent se montrer énergiques. Faire voir qu’ils ne gaspillent pas les impôts locaux à des projets culturels douteux. Les ingénieurs du son et les éclairagistes ont déjà été renvoyés, l’équipe de nettoyage passera encore une fois quand tout le monde aura pris ses cliques et ses claques.

Dans son bureau, Hugo est planté devant les armoires aux portes béantes. Dossiers suspendus, remplis de projets de programmation, d’idées de festivals, de plaquettes d’ensembles musicaux. Comptes annuels, contrats, demandes de subvention. C’est tout le déclin d’une salle de concerts autrefois si florissante qui est ici archivé. On pourrait en faire une thèse de doctorat. Est-ce que je dois mettre tous ces trucs dans des cartons ? Et après ? Les emporter chez moi ? Les faire détruire par une société spécialisée ? Les donner au musée ?

Il s'assied à sa table de travail. Quelle vue fantastique ! Elle va lui manquer. Le téléphone marche encore ? Oui, il donne encore bravement sa tonalité. Hugo compose le numéro de Caroline et tombe sur Jochem. Évidemment : on est jeudi, elle est partie se promener avec Laura.

"Ici, c'est complètement désert, raconte-t-il. On nous a dit de décamper, ça va devenir territoire chinois.

— Ils sont en train de brader toute la zone des quais ! rebondit Jochem. Pas capables de penser à long terme, alors que ça pourrait leur rapporter une fortune au final. Ce sont des gamins : ils préfèrent avoir les bonbons tout de suite. Quelle connerie ! Encore un peu et ils privatisent aussi le tribunal. Tu es en train de ranger ?

— Je laisse tout. À qui veut. Les petits Chinois vont pouvoir fabriquer des bateaux en papier avec les lettres de refus de subvention. De l'origami. Ou est-ce que c'est japonais ? Non, je mets la clé sous la porte, mais je n'emporte rien. Bon, quelques partitions, ça m'arrivait de m'exercer ici quand j'avais le temps. Je vais repartir à vélo tout à l'heure et je ne reviendrai plus.

— Qu'est-ce que tu comptes faire, tu as des projets ? Avec ta connaissance du milieu culturel, tu pourrais te lancer en politique... Tu as plein de contacts au ministère et à la mairie : tu pourrais en tirer parti. Est-ce que tu y as pensé ? Même si c'est répugnant. Un vrai panier de crabes."

Mais qu'est-ce qu'il cause ! se dit Hugo. Comme s'il était content d'oublier un instant qu'il est seul dans cette grande maison sans lumière. Les volets sont ouverts, en quelque sorte... Étonnant.

“Je n’ai aucun projet, répond-il. Pas besoin de gagner de l’argent tout de suite, je peux voir venir. La politique me plairait assez, j’aime bien mettre au point des stratégies et chercher des moyens détournés pour arriver à mes fins. Mais tu imagines les gens qu’il faut se coltiner ?

— Des fumiers, assure Jochem. Ils sont idiots et incapables. C’est pour ça qu’ils ont choisi ce boulot, à une ou deux exceptions près. Ils respirent l’incompétence, ça se voit tout de suite. Être idiot, c’est pire qu’être méchant. Mais le plus souvent, ils sont les deux à la fois. Des imbéciles malfaisants, quoi. Corrompus, fraudeurs… On ne peut plus faire confiance à personne. Voilà, je l’ai dit. Et je le pense, hein ! Ils se posent en champions de la transparence, mais impossible de voir dans leur jeu. Ils « supervisent », ils contrôlent, mais tout n’est que mises en scène et manigances. Comment tu crois que ça s’est passé après cet accident, avec la nacelle ? Ils voulaient coincer Helleberg, alors le comité d’experts a découvert des traces de sabotage. S’ils avaient voulu le disculper, on aurait eu droit à un autre comité qui n’aurait rien trouvé de suspect. Tu sais bien comment ça fonctionne, toi, c’est comme dans, comment ça s’appelle, les conseils pour la culture ? Ils savent exactement qui nommer pour supprimer tel ou tel orchestre. Une vraie bande de maffieux. Tout bien réfléchi, je pense que tu n’arriverais à rien là-dedans. Essaie autre chose.

— Ça me dirait bien d’être totalement indépendant. Comme toi. Ou comme Caroline : son cabinet médical, c’est presque une boutique. Je pourrais monter une petite boîte de travaux à domicile, ou aménager la moitié du bateau en location pour touristes. J’ai largement la place.

— T'es malade ou quoi ? réagit Jochem. Les petits-déjeuners à préparer, les draps à laver, des inconnus chez toi !

— Je prendrais des gens pour ça, bien sûr.

— Ça te rapportera que dalle. Juste des emmerdes. Tu t'imagines pas le nombre de règles qu'on t'impose ! T'as le droit de rien faire et tu passes tes journées à remplir des paperasses. Prévention incendie, planning de nettoyage, taxe de séjour… Dans ce pays, tout est bétonné par des règlements et des protocoles, j'en ai par-dessus la tête, et Caroline encore plus. Elle, heureusement, elle supporte mieux. La société dans son entier, c'est devenu un système tellement compliqué que personne ne s'y retrouve. Moi je dis : faut démolir. Pas d'autre solution. Tout raser et repartir de zéro. Au fond des bois. Le troc. Le fait main. Tu vois ça comment, ton service de dépannage ?

— À vélo. Avec mes outils dans une sacoche, sur le porte-bagages. Dix euros pour déboucher l'évier. Ce genre de boulot. Tu sais pour quoi les gens sont prêts à dépenser leur argent aujourd'hui, de quoi ils ont vraiment besoin ? C'est de l'aide qu'ils veulent, à mon avis, de l'aide pour les choses qu'ils ne peuvent pas faire eux-mêmes. Accrocher une lampe, programmer les chaînes de télévision, fabriquer un placard… Et moi, du coup, je débarque en sauveur."

Bruits de ferraille dans le couloir. Hugo passe la tête par la porte et voit le chariot des déménageurs emporter les dossiers des avocats. Ça y est, on démonte la mâture… Je mets les bouts, se dit-il, c'est terminé pour moi ici. Ne pas oublier les partitions et dégager.

"Je dois y aller, Jochem. Ils vont bientôt m'enlever la chaise de dessous les fesses. À demain soir !"

29

Les abords du rocher aux singes grouillent de grands-parents occupés à manœuvrer des poussettes ou à prendre dans leurs bras des marmots pleurnichards. Laura et Caroline avancent d'un pas décidé vers le pavillon des animaux nocturnes. Il y a une porte, puis un vestibule nettement plus calme, et encore une porte. De l'autre côté, l'obscurité se referme sur elles. Laura hume avec délectation la forte odeur animale.

"Ils sont à la maison, murmure la fillette. Je les sens."

Main dans la main, elles se faufilent entre les vivariums où sont reconstitués des coins de jungle ou des bouts de désert. Il fait chaud et l'odeur de fiente en décomposition est à couper au couteau. Elles s'arrêtent devant chaque vitre pour découvrir l'animal qui sommeille à cet endroit. Laura est forte à ce jeu, elle détecte une croupe velue dépassant sous un caillou et repère une masse verdâtre suspendue par les pattes à une haute branche. Pour ne pas effrayer les bêtes, elle ne dit rien, mais dès qu'elle a trouvé un nouvel habitant, elle se presse contre Caroline. Celle-ci sent les bras potelés de la petite se serrer autour de sa cuisse et lui pose la main sur les épaules. Pas étonnant que les enfants se passionnent autant pour les animaux, se dit-elle. Eux-mêmes sont encore sauvages, ils veulent se blottir dans un nid, ils veulent vous sentir et vous tenir et ils donneraient tous les mots du monde pour qu'on les chatouille et qu'on les câline un peu. Ils sont doux comme des animaux en peluche, leur corps est une invitation à les étreindre contre soi et à ne plus jamais les lâcher. Regardez ce petit dos, ces genoux adorables…

"Quand est-ce qu'ils vont se réveiller ? demande Laura doucement.

— Quand on dormira. Le gardien va leur allumer la lumière. Alors ils vont se dire : tiens, il fait jour. Et ils vont se mettre à manger et à jouer.

— Mais comme ça on ne peut pas les voir !

— On les voit juste maintenant, pendant qu'ils dorment."

Laura plaque son visage contre la vitre pour observer un nid de gerboises enlacées.

En cage, tout le temps, se dit Caroline, est-ce que je pourrais supporter ? Reinier aussi est enfermé dans un espace familier dont il ne peut pas sortir. Le garçon est devenu son garde-malade, il en parle si gentiment. Il a abandonné toute méfiance. Est-ce vraiment raisonnable ? J'aimerais bien rencontrer ce gamin, difficile de croire qu'il est aussi désintéressé. Mais si Reinier est d'accord, je n'ai pas à m'en mêler. Il va finir par lui laisser tous ses biens, son violoncelle… Peu importe ! Par contre, le vol, les mauvais traitements : ça, ce serait grave, la charité feinte. Il en ferait une crise cardiaque, tellement il serait déçu. J'espère que son intuition est bonne ; il a l'air si loin de la réalité parfois. Mais pas quand il donne un cours : hier, il était attentif et concentré, tant que ça concernait

Mozart. Pourquoi ne pas prendre des leçons chez lui tous les quatre? Si quelqu'un s'y connaît pour instruire un quatuor, c'est bien lui. Ou bien est-ce que je veux le garder pour moi seule? Non, pire que ça, j'ai honte de lui. Mettons que je lâche les autres dans ce terrier pestilentiel en leur disant "c'est ça, la vie", ils vont se payer ma tête! Quoique, Jochem est allé chez lui l'autre jour. Hugo le connaît. Et pourtant j'ai honte, comme si c'était ma faute qu'il se néglige, tout seul dans son coin... Je ne veux pas qu'ils soient confrontés à cet équilibre instable, à ce besoin de se confier corps et âme au premier petit livreur de journaux venu, à cette puanteur d'animal nocturne.

Laura la tire par la main.

"Je veux voir les poissons maintenant. Et le crabe géant. Tu viens?"

Elles sortent du pavillon. Dehors, le soleil fait papilloter leurs yeux.

Des petites mains lui entourent la taille. De temps en temps, la fillette pose la tête contre son dos. Laisse-toi faire, se dit Caroline, accepte qu'il y ait un enfant assis sur ton porte-bagages. Un enfant qui te fait confiance, qui compte sur toi. Et arrête le mélodrame, s'il te plaît : les autres enfants, les absents, Laura n'a rien à voir avec eux.

Elles font halte devant la barge. Le verrou de la porte d'entrée n'est toujours pas réparé. Laura se précipite à l'intérieur et Caroline la suit. Hugo est allongé sur le sol de la cuisine, la tête dans un placard. Sa fille lui saute dessus et il revient avec elle en plein jour, d'une glissade sur le dos.

"Raccordé. Le lave-vaisselle."

Il se relève pour se nettoyer les mains. Laura disparaît vers sa chambre.

“Un café ?”

Ils s’assoient près de la fenêtre ouverte et regardent le chantier naval d’en face, les embarcations qui passent, le ballet nerveux des poules d’eau.

“Tu as rangé, constate Caroline. Comment ça va, toi, au fait ?

— Très bien. J’ai tout le temps que je veux. J’aurais dû m’arrêter depuis belle lurette, maintenant que j’y pense. Mais il y avait une fascination d’irrésistible à vivre ce naufrage. À continuer jusqu’au bout, jusqu’au fond. Tu trouves ça bizarre ? Tu dois quand même comprendre, toi ?”

Ils s’accoudent à la fenêtre, les bras au soleil. De la chambre d’enfant s’échappe la voix de Laura.

“Elle lit des histoires à ses animaux, explique Hugo. Tout ce qui lui arrive, elle le leur raconte. Quand j’écoute, ça me donne un aperçu mortifiant de mes qualités éducatives : pizza tous les soirs et allez, pour une fois, on ne va pas se laver les dents… Heureusement qu’elle a un peu plus de discipline avec sa mère.

— Je la trouve très douce, très attentionnée, dit Caroline. C’est donc aussi ce qu’elle voit chez toi. Actuellement, j’essaie de me renseigner là-dessus, de savoir si les enfants sont prêts à s’occuper de leurs parents. Ça peut être important pour le maintien à domicile. Regarde Reinier : il est presque incapable de s’en tirer parce qu’il n’a pas de famille.

— Ça n’a pas l’air très bien parti pour vous deux, alors.

— Non. À désespérer, en fait. Il faudra que Laura se charge de nous en plus ! Mais les choses auront sûrement évolué d’ici là. Jochem dit que c’est un mouvement pendulaire. Il dit ça pour tout. Il n’y a encore pas si longtemps, les voisins aidaient les personnes âgées à faire leur toilette et les enfants s'occupaient des comptes. Et puis les auxiliaires à domicile ont complètement disparu et c'est devenu l'enfer. Il y avait des petits vieux qui se fracturaient la hanche en tombant et qui restaient par terre à pourrir sur place, des cadavres momifiés qu'on découvrait des mois après, des gâteux qui passaient leurs journées dans le tram à faire toute la ligne dans chaque sens. Il fallait bien changer de politique. C'est ce qu'on a maintenant.

— Oui, la transformation a été radicale, ajoute Hugo. Il fallait y penser : d'une pierre deux coups ! Tous ces bureaux vides, hop, bourrés de vieillards ! Une idée prodigieuse, ça vaut une médaille. Et les choses sont claires, maintenant, avec le retrait des soins gériatriques aux médecins traitants.

— On ne nous a rien demandé, ça s'est passé comme ça. Toujours pareil : on obéit à des oukases. Du jour au lendemain, il faut traiter des dépressions auxquelles on ne connaît rien, ou procéder à des interventions chirurgicales.

— Qu'est-ce qu'ils en font, des personnes âgées, tu le sais, toi ?"

Caroline reste un moment silencieuse. Elle sort une cigarette, interrogeant Hugo du regard.

"Vas-y, dit-il. On est comme qui dirait dehors. Mais tu fais une connerie."

Elle allume son briquet.

"Confinement. Sédation. Je suppose. Après, les infections se pointent vite. Cystite, escarres, pneumonie… Pas d'antibiotiques, juste des analgésiques. On n'a pas d'informations là-dessus. Le ministère va présenter un rapport, mais pas avant l'année prochaine, à ce qu'on nous a dit.

— Ah, les rapports ! On en parlait l'autre jour avec Jochem. Du pipeau. Il en ressortira ce qui fera plaisir au ministre.

— Ou à l'industrie pharmaceutique. Vraiment, quel gâchis… Mais pourquoi on parle de ça ?"

Elle se penche par la fenêtre pour respirer l'air humide qui flotte au-dessus du canal.

"L'odeur de l'eau, ça, c'est quelque chose de fabuleux. Ça nous ramène direct à l'enfance, tu as remarqué ? Quand on croyait que le monde était simple à comprendre, si on avait les connaissances. Qu'est-ce que tu vas faire maintenant, Hugo ?"

Elle se redresse et tourne son regard vers lui. Il a toujours été imprévisible, il avance en zigzag. Je ne supporterais pas qu'il s'en aille. Encore un de moins. Quand il est là, je peux être moi-même, sans me soucier de mon comportement. Il se fiche de ma mauvaise humeur. Avec lui, je peux très bien ne pas desserrer les dents, ou dire n'importe quoi. C'est parce que je le connais depuis des lustres ? Parce qu'il déraille un peu lui aussi ? On faisait de la musique ensemble quand je n'étais pas encore mère. Pour lui, j'ai toujours mon ancienne identité, intacte. Pas d'amputation, pas de cicatrice, pas de blessure. Lorsqu'on joue tous les deux, c'est comme si rien ne s'était passé, comme si tout allait encore bien. Il n'a pas le droit de partir.

"Tu pourrais venir aussi, dit Hugo. Ça ne te fait pas envie, de recommencer à zéro quelque part, ensemble ? De larguer tout ce qui nous pèse trop, de ne plus s'inquiéter des malheurs auxquels on ne peut rien. D'embarquer. De mettre les voiles."

Elle ne voit pas ses yeux, il regarde droit devant lui en direction des poules d'eau.

“Un paradis tropical, une île du Pacifique… Je fabrique des pirogues en bambou et toi, tu joues les toubibs. Des vermifuges pour les enfants, des cachets contre la malaria, n’importe. Cultiver un jardin, aussi, c’est possible. Peut-être mieux, en fait.”

C’est ça, pense Caroline, et le soir, on irait se poser sur la véranda. Regarder la lune, boire de la bière, ressentir une fatigue ordinaire, celle qui passe après une nuit de sommeil… Lui avec sa *midlife crisis* et moi avec mon stress post-traumatique. Mais ce n’est pas en s’enfuyant qu’on fait disparaître ce genre de choses. Qu’est-ce qu’il va faire de Laura ? Et moi, de Jochem ? Pourquoi n’arrivons-nous pas à regarder nos propres problèmes en face ?

“Un jardin, dit-elle. Oui. Ça pousse tellement vite là-bas qu’on voit les plantes grandir à l’œil nu. Bananes, melons, ananas. L’eau, par contre, ça pourrait poser problème. Et quelle langue ils parlent, dans le coin ?”

Hugo lui saisit la main.

“Ne dis rien. Si tu commences tout de suite à faire la raisonnable, on n’est pas partis.”

Elle éclate de rire. Hugo pose son autre main sur le visage de son amie. Lorsqu’elle le regarde dans les yeux, tout s’est effacé – le Centre, la chambre des garçons, sa paternité à lui, son mariage à elle – et il n’y a plus que ce moment-ci. La silhouette noire des poules d’eau et le soleil sur le canal, les traits reposés d’Hugo, ses mains. Tandis qu’ils échangent un baiser, elle se remet à penser : quel méga-cliché, deux adultes ordinaires enfouissant d’un commun accord leur tête dans le sable, quelle tragédie, quel ridicule, pas croyable, on est vraiment en train de le faire, à quoi ça rime, c’est pathétique…

La sirène d'un bateau les fait tressaillir et ils relâchent leur étreinte. L'équipage les applaudit en poussant des cris de joie. Caroline rougit. Ses joues picotent de s'être frottées à la barbe naissante d'Hugo.

Fumer. Préparer des tartines. Aller chercher Laura. Passer tous les trois à table. Chanter des chansons.

Au moment de partir, en fin d'après-midi, elle a l'impression d'émerger d'un bain. Elle est soudain dotée d'un poids, d'une masse à supporter. Elle soulève son sac et le pose sur son épaule. Du lest. Hugo et Laura l'ont accompagnée sur la passerelle. Elle embrasse l'enfant. Elle embrasse Hugo. Il lui susurre à l'oreille quelque chose qu'elle ne comprend pas.

30

Reinier est encore sous le choc de sa tentative désastreuse pour acheter des billets de concert. L'état de dépendance où manifestement il se trouve l'a rendu anxieux. Jusque-là, jamais un événement, pas même le plus inattendu ni le plus inquiétant, ne lui avait fait perdre ses moyens. La lumière qui s'éteint en pleine représentation, un musicien qui sort du ton, un fou qui se met à crier dans le public : pas une seule fois il ne s'est laissé désarçonner. Il dominait la situation, il restait maître du jeu, il trouvait une solution.

Je ne me rends pas compte de mon véritable état, se dit-il gravement. J'ai l'impression que lorsque je vais en ville, tout va plus vite qu'avant et qu'il y a plus de bruit. Il se peut que moi-même je sois devenu moins rapide. J'ai quand même réussi à changer de tram, ça oui. Mais une fois descendu, que faire ? Il n'y a rien pour vous guider, pas de noms de rue, pas de panneaux indiquant les sites importants, vous ne savez pas où vous êtes ni où vous devez aller. Pas moyen non plus de demander aux gens car ils sont pressés et ils vous ignorent. Mais le pire de tout, c'est lorsque je suis tombé dans les pommes, là-bas, et que j'ai dû me cramponner à cet ancien élève si sympathique. Ce n'est vraiment pas possible. Plus jamais je ne dois laisser une telle chose se produire. Bien trop dangereux. Quelqu'un de moins serviable appellerait aussitôt la police.

Il frémit et, secouant la tête, repense à son périple inconsidéré. Est-ce uniquement l'idée du danger qui le met dans un tel état ? Au-delà, il sent qu'il y a quelque chose d'autre, de pire. Une pensée qui lui inspire moins la crainte que l'affliction. On ne me prend plus au sérieux, se dit-il. Je ne compte plus. Tout ce que je sais, tout ce que j'ai appris, cela n'a plus d'importance. Cet homme, qui m'est venu en aide, est le premier violon du quatuor de Caroline, elle m'a encore parlé de lui lors de sa dernière leçon. Ils vont bientôt donner un concert chez des particuliers. Il faut que ce soit réussi, et agréable à entendre… Caroline travaille sa partie, les autres aussi, elle m'a demandé une partition, sans doute ont-ils des discussions sur les tempos et les accents, sur les attaques, la tonalité. Tout cela est très bien, mais au fait : pourquoi ne viennent-ils pas ici, pour des vrais conseils de professionnel ? Si quelqu'un a des choses sensées à dire sur l'exécution d'un quatuor de Mozart, c'est bien moi. Des années d'expérience. Au plus haut niveau. Musicien talentueux. Pédagogue maintes fois récompensé. Il suffirait d'une séance pour que je les fasse grimper à l'échelon supérieur, c'est sûr. Pourquoi ne viennent-ils pas ? Je ne leur demanderais même pas d'argent. Je serais constructif, satisfait de tout ce qu'ils font bien, encourageant sur les points à améliorer. Peut-être va-t-elle encore appeler, Caroline. Rien ne dit qu'elle ne va pas y penser, tout d'un coup. Il ne faut pas que je m'éloigne du téléphone, je risquerais de la manquer.

Je reste ici, tout simplement, inutile d'aller faire des courses, j'ai encore une boîte de soupe.

Est-ce que j'oublie quelque chose ?

Y a-t-il quelque chose de prévu aujourd'hui ?

À propos, quel jour sommes-nous ?

Est-ce que Djamil doit passer ?

Ou est-ce demain ?

Je n'arrive plus à penser tellement mon esprit est embrumé. Je dois laisser les choses comme elles sont. Accepter d'avoir passé une journée fatigante et de ne pas m'être reposé ensuite. Attendre que l'agitation ait disparu, que je sois redevenu normal. Pas exclu que ça dure encore quelques jours. Vraiment pas.

Il se carre dans son fauteuil et s'assoupit un moment. La sonnette de l'entrée le réveille. Ayant aussitôt retrouvé sa vivacité, il doit se réfréner pour ne pas bondir de son siège. Doucement, calmement, se lever, attraper la canne, se diriger pas à pas vers la porte.

Il faudrait que je fasse installer une petite fenêtre, songe-t-il, pour voir qui est devant chez moi. Si je ne vois rien, alors c'est le gamin, il est encore petit. Mais comment diable vais-je trouver un menuisier ? Encore une profession qui ne doit plus exister…

Tout à ses idées maussades, il ouvre la porte. Une jeune femme aux boucles sombres et aux yeux presque noirs le regarde. Son visage semble vaguement familier. Une vendeuse de la boucherie ? De chez le pharmacien ? Trop jeune pour une ancienne élève. Je ne sais pas. Bon, faire attention maintenant, et ne rien laisser paraître. Elle est peut-être envoyée par le service d'évaluation gérontologique, pour une enquête de routine auprès des vieillards isolés. Est-ce que ma braguette est fermée ? Ça ne sent pas trop mauvais dans l'entrée ? Pas de panique : je me suis rasé ce matin. Est-ce qu'elle a le droit d'entrer ? Et si je lui demandais sa carte professionnelle ? Mes lunettes. À côté du fauteuil. Dans le doute, s'abstenir. Respirer à fond. Rester calme.

"Je suis la sœur de Djamil, se présente la jeune fille. Désolée de passer sans prévenir. Je vous dérange ?

— Absolument pas, madame."

Djamil ! Naturellement, c'est son visage qui transparaît à travers celui de sa sœur. Je le vois bien, à présent. Il sourit de cette confiance retrouvée.

"En quoi puis-je vous être utile ?"

Parfait ! Poli et distant à la fois. Elle n'a pas du tout l'air d'une Marocaine, avec son jean et son chemisier. Je suis sûr qu'elle ne travaille pas pour la maffia gérontologique. Djamil m'a dit que ses deux sœurs faisaient des études. Je ne sais plus de quoi. Science des loisirs ? Ingénierie du camping ? Elle apprend peut-être le métier d'avocat, ou de médecin. Restons vigilant. Le danger peut surgir à tout moment.

Souriante, sans cesser de le regarder, elle fait un signe de tête.

"Je voulais vous demander quelque chose."

Il prend conscience de sa douleur au genou et, avec précaution, déplace tout son poids sur la jambe valide. Je dois l'inviter à l'intérieur, se dit-il, je ne peux pas la laisser comme ça sur le trottoir, elle va penser que je fais de la discrimination. Mais si elle entre ici, ce sera sûrement contraire aux lois islamiques. Une jeune femme seule chez un vieil homme, c'est impossible. Que dois-je faire ? Ce n'est pas ma faute, je veux simplement faire quelque chose de bien pour ce garçon, l'aider un peu dans son penchant pour la musique. Je n'ai pas eu le temps de dire ouf que sa mère venait déjà changer mes draps sales et repasser mon linge une fois par semaine ! Je n'ai rien demandé, c'est arrivé comme ça. Elle fait l'étage et après, elle passe la serpillière dans la cuisine. Moi, je m'arrange pour rester dans le salon, porte fermée. Je lui donne son argent lorsqu'elle s'en va. Si elle a besoin de détergents, elle me le fait savoir par Djamil quand il revient.

"Ma mère voulait vous le demander, mais elle ne parle pas très bien la langue."

Elle ne dit même rien du tout, pense Reinier. Non pas que ça me gêne, au contraire, c'est plutôt une bénédiction. Elle ne fait pas de bruit, elle porte des chaussons feutrés et tous ses mouvements sont assourdis par les couches de tissu qui la recouvrent. Dans le temps, à l'école, j'avais un essuie-plume pour mon stylo. Un amas de chiffons cousus ensemble – des morceaux de vieux pyjamas, de robes d'été, le rideau de la cuisine… C'est à ça qu'elle me fait penser. Bon, ne pas s'égarer. Rester à l'écoute.

"Mon petit frère aime bien venir ici, il a beaucoup d'estime pour vous.

— C'est réciproque, répond Reinier. Et j'apprécie le fait qu'il veuille bien m'aider pour les commissions de temps en temps. Très gentil."

La jeune fille approuve de la tête. Quels beaux cheveux brillants… Pas de foulard. Mais à la maison, ça doit déborder de théières en cuivre et de narguilés, sûr et certain. Je ne dois pas me laisser abuser par cette normalité apparente, après tout, on ne sait jamais ce qui se cache derrière.

"Vous lui donnez beaucoup de votre temps, il vient écouter de la musique ici. Vous jouez pour lui – il nous en a parlé. Il a dit aussi que vous lui expliquez des choses. Et qu'il n'en a jamais assez."

Je m'en doutais, se dit Reinier, il doit y avoir une sorte d'interdiction sur la musique occidentale. Ils pensent que j'essaie de le tenter, de l'influencer, de le couper de ses racines. Est-elle venue me faire des menaces ? Vais-je bientôt voir arriver son père, armé d'un couteau sacrificiel ?

"J'ai l'impression que Djamil est doué pour la musique, explique-t-il d'un ton distant. Il a une bonne oreille, encore peu développée malheureusement, mais c'est un garçon prometteur.

— Djamil aime apprendre, renchérit la jeune fille. Il travaille bien à l'école, il pourra sûrement aller à l'université plus tard."

Ça y est, il a compris : ils veulent de l'argent. On lui fait payer les études du gamin en échange de sa compagnie. Ils sont prêts à laisser un infidèle gâter leur enfant et l'éloigner de sa famille pour un tas de billets de banque… Je pourrais vendre l'archet de Dodd, Jochem trouvera bien un client pour moi. De toute façon, je ne m'en sers plus, il est trop lourd. Ça rapportera bien assez pour un premier versement. Quelle tristesse, brader leur propre fils !

Elle parle. Il voit ses lèvres bouger. Il n'a pas écouté. Quel idiot. Des excuses, dit-elle, mais à quel propos ? Je n'ai pas encore de problèmes d'audition, Dieu merci, ça pourrait aussi m'arriver à mon âge, je crois que je me pendrais.

"… parce qu'il vient trop souvent vous embêter, l'entend-il expliquer. Vous êtes un homme important, vous avez d'autres choses à faire que bavarder avec un petit garçon. Si ses visites vous ennuient, vous devez le renvoyer, c'est ce que je voulais vous dire, en fait. Nous sommes gênés par toute cette attention, mes parents craignent que Djamil n'en abuse."

“Abuse” ? Ils me prennent pour un pédophile ? Non, c’est l’inverse : elle veut dire que c’est Djamil qui abuse de moi, pas vrai ? Il faut conclure cet entretien. Et si je lui serrais la main ? Impossible, je dois me retenir à quelque chose. Allez, on lui donne une réponse et on termine.

“Ce n’est rien, vraiment, j’apprécie les visites de votre frère. Si sa présence est malvenue, je n’hésiterai pas à le lui dire, vous pouvez en avoir la certitude. Merci beaucoup de votre aimable avertissement. Voulez-vous bien saluer vos parents de ma part ? Enchanté d’avoir fait votre connaissance. Bonne journée.”

On ne peut plus m’arrêter quand je suis lancé dans mes politesses, se dit-il, c’est une enfilade de lieux communs… Elle a compris, je vois, elle sourit, elle tend la main. C’est donc permis, de serrer la main à un homme. Il y a pourtant eu des problèmes ? Allons, pas d’histoires. Prendre congé.

Il change sa canne de côté et saisit la main étonnamment musclée de la jeune fille.

“Au revoir, marmonne-t-il. Au revoir.”

31

Heleen boutonne son pantalon devant la glace. Il a l'air moins serré, se dit-elle, comment c'est possible ? Elle se retourne et regarde par-dessus son épaule. Ça plisse autour des fesses, largement.

J'ai maigri. Sans faire exprès. Je ne suis quand même pas malade ? Non, impensable. Je ne suis jamais malade et puis là, je me sens bien. Alors, quoi ?

Elle a l'habitude de penser aux autres, pas à elle-même. Elle s'assied au bord du lit. Bon, cette fois, je m'arrête, je ne me lève pas pour ranger les chaussures ou plier les vêtements qui traînent. Je réfléchis. Caroline, qu'elle ne me comprenne pas, ça m'a fait mal. Mais en même temps, ça a créé une distance qui n'est pas complètement désagréable. Quand on fait partie d'un groupe comme le quatuor, on peut en sortir pour un temps, prendre une pause, en solitaire. Oui, c'est ça. Pareil qu'à la maison : quand les enfants sont à table, je n'ai pas besoin de remplir mon assiette en même temps qu'eux.

Dans le miroir, elle se voit hocher la tête d'un signe approbateur. Le club de correspondance aussi, elle s'en est finalement un peu détachée en se montrant si franche dans les lettres à son détenu. Ça fait tout bizarre. Étrange, mais pas déplaisant.

Elle se lève. Un coup de brosse sur les cheveux, le violon et en route.

Lorsqu'elle arrive chez Hugo, Jochem et Caroline sont déjà à bord. Tiens, curieux, elle est généralement la première et se sentirait gênée de ne pas se présenter à l'heure. Être en retard, ce serait faire des manières, se distinguer, leur montrer que moi, j'ai une vie de famille chargée, que je refuse de m'adapter. On ne fait pas des choses pareilles, ce n'est pas solidaire et vraiment pas sympa.

Aujourd'hui, elle ne pense rien de tel. Elle est simplement heureuse de revoir ses amis. Cette dernière répétition avant le concert d'après-demain la met dans un joyeux émoi. Comme autrefois les représentations à l'école de musique. Elle s'en réjouissait des semaines à l'avance, cette perspective donnait de l'éclat à tout ce qu'elle faisait, lui permettait d'endurer les moments les plus ennuyeux puisqu'il allait bientôt se passer quelque chose de beau, d'important, de passionnant.

Les autres semblent partager ce sentiment. Ils ne sont pas assis à table, mais ils musardent autour de la pièce, une tasse à la main. Les chaises et les pupitres sont installés, non pas en rond mais en demi-cercle, la disposition du concert. Jochem et Caroline se tiennent côte à côte devant la fenêtre et plaisantent sur les répétitions, prétendument exténuantes, du groupe des basses. Hugo dit avoir travaillé comme un malade, il désigne une marque rouge sur son cou.

"Et toi, ma petite Heleen ? s'enquiert-il.

— Je suis en phase d'entraînement, répond-elle. Je vais tout donner. Ma partie, je la sais par cœur : pom-pom-pom-pom.

— C'est notre passage à tous les deux ! s'écrie Jochem. On va en faire quelque chose de splendide, toi et moi, synchrones et inspirés… Toute l'œuvre repose sur ces petites figures d'accompagnement qui n'intéressent personne. À tort ! On va leur en mettre plein les oreilles, Heleen.

— Il y a des quatuors qui font des gammes ensemble avant de se mettre à jouer, dit Caroline. Lentement, pour l'accord. Nous, heureusement, on n'en a pas besoin. Qu'est-ce qu'on fait alors, une générale, du début à la fin ? Ou bien vous voulez commencer par Bach ?"

Non, personne n'en a envie. Se lancer directement dans le grand bain, c'est ce qu'il y a de mieux. On joue d'abord jusqu'au bout, estime Hugo, on pourra toujours fignoler ensuite – mais ce ne sera sûrement pas nécessaire.

Heleen se régale. Il y a longtemps qu'elle n'a pas vu Caroline et Jochem si gais, si détendus. Les blagues de potache à propos de leur supériorité font partie d'une longue tradition. Déjà, au début du quatuor, ils faisaient tous semblant d'être des musiciens mondialement connus, croulant sous les invitations à se produire dans les salles de concert les plus prestigieuses d'Europe. Ils se plaignaient de leur emploi du temps surchargé par les master-classes et les représentations. Au fait, pourquoi se comporter ainsi, s'interroge Heleen, c'est tellement puéril… Parce qu'on voudrait avoir ce genre de vie, même si on ne peut pas ? Non, c'est autre chose. Ça montre qu'on y prend plaisir, qu'on joue comme des enfants qui se croient pour un moment dans leur monde imaginaire. Du style "toi tu serais le roi et moi je serais la princesse". Ça prouve combien on aime ça, combien c'est magnifique. Peut-être que ça nous aide aussi à évacuer la pression – on a beau crâner, nous quatre, on tient à ce que le prochain concert se passe bien, que Daniel apprécie notre musique.

Caroline est en train d'accorder son instrument. Hugo vient se placer en face d'elle, l'alto et le second violon entre eux deux. Le violoncelle donne le *la*. À tour de rôle, chacun prend le temps de faire ses réglages. Les archets sont tendus ? On a corné le bas des pages pour les tourner ? Tout le monde est prêt ?

Elle voit Hugo faire un signe de tête à Caroline. Celle-ci attaque, déterminant le tempo de l'introduction aux dissonances aiguës. Malgré le *piano* indiqué sur la partition, elle commence relativement fort. Ah bon, constate Heleen, elle nous donne tout de suite des repères, tiens là, elle met des accents pour qu'on sente bien la mesure et qu'on sache d'instinct quand il faut commencer. D'abord Jochem. Ensuite elle-même.

C'est fluide, sans effort. Alto et second violon jouent le pom-pom-pom à l'unisson lorsque débute l'allegro ; il n'y a aucune friction par rapport au tempo. À la fin du premier mouvement, Hugo se lance dans un remarquable crescendo avant de faire silence, tout en subtilité. Maintenant, se dit Heleen, il faut garder cette concentration. Continuer à surveiller le doigté des autres pour rester en phase, même si ce n'est pas la peine car à présent, ils sentent le rythme, ils vibrent tous les quatre aux mêmes pulsations. Comment ça se fait, quelqu'un a imaginé cette musique il y a combien de temps, au XVIIIe siècle, et plus de deux cents ans après, ces mêmes notes déclenchent en nous quelque chose qu'on ne peut pas expliquer ?

Au moment du finale, c'est un peu la confusion : faut-il répéter le premier mouvement ou pas ? Non, tranchent-ils, on avance, ça dure assez longtemps comme ça. Pour bien marquer les différences de volume, pas besoin de se consulter, ils le font d'eux-mêmes parce que la musique le leur demande.

Un silence inhabituel s'installe une fois qu'ils ont terminé. Ils échangent des regards, reposent leur instrument, se lèvent, s'étirent et roulent des épaules. Sans parler. Personne ne veut rompre le charme.

Heleen s'approche doucement de la fenêtre. Le jour n'est pas encore complètement tombé, mais les réverbères fonctionnent déjà. Elle s'appuie contre le dormant et observe les reflets de l'eau. Hugo arrive près d'elle et lui donne un petit coup d'épaule. Ils se sourient. Puis Hugo se penche et ouvre grand les vitres. Dans le lointain, des lumières vives se déclenchent, le palais de justice se retrouve subitement sous les projecteurs.

“Regarde-moi ça, dit Heleen. Qu'est-ce qu'ils fabriquent à cette heure-ci ? Il n'y a tout de même pas d'audience ?”

Ils scrutent les faisceaux lumineux. Une barrière métallique se lève dans un bruit de ferraille, qui se propage sur l'eau de façon étonnamment distincte. Un fourgon blindé passe le portail en vrombissant, quelqu'un crie, la barrière s'abaisse pour aussitôt remonter.

“Ils commencent lundi, signale Hugo. C'est un dernier exercice, je pense, histoire de transférer les prévenus en toute sécurité, qu'ils ne se jettent pas directement à l'eau pour nager vers la liberté. Ce n'est pas encore tout à fait au point, on dirait.”

La barrière se rabat d'un coup retentissant. Heleen en sursaute. L'univers du crime et des châtiments, refoulé par la musique le temps d'une soirée, la prend au dépourvu. Elle se détourne de la fenêtre comme pour revenir à l'endroit où, juste auparavant, elle était entourée de sons et emplie d'une quiétude à présent évanouie.

32

Jochem examine la viole de gambe d'un air satisfait. Très bien : la colle a tenu, le nouveau chevalet est excellent et l'âme se trouve en position optimale. La propriétaire sera contente lorsqu'elle viendra chercher son instrument. Si elle râle, je l'envoie balader, se dit-il, parce que là, on ne peut pas faire mieux. Les seuls défauts qui peuvent encore apparaître, ce sont les siens, pas ceux de la viole. Quand on ne sait pas manier l'archet, le timbre ne suit pas, c'est logique.

Je vais la rassurer, se promet-il avec bienveillance. C'est ma responsabilité, je dois lui expliquer : voilà le son qu'il faut obtenir, voilà la bonne tonalité, vous pouvez maintenant faire confiance à votre instrument, écoutez. Elle n'entendra rien, évidemment. Mais bon, j'aurai fait de mon mieux.

Caroline arrive, apportant un café.

"Je suis libre ce matin, je vais faire un peu de violoncelle. C'était bien, hier soir, non ?"

On a l'air d'un couple normal, remarque-t-il. Madame vient servir une tasse de café à Monsieur et ils parlent d'un bon moment passé ensemble. Continuons comme ça : nous devons faire le maximum pour rester sur ce radeau, nous l'avons construit nous-mêmes après tout, donc c'est jouable. Si elle replonge en eaux troubles, je ne sais pas ce que je vais faire. Je n'ai plus la force de la sauver. D'ailleurs, ça raterait, elle doit y arriver seule. Moi, je n'en peux plus. Il faut qu'elle reste la même qu'hier, attentive à ses amis, heureuse derrière son violoncelle, perdue dans la musique. On a encore combien de temps ? Au pire, la moitié d'une vie à supporter, ou plutôt à remplir.

"Écoute un peu", dit-il en plaçant la viole de gambe entre ses genoux. Il frotte les cordes une à une. Ça bourdonne.

"Joli, dit Caroline. Pas facile à accorder, j'imagine, en tierces et en quartes. Mais ça sonne bien.

— La remise en harmonie est loin d'être évidente, en effet."

Toi aussi tu as un problème d'harmonie, songe-t-il. Si tu retombes dans la dépression, je ne sais pas sur quelle corde je vais devoir jouer. Il faut qu'on aille de l'avant, qu'on ait un avenir…

Après le succès de la répétition générale, le petit groupe a décidé de se réunir dès la semaine suivante pour travailler un nouveau quatuor. Quelque chose de beau et de difficile, un défi. Jochem désirait depuis longtemps jouer *La Jeune Fille et la Mort* de Schubert, mais jusque-là, il n'avait pas osé le leur proposer, à cause du titre. Hier, il l'a fait, tout bonnement. Tout en parlant, il a regardé sa femme, elle avait les yeux qui brillaient. Elle a acquiescé, c'est une pièce magnifique, oui, elle aimerait bien la jouer.

Je n'y comprends vraiment rien à cette nana, se dit-il. D'abord, elle passe ses nuits à fumer dans la cuisine, folle de chagrin, et après elle se réjouit d'interpréter un chant de deuil.

"Tu attends un client ? J'y vais alors.

— C'est la femme au dépliant. Elle vient rechercher sa viole de gambe.

— Tu la remercieras.

— Après ton coup de colère de l'autre jour ? Ça ne la regardait pas, tu as dit. Tu la trouvais sans-gêne, envahissante. En fait, c'est quelqu'un de très timide."

La main sur la poignée de porte, Caroline réfléchit.

"Oui, j'étais indignée. Sous le choc. Mais je crois que j'ai compris. Les autres font de leur mieux pour nous aider. Ça ne sert à rien de se fâcher. C'est juste que j'ai du mal à supporter toutes ces conneries sur le deuil, ça me donne l'impression qu'il faut se dépêcher, comme si c'était juste un boulot qu'il fallait avoir terminé au bout d'un certain temps. Mais ça ne marche pas comme ça."

Jochem se mord la joue. Pas comme ça ? Lui, il voudrait justement que les choses se passent ainsi : le désespoir, le chagrin, puis lentement, sortir du trou, passer en revue ce qui vaut encore la peine d'être vécu et continuer sur cette base, appauvri, abîmé peut-être, mais en route vers quelque part.

"Ce dépliant, ça m'a permis de réfléchir, poursuit Caroline. Apparemment, il y a un sujet que ces groupes de parents n'abordent pas comme ça. Et nous non plus.

— Ah bon, quoi ?

— La différence. Qu'on est tous différents. Dans notre façon de faire."

Il frotte la table d'harmonie avec un chiffon. Sans rien dire.

"Peut-être que toi, tu peux continuer ta vie après une période de deuil. Moi, je fonctionne autrement. J'ai besoin de ce deuil. C'est mon lien avec les garçons. Je ne peux pas le lâcher. Ça ne veut pas dire que je ne vis pas, que je ne trouve pas certaines choses importantes, intéressantes, agréables même. J'ai les deux à la fois, l'un n'exclut pas l'autre. Nous sommes tous différents. Si on ne comprend pas cette différence, si on ne l'accepte pas, il n'y a plus rien à faire. Voilà pourquoi cette idée de groupe de parole me met en colère. Croire qu'on peut partager sa peine, c'est une illusion. Ça vous mène au suicide collectif, au concours de dépressions. Non, ce serait plutôt comme pour nous au début : une question d'équilibre. Quand toi tu es à peu près en forme, je peux me laisser aller ; quand tu as un mauvais jour, je serre les dents. C'est aussi comme ça qu'on prend soin l'un de l'autre, pas comme le prescrivent les soi-disant experts du deuil."

Bon sang de bonsoir, se dit Jochem, en voilà un discours ! Ça faisait longtemps. Mais qu'est-ce qu'elle veut ? Une autorisation, c'est ça ? Un permis de pleurer pour l'éternité ? J'entends ce qu'elle dit, mais je ne suis pas sûr de comprendre… Son regard s'arrête sur l'instrument posé sur l'établi. On peut accepter l'objet comme il est : modeste sur le plan sonore, difficile à accorder, réservé à un répertoire limité. On peut aussi vouloir autre chose, aspirer à un timbre plus fort, rêver d'une forme qui permette d'évoluer plus avant : bref, un violoncelle. Il hoche la tête. C'est donc ça qu'elle entend par différence…

"Qu'est-ce que tu as à secouer la tête ?"

Sa voix trahit de l'inquiétude, de l'impatience aussi.

"Je t'ai bien entendue. Je réfléchis. Tu nies l'avenir. Le temps qui s'écoule. Tu ne veux rien savoir."

Caroline frappe du pied sur le sol.

“Arrête de me faire des reproches ! J’essaie de t’expliquer quelque chose. Si tu te mets tout de suite sur la défensive, c’est plus la peine d’en parler.

— C’est un constat, pas un reproche. Tu vis ta vie en aveugle. C’est vrai, je le vois bien, non ? Tu fermes les yeux à tout ce qui t’est insupportable. Tu ne veux plus aller manger chez Heleen, ta meilleure amie, parce que tu n’admets pas qu’elle ait trois garçons en pleine santé. Tu laisses la jalousie gâcher une amitié de longue date. Je trouve ça mal. Il faut que tu passes par-dessus, pour que cette amitié entre vous survive et continue à se développer. Ça ne sert à rien de chercher à tout éviter. Je ne supporte pas que tu t’enfermes comme ça, que tu t’exclues.”

Je suis trop dur avec elle, s’avise-t-il tout en parlant. C’est idiot. Elle ne va carrément plus écouter. Il la voit regarder la photo des enfants, au fond de l’armoire.

Silence. Jochem ne peut pas s’excuser de son accès d’humeur. Qu’on discute de cette manière, c’est déjà un miracle, pense-t-il. Est-ce que je dois m’estimer heureux ? Bien sûr que oui, c’est justement ça que je voulais, pas vrai ? Pour autant, j’aimerais que ça soit fini, que la toquée de la viole de gambe arrive et que Caroline se taille.

“Les journées où je garde Laura, reprend-elle soudain, c’est vraiment bizarre. Lorsque je suis occupée avec elle – à papoter, à faire des gâteaux, à jouer – j’y vais à fond. Je crois même que dans ces moments-là, je suis peut-être heureuse, sans le savoir. En rentrant à la maison, ça ne me fait plus du tout pareil : je trouve horrible qu’elle grandisse, épouvantable qu’elle apprenne à connaître le monde, à se connaître elle-même. Le soir, toutes les choses qui m'ont enthousiasmée pendant la journée, avec elle, me rendent profondément triste. Et angoissée. À cet âge, ils pensent que c'est chouette, de vivre. Que c'est important, que ça vaut la peine. J'ai l'impression d'être une menteuse, mais je ne peux quand même pas lui dire comment ça se passe pour de vrai ? Le mieux, ce serait qu'elle ait toujours trois ans. La soif de grandir que je sens chez elle me fait peur. Alors oui, c'est vrai, le temps me pose problème. Tu as complètement raison là-dessus."

On sonne. Dieu merci, se dit-il. Caroline disparaît instantanément et il déclenche l'ouvre-porte.

33

Ne te gare pas trop près de chez lui, avait dit Caroline, on doit d'abord vérifier qu'il est déjà sorti. Hugo laisse la voiture un peu plus loin dans la rue où habite Daniel. Puis il envoie un texto pour demander si la voie est libre.

La réponse arrive immédiatement. Il attrape violon et pupitre avant de se hâter vers la maison. Devant, un jardinet plein d'arbustes en fleurs, des framboisiers contre la clôture, un figuier près de la façade. La chaleur de la matinée n'est pas encore lourde, plutôt réconfortante. Une fragrance d'autrefois lui parvient et tout à coup, il se souvient : les cassis. Ça va aussi plaire à Heleen, se dit-il, lui rappeler nos vacances chez grand-mère. Confitures, jus de fruit et gelées. L'odeur des grappes sucrées qui flotte dans les cheveux. Sympa, leur jardin, un peu fouillis sans faire négligé. Ici, un camion-grue en bois, là, un vélo d'enfant. Un laurier, un olivier, dans des grands pots pour qu'on puisse les rentrer l'hiver. Les allées qui bordent la maison laissent entrevoir le jardin de derrière, entièrement planté d'arbres fruitiers. La façade est tout en largeur, avec des fenêtres qui descendent bas, ça donne un air accueillant et chaleureux. Ça ne me gênerait pas d'habiter ici : maison indépendante, au milieu d'un océan de verdure… Pas possible tout seul. Pas possible du tout, d'ailleurs, même en vendant la barge très cher.

Il s'arrête, pensif, parmi les cassiflores odorants. Il y a trop d'options, trop de débouchés. Au lieu de chercher des échappatoires, peut-être devrait-il réfléchir à ce qui le relie, à ce qui le retient ? Une sensation glacée l'envahissait à l'instant, à l'idée de se séparer de son logis flottant. Et Laura, et Caroline, et le quatuor ? Il balaie ces pensées de son esprit – laisser reposer ce qu'on ne peut pas résoudre – et s'avance jusqu'à la porte d'entrée.

Celle-ci s'ouvre d'un coup avant même que sa main ait atteint la sonnette. Il découvre une femme aux cheveux blonds coiffés en queue de cheval et aux yeux égayés par les rides d'expression. Il m'en faudrait une comme ça moi aussi, ne peut-il s'empêcher de penser. Qu'est-ce qu'elle peut bien faire dans la vie ? Animatrice de peinture pour handicapés, probablement. Il inspecte en vitesse les murs de l'entrée. Pas de tableaux d'amateurs, mais des cadres avec des dessins d'enfants.

L'hôtesse lui montre la pièce où il peut mettre ses affaires. Jochem est en train de déballer son alto et grommelle un bonjour. Hugo pose l'étui à terre et revient dans le couloir. Petit coup d'œil à la salle de concert, il faut toujours commencer par là, c'est le code.

Ils vont se produire dans l'immense séjour. Il y a des portes vitrées qui s'ouvrent sur le verger, avec, de chaque côté, des fenêtres aux larges rebords. Les quatre chaises sont déjà prêtes. Il installe son pupitre. La pièce est si vaste que le public n'a pas besoin de s'asseoir tout près. Les fauteuils et les canapés ont été disposés à une certaine distance – par la maîtresse de maison ou par Caroline ? Celle-ci est arrivée tôt ce matin, déjà, pour le petit-déjeuner d'anniversaire.

Il s'assied un instant à sa place. Pas de soleil pour vous aveugler, pas de pendule pour vous déranger par son tic-tac sonore, pas d'ouverture béante derrière votre dos. Bien. Et maintenant, prendre l'instrument et le laisser s'habituer au lieu. L'accorder avant qu'ils se mettent tous à faire leurs réglages en même temps. Le café, c'est dans la cuisine, a dit l'aimable hôtesse. Il trouve son chemin en se guidant à l'oreille. Voix d'enfants, bribes de conversations. Au bout du couloir, il aperçoit une porte, vitrée en petits carreaux dans sa partie supérieure. Derrière, il y a du monde à la table de la grande cuisine. Caroline est assise à côté de la femme qui l'a accueilli, elle paraît détendue et le salue de la main. Près du plan de travail, une fillette d'une dizaine d'années dispose des gâteaux sur un plat, aidée par Heleen.

Il fait le tour de l'assemblée pour se présenter à chacun. Des gens normaux, se dit-il, pas siphonnés, pas bouffis ni décharnés, habillés normalement, pas de fringues exotiques ou de peau de lapin mitée. Il y a d'autres enfants, un garçon à qui il donne sept ans et une gamine de l'âge de Laura. Ils lui serrent la main en le regardant droit dans les yeux.

“Pas de crainte à avoir qu'ils parlent pendant le concert, assure la maîtresse de maison. Willem commence tout juste le violon et il trouve absolument formidable que de vrais instrumentistes viennent jouer chez lui. Eva adore la musique, on peut lui mettre la radio classique et on ne l'entend plus de la journée.

— Et moi, alors, et moi ? s'écrie la petite fille devant le plan de travail.

— Toi aussi, Sarah, tu sais bien écouter.

— Je n'en doute pas, dit Hugo. Et quoi qu'il arrive, on continuera de jouer. Pas de soucis."

Les autres lui font de la place à table, lui offrant des gâteaux et du café. Il n'y touche pas. Ça peut donc aussi être comme ça, se dit-il en dépliant et en repliant les doigts de la main gauche, lentement, régulièrement : une jolie femme, des enfants sages, de la famille et des amis dont vous n'avez pas à rougir. Pourquoi est-ce que je ne réussis pas à en faire autant? Je m'embarque régulièrement dans des situations qui tournent mal alors qu'en réalité, je m'en doute dès le départ. Mon mariage. Mon poste de directeur. Est-ce que c'est si compliqué de dire : finalement non, j'ai changé d'avis? À l'évidence, sinon ça ne m'arriverait pas constamment. Je n'en ai pourtant rien à faire, de ce que les autres pensent de moi? Je devrais facilement pouvoir refuser…

Mais là n'est pas le problème, se rend-il soudain compte. Le problème, c'est : et après? Le vide, la solitude, l'absence de sécurité.

Caroline le sauve de ces pensées inquiétantes.

"Daniel revient tout de suite, dit-elle. Allons nous asseoir."

Chacun cherche une place dans le séjour tandis que les quatre musiciens s'accordent, préparent leur partition et passent leur archet à la colophane. Ils se parlent à peine – c'est drôle, pense Hugo. Avant la musique, il y a d'abord le silence, nous avons tous l'œuvre en tête et nous refusons de laisser les vrais sons la parasiter.

On entend Daniel fourrager au fond de la cuisine. Bruits de pas dans le couloir, "je l'ai mis au frigo en attendant, dis donc, c'est vraiment plein là-dedans!" et soudain, un silence ébahi.

"Aubade, lui dit sa femme. Viens vite t'asseoir pour ta surprise d'anniversaire." Daniel se pose sur le canapé, entre elle et le jeune apprenti violoniste. La benjamine est sur les genoux de sa mère.

Caroline se lève et adresse quelques mots à Daniel, paroles de gentillesse et de reconnaissance. Hugo n'y prête pas attention, il essaie d'évacuer de son esprit les idées noires auxquelles il a failli céder. Il se concentre sur sa partition. Vite, allons-y, se dit-il, il y a urgence.

Caroline s'est rassise. Ils se regardent, elle fait un signe de tête à Hugo, qui lui répond de la même manière après avoir jeté un dernier coup d'œil aux autres. Il l'entend appuyer fort sur la corde de *do* pour contrôler la note qu'elle va jouer dans un instant. Elle lève son archet et attaque.

Hugo est porté par la musique. Par les autres musiciens. À peine a-t-il commencé à jouer qu'il se sent doué d'une attention multiple, nécessaire à toute interprétation véritablement réussie. Alors qu'il exécute une mesure, son être anticipe déjà la suivante. Il est conscient de la tonalité et des modulations, du thème, de l'écho et de l'ornementation – tout est à ressentir et à maîtriser en même temps. On ne peut pas appeler cela de la pensée et ce ne sont pas non plus des sensations indéfinies, mais ces catégories de conscience importent peu. Hugo fait de la musique, il est tributaire du compositeur, de ses propres amis, du luthier qui a fabriqué son violon.

Durant le mouvement lent, une grande tristesse le gagne et il lui fait une place à côté de son extrême concentration. Il interprète les soupirs de chagrin, relayés par le violoncelle, il prend le temps, sort du rythme au moment où il le faut, sachant que les autres vont le suivre.

Avant le début de la troisième partie, il regarde du coin de l'œil le petit garçon assis sur le canapé, près de son papa, le nouveau quinquagénaire. L'enfant se tient droit, les yeux écarquillés, la bouche entrouverte, retenant son souffle à l'écoute de l'histoire que le quatuor lui raconte.

Et pour terminer : le finale, où semblent se dissiper l'agitation et l'étrange accablement. C'est une fête rageuse, se dit-il au passage, une fête qu'il faut subir avec détermination, en clignant les yeux et en serrant les dents. Puis il renonce aux mots et s'abandonne. Avec l'aide empressée des trois autres voix, il dirige sa petite armée jusqu'à la ligne d'arrivée, jusqu'à ce moment de silence pas encore brisé par les applaudissements, cet instant de grâce où les sons continuent d'exercer leur magie tandis que la vie attend, menaçante, dans les coulisses, prête à reprendre le dessus. Daniel serre dans ses bras les musiciens du quatuor. Ses yeux sont remplis de larmes. Les enfants s'échappent de l'enchantement, on annonce qu'il y a du gâteau, les portes du jardin s'ouvrent en grand et des bruits de voix s'élèvent.

Caroline reste assise, les bras repliés autour de son instrument. Hugo la regarde. Elle le regarde à son tour. Ils se taisent.

34

Le lundi matin, elle part travailler au cabinet médical le cœur léger. Changement d'humeur, se dit-elle. C'est normal. Il y a des semaines où je ne sais pas comment sortir de l'impasse, où je veux toujours en avoir fini, et d'autres où je me lève sans rechigner, comme une plante maintenue bien droite par l'afflux vital de la sève à l'intérieur de sa tige. À quoi ça tient ? J'ai fait un truc sympa pour Daniel, ça rééquilibre la balance après son intervention face à mon incapacité. Ou est-ce que c'est lié à la discussion avec Jochem, l'autre soir ? Ça n'était pourtant pas si réjouissant… Le con, oser dire que je bousille notre amitié avec Heleen par ma jalousie ! Enfin voilà, c'est sorti. Pénible, mais au moins ça soulage. On en a fait des choses ensemble, à deux familles… Cinq garçons en tout. Le chahut. Les joyeux délires. Jochem aussi, ça doit lui manquer. Et il m'en veut. À juste titre, probablement.

Le quatuor. Oui, c'est ça. On a bien joué, le mieux possible. La musique donne une forme au chagrin, une sonorité à l'absence, tout en offrant une sorte de consolation. Cliché, peut-être, mais pour moi c'est une révélation, c'est la vérité. Hugo a un peu dérapé au début du menuet, je l'ai vu, il avait les yeux tournés vers le petit garçon. On a paré la chute et il s'est repris. Hugo. Quelle idiotie de s'être embrassés…

Dans la cuisine, elle tombe sur Heleen. Nouvelle robe, anthracite, avec une rangée de boutons sur le devant. Elle a l'air beaucoup plus mince comme ça, peut-être qu'elle a maigri. Les gros semblent toujours être en train de manger, mais maintenant que Caroline y pense, ça fait un moment qu'on ne voit plus Heleen une tartine à la main.

"Tu souris, constate Heleen. Motivée, ce matin ?

— En fait, oui. Et toi ?

— J'ai encore des frissons du concert. C'était tellement beau. Je pense qu'il faut tout de suite fixer une date pour une nouvelle pièce. Ce vendredi-ci, vous êtes libres ?

— Nous sommes toujours libres, répond Caroline. Bonne idée. Tu as déjà décidé de ce qu'on va faire ?

— Sûr. Mais en concertation avec Hugo, hein, il a mangé chez nous hier soir. Pour lui, donc, ce sera Schubert, si vous êtes toujours d'accord, évidemment.

— Ça lui va aussi vendredi ?"

Hugo, invité à dîner ! Logique, se dit-elle, il est l'oncle des garçons, plus ou moins. Naturellement qu'il a sa place à table. Si ça me gêne, je n'ai qu'à prendre l'initiative moi aussi. Suivre le conseil de Jochem. Surmonter ma réticence mal digérée.

"Il va avoir Laura à garder, mais ce n'est pas un problème", dit Heleen.

Elle tend à Caroline une tasse de café. Daniel arrive dans la cuisine en se frottant les mains.

"Qui va avoir quoi, et pour quelle raison ?" demande-t-il.

Heleen répond que les membres du quatuor vont se retrouver dès vendredi, inspirés par le concert donné chez lui.

“Vos répétitions, c'est bien sur cette barge, là, qui est amarrée tout près du tribunal ? Ça fait plusieurs fois que je la vois en photo dans le journal ces derniers temps. Une belle péniche. Vous savez que je ne me doutais réellement de rien pour le concert ? Surprise totale. Et je ne me suis même pas méfié lorsqu'ils m'ont envoyé chercher un gâteau à la pâtisserie, ils m'en réclament tout le temps. Vous m'avez offert le cadeau d'anniversaire idéal. Toute ma gratitude.”

Il est un peu gêné, remarque Caroline. C'est difficile de recevoir des gentillesses. J'en sais quelque chose. Accepter de l'aide, se laisser réconforter, sentir que si les autres font quelque chose pour vous, c'est parce qu'ils vous aiment bien – je ne suis vraiment pas la plus douée pour ça. En fin de compte, c'est plus facile dans l'autre sens : prendre soin de quelqu'un, faire des compliments. Les petits enfants n'ont aucun problème pour recevoir. Par contre, ils doivent apprendre à donner, mais quand eux-mêmes ne sont privés de rien, ils y arrivent assez vite. Le jour où Laura s'est aperçue qu'il existait des êtres moins capables qu'elle, c'était vers ses dix-huit mois, elle marchait et pouvait déjà dire quelques mots. Un jour, dans le parc, on a vu un bébé qui ne savait que pousser de petits cris… Elle a trouvé ça très drôle. Elle sentait que le petit était démuni, qu'il avait besoin d'attention. Au grand étonnement de Caroline, elle s'est mise à arracher de l'herbe pour l'offrir ensuite au bébé, tout comme elle l'avait vu faire pour les lapins de la ferme pédagogique. Caroline avait trouvé ça émouvant. Et embêtant de devoir contrarier ce ravitaillement. Quand Laura reçoit quelque chose, elle ne demande pas pourquoi. Ça va de soi. Elle le vaut bien.

“C’est idiot de passer vos journées ici à faire des vaccins contre la varicelle et à déboucher des oreilles, remarque Daniel. Amenez plutôt vos instruments et allez jouer en duo à l’accueil, ça nous remettra tous sur pied !”

L’accueil. La salle d’attente. Il faut commencer.

Cette idée de donner et de recevoir continue de la préoccuper jusqu’au soir. Mon rôle ici, se dit-elle, c’est de donner des soins, de l’attention, de l’aide. En échange, je reçois de la confiance et de la gratitude. Ou de la colère, ça arrive. Du mépris, des reproches : j’ai tout eu. Les gens ont peur et refusent d’entendre la vérité. J’essaie de les aider à faire face, de les soutenir. Quand ça marche, je suis moi-même au bord des larmes. Bizarre. Troublant, aussi – est-ce que je serais en train de glisser vers une instabilité que je ne peux plus contenir ? Heureusement, il y a des sujets d’irritation bien réels, par exemple lorsque je dois attendre en grinçant des dents qu’une vieille dame se soit enfin dépouillée de son collant pour me montrer sa plaie à la jambe, ou quand j’enfonce avec répugnance mon doigt dans un anus. Ces moments-là n’ont plus rien d’émouvant.

Après le travail, elle décide de passer chez Reinier. Lui faire le compte rendu du concert. Le remercier pour ses conseils. Voir s’il se débrouille encore.

35

Le reporter s'arrête de parler un instant et c'est alors seulement que Reinier entend la sonnette. Il se rend compte tout de suite que le bruit dure depuis un petit moment, camouflé par le tintamarre de la télévision. Il ne reconnaît la sonnerie que maintenant, ce qui le fait frémir. Il lui faut une ou deux minutes pour se lever. Le sonneur insiste. Le temps de rejoindre l'entrée, Reinier s'est mis à éprouver une sensation d'urgence. Jamais tranquille, se dit-il, à tout moment il y a quelqu'un devant chez moi qui vient pour demander quelque chose. Pour vérifier que tout est en ordre, pour voir si ce ne serait pas le moment de me faire partir. Il sent son cœur palpiter contre ses côtes. Djamil, lui, pourra l'aider à trouver un menuisier capable de s'attaquer à cette porte. Il faut que je lui en parle la prochaine fois. Ce n'est plus supportable, ces minutes d'incertitude avant de savoir qui vient me déranger, me menacer, m'anéantir.

Il ouvre. C'est Caroline. Aussitôt, son cœur s'apaise et ses vertèbres se redressent. Je suis encore quelqu'un, se dit-il. Professeur, violoncelliste. Je suis encore là.

"Ah, quelle surprise, mais entre donc!

— Je te dérange ? demande Caroline. Je passais par là et je me suis dit que je pourrais te raconter comment ça s'est passé, notre concert."

Le tapage de la télévision empêche Reinier d'enregistrer ce qu'elle dit.

"Je regardais les nouvelles, répond-il. Un moment, je vais éteindre."

Prendre la télécommande, tant que je suis debout. Voyons, le bouton rouge du haut. Quel bonheur, ce silence… Finalement, c'est bien qu'elle voie que je me sens encore concerné par le monde extérieur. Sans grand espoir, certes, mais avec beaucoup d'intérêt. Alors maintenant, thé ou café ? Je n'ai vraiment pas envie de m'ennuyer avec ces tasses. Je ne vais pas non plus lui demander de s'en occuper… Non. Un petit verre. Bien plus facile.

Caroline est lancée dans son récit. Fais donc un peu attention, se commande-t-il. Un concert réussi, apparemment. Moins que s'ils étaient venus me voir avant, mais bon, surtout, pas de reproches, d'amertume, d'émotions qui trahissent immanquablement la vieillesse… Je vais me montrer bienveillant avec elle, content de son succès, heureux d'avoir pu l'aider par mes leçons.

"Tu aimes le porto ? J'en ai encore une bonne bouteille."

Suivant ses indications, Caroline va chercher flacon et verres. Elle verse deux bonnes rasades. Parfait, j'en avais bien besoin. Du moment qu'elle ne me prédit pas la goutte ou le risque de perdre le peu qui me reste de facultés intellectuelles…

Caroline n'en fait rien. Elle lève son verre et se penche en avant pour trinquer avec le vieil homme.

“Tu t’en sors un peu ? demande-t-elle. Comment va ce genou ?”

Que dois-je répondre ? s’interroge-t-il avec lassitude. Lui faire croire que tout va bien, à elle ? Et si je suis sincère, va-t-elle me dénoncer à la flicaille gériatrique ? Mais non… S’il y a quelqu’un en qui je peux avoir confiance, c’est elle. Je peux bien lui dire, à elle, que je trouve le temps long, que je ne parviens jamais à me reposer de peur d’être pris sur le fait, que j’ose à peine dormir au cas où je rêverais qu’on me fait subir des traitements expéditifs – je lui passerais les détails sur la méthode employée. Que je suis devenu totalement dépendant d’un gentil collégien qui se pointe ici tous les deux jours avec sa petite tête d’innocent. Que sa famille me poursuit et que je n’arrive pas à savoir s’ils sont bien intentionnés ou justement pas du tout. Que je regrette la personne que j’étais. La pratique de la musique. Que je ne joue plus beaucoup, pas tant à cause d’un sentiment d’inutilité devant des exercices qui ne servent plus à rien, mais de crainte que des passants ou des voisins me dénoncent comme un amateur aux pratiques artistiques oiseuses. Lui dire que toutes ces pensées me rendent fou parce que je les prends à la fois au sérieux et à la légère. Parfois, je me fais du cinéma, je me raconte des histoires et puis tout à coup, je me reprends : il faut faire attention, il y a danger. Je peux lui dire que je suis fatigué. Mort de fatigue.

“Il faut persévérer, répond-il. Nous devons persévérer, l’un et l’autre. Au-dehors, c’est la jungle. Les dangers nous guettent, mais nous devons tranquillement chercher notre chemin. Pour toi, c’est le deuil, pour moi, c’est la vieillesse.

— Ce serait tellement chouette si quelqu'un s'occupait de nous, dit doucement Caroline. On se bat, on se débat, on essaie de ne pas voir le gâchis tout autour, mais ça n'apporte rien de bon. Pourquoi ne pouvons-nous plus faire confiance à des pouvoirs publics censés vouloir notre bien ? Comment la réalité a-t-elle pu changer à ce point ? On n'a rien vu arriver.

— Les choses prennent parfois un tour si compliqué que nous avons besoin de têtes vraiment bien faites pour nous y retrouver. Mais ces forts en thème ne font pas de politique, ils préfèrent la physique quantique ou la biochimie. C'est pour cela que le pouvoir se trouve entre les mains d'individus aux capacités cognitives très limitées. Qui, de plus, se bagarrent entre eux. J'ai l'impression que le crime organisé, lui, attire des êtres nettement plus intelligents. Quoique, se faire pincer de la sorte, ce n'était pas très futé de la part d'Helleberg.

— Je ne suis pas au courant de l'actualité, avoue Caroline. Je n'arrive absolument pas à m'intéresser à ce qui se passe à l'extérieur. Jochem, si, il en parle de temps en temps. Moi, ça me passe à côté."

Elle est touchée à vif, se dit-il. Ses enfants seraient encore en vie si on avait neutralisé à temps cette mafia des transports. Elle se protège.

"C'est un règlement de comptes, je crois. Helleberg s'était arrangé pour que ce projet gigantesque revienne à un promoteur ami. Tous les autres candidats ont subi des menaces et la ministre, une merveille de vanité et d'imbécillité, s'est laissé manipuler. Aussi simple que cela. Ensuite, il a fallu payer Helleberg, mais le promoteur a refusé de casquer. Peut-être se croyait-il en sûreté puisque le caïd était derrière les barreaux… Puis Helleberg l'a poussé dans le vide. Avec la ministre. À la télévision."

Caroline leur ressert du porto. Reinier s'aperçoit qu'elle a le regard dans le vague. Complète indifférence. Il soupire.

"Je voulais te rendre ta partition, dit-elle. J'ai oublié. Je la rapporterai la prochaine fois. C'était bien de l'avoir sous la main, pour la vue d'ensemble.

— En effet, la compréhension globale est une chose essentielle, qu'il faut acquérir. Pas seulement avec les oreilles, mais avec l'entendement."

Je parle comme un homme compétent, remarque-t-il, comme un professeur sensé qui s'intéresse par-dessus le marché aux malheurs de la société. Pourquoi me livrer à cette comédie ? Pourquoi ne pas lui avouer que je ne vois plus aucune issue ? Pourquoi ne pas tout simplement lui dire : aide-moi ?

36

Jochem est sorti faire un tour. L'atelier était soudain devenu trop exigu pour lui, ce monde de bois brun sous la lumière artificielle, trop étouffant. Il avait accroché au clou son tablier de cuir et il était parti en ville. Bizarre, se dit-il, ça ne m'arrive jamais, ce genre de claustrophobie. Je vais louper des clients. Rien à cirer. Ils n'ont qu'à m'appeler pour un rendez-vous. Il me faut de l'air, de l'espace, de l'eau. Tous ces chichis pour réparer de la marqueterie ancienne, toutes ces précautions pour manipuler les pincettes et les ciseaux, toutes ces heures à regarder à travers une loupe – non, pas aujourd'hui. Je ne sors pas assez souvent. Pratiquement jamais. Avant, on allait en forêt avec les garçons… C'était plein de hêtres centenaires, un bois magnifique. Il y avait un arbre avec de grosses branches pas très hautes. On grimpait dessus. On jouait à cache-cache, on cherchait des bolets. C'est Caroline qui prenait l'initiative ; moi, je participais pour lui faire plaisir. La plupart du temps, je restais travailler. Elle avait raison : c'était dommage. Quand tes enfants sont petits, tu dois leur consacrer toute ton énergie. On ne se rend pas compte, je ne me rendais pas compte que ça ne dure qu'un temps, juste quelques années, ce lien naturel avec eux… La famille, pour nos garçons, c'était le plus important, c'était tout leur univers pendant les premières années. Pour nous aussi, seulement, on ne s'en est aperçu que lorsque c'était fini. On croit qu'il faut travailler, faire rentrer de l'argent, progresser professionnellement – foutaises, n'importe quoi ! Ça peut se remettre à plus tard, tout ça. Pas la jeunesse de tes enfants. J'ai vraiment été mauvais là-dessus. En vacances, je voulais toujours rentrer plus tôt à cause d'un violoncelle à finir, d'une restauration délicate ou d'un stupide congrès de lutherie. Manquer d'argent, ce n'est pas très grave, les petits enfants s'en moquent. Il faut être près d'eux, écouter leurs balbutiements, les regarder jouer. Pour ne plus jamais oublier.

Il marche d'un pas exagéré, dépasse à vive allure les touristes et les chalands, sans voir où il met les pieds. Il a chaud, il sent la sueur lui picoter le dos.

Arrivé au pont mobile qui enjambe la rivière, il doit faire halte. Il s'éloigne des cyclistes qui attendent et va s'accouder au garde-corps. Une péniche passe avec lenteur, suivie d'une ribambelle de bateaux de plaisance aux passagers bien trop hâlés et bien trop dénudés. Il observe les vagues qui se forment, les triangles qui s'écartent et qui viennent finalement s'écraser contre le quai. L'eau lui apporte une odeur qui n'a pas de nom. Il repense à Heleen, à leur conversation sur la pauvreté du vocabulaire sonore. Elle a vraiment bon cœur, se dit-il. Quand ça s'est passé, juste après, elle est venue nous faire à manger tous les soirs. Nous aider dans le quotidien. Normal, d'après elle. Je la vois encore devant les placards, avec son dos large, rassurant. Pas de considérations existentielles sur le deuil, pas de conseils psychologiques sur l'attitude à prendre, mais un simple coup de main pour les tâches ménagères. Exactement l'aide qu'il nous fallait, sans laquelle on n'aurait pas pu aller plus loin. En vérité, elle nous a fait comprendre que ce "plus loin" existe, que continuer à vivre relève de l'incontournable. Je ne crois pas que c'était conscient de sa part. Elle nous a juste donné l'exemple, elle nous a montré ce qu'on devait faire : porter une cuiller à la bouche, changer les draps, sortir la poubelle…

Le pont redescend lentement. Jochem se redresse et file vers les barrières rouge et blanc qui se relèvent d'un coup. Il continue jusqu'à l'endroit où la rivière se jette dans une étendue d'eau plus large. Sur l'autre rive se dresse le tribunal, miroitant sous le soleil. Forteresse de la justice, pense-t-il. Un décor d'opéra. Autrefois, il existait des artisans capables de peindre des panneaux de bois ordinaire pour les faire ressembler à des plaques de marbre. Nous, on a troqué l'indépendance de notre pouvoir judiciaire contre la grandiose représentation en 3D d'un édifice hors de prix censé nous prouver la libéralité de l'État lorsqu'il s'agit de financer la justice.

Il y a un bac pour passer de l'autre côté. Jochem monte à bord et patiente parmi les cyclistes et les motards jusqu'à ce que commence le doux bercement de l'eau. Avec une intensité exceptionnelle, il prend conscience du bruit des machines qui s'amplifie, du battement des vagues contre la coque. La traversée ne dure pas assez longtemps à son goût et avant même qu'il ne s'en rende compte, des passagers pressés le poussent déjà vers le quai, où il pose pied de mauvaise grâce. Il marche un peu sur la piste cyclable qui longe la rive et se tourne à nouveau vers l'eau. Une femme convoyant deux bambins sur un triporteur pousse un cri et fait tinter sa sonnette. Surpris, il avance d'un pas, dans l'herbe du talus. Connasse, jure-t-il en lui-même, plus par habitude que par véritable colère. Il cherche à s'indigner, c'est scandaleux, essaie-t-il de penser, c'est criminel comme ces parents mettent en danger leurs enfants, ils croient avoir tous les droits, alors ils se lancent sur la voie publique avec leurs bébés devant eux, pleins d'arrogance, en prétendant qu'il n'y a aucun risque. Maison de redressement, invoque-t-il sans conviction, camp de rééducation, amendes, châtiments corporels. Ses efforts pour susciter l'exaspération échouent. Il s'aperçoit que ses jambes sont lourdes et qu'il a les larmes aux yeux. C'est bien ce que je pensais, j'aurais dû rester travailler, toute cette vadrouille, cette gamberge à n'en plus finir, ça ne va pas, on dirait que je ne sais plus où j'en suis, putain, je veux repartir, je veux rentrer chez moi…

Il serre les poings à l'intérieur de ses poches et contracte si fort la mâchoire que ses molaires en grincent. Il ne bouge pas.

Un tapotement sur son épaule. Il se retourne et se retrouve face à une longue silhouette en vêtements fluorescents. L'homme danse, il sautille d'un pied sur l'autre avec une régularité de métronome. Hugo dans sa tenue de jogging.

“Je ne te reconnaissais pas, dit Jochem, avec cette drôle de casquette sur le crâne, et puis ces lunettes.”

Après avoir retiré son couvre-chef et enlevé ses lunettes de soleil, Hugo retrouve son visage habituel. Jochem le regarde, essayant de rassembler ses esprits, comme s'il émergeait d'un puits profond.

“Un vrai chaos, ici, commente Hugo. Pas l’endroit le plus sympa pour courir en ce moment. Tu vas où, au fait ?”

C’est maintenant que Jochem prend conscience de l’horrible tapage autour de lui. Des voitures qui klaxonnent, des grues qui s’activent dans un bruit de ferraille, une voix inintelligible provenant d’un haut-parleur à quelque distance de là… Les deux hommes se retournent et observent l’agitation désordonnée qui règne devant le palais de justice. Sans hâte, ils se dirigent vers le bâtiment.

“C’est le transfert du prévenu, explique Hugo. Ça implique des mesures de sécurité renforcées, bien visibles pour rassurer les citoyens.”

Des barrières et des cordons rouge et blanc empêchent l’accès à l’édifice. Espacés de trois pas, des agents en uniforme sombre bloquent le passage. Tous sont grands et forts. Tous sont ostensiblement armés. Le regard indifférent, ils font face à la cohue : caméras, camionnettes de télévision au moteur allumé, photographes, badauds. Une femme portant un gilet jaune vif se poste devant Jochem et Hugo. Ses cheveux sont tirés en arrière.

“On ne passe pas sans autorisation, dit-elle. Circulez, s’il vous plaît, par ici.”

Sur le côté du bâtiment, on libère la voie. Un fourgon blindé d’une largeur exceptionnelle arrive à toute allure. Avec gyrophare et sirène beuglante.

“Allez, viens, dit Hugo. On y va.”

Une fois à bord de la barge, Jochem se recompose. Hugo voudrait fabriquer une banquette cintrée pour la mettre à l’arrière, contre le bordage. Il demande conseil. Jochem soupèse les planches déjà préparées, évalue la courbure, dessine un schéma sur un bout de papier. Le meuble est destiné à la chambre de Laura. Maison de poupée, jeu de construction, petit lit. Pourquoi pas un coffre sous l'assise, envisage-t-il, avec rabat, charnières… Les enfants ont besoin d'ordre, on ne joue pas bien dans le bazar. Il se tient au milieu de la pièce, avec dans les bras un mouton en peluche tout gris à force d'avoir été câliné, qu'il vient de ramasser. Et maintenant, se demande-t-il, que faire ? Je suis un spécialiste du bois, je suis chez un ami, je suis en sécurité.

Hugo l'appelle. Il a fait du café. Jochem pose le mouton sur le lit de Laura et rejoint le séjour en traînant des pieds.

"Désolé, s'excuse Hugo. Je n'aurais pas dû te demander ça. Toutes ces affaires pour enfants… C'est ballot de ma part."

Il pose une main sur l'épaule de Jochem.

"Non, non, ça va. Tu sais, les choses sont ce qu'elles sont. On ne peut pas les fuir indéfiniment. Je veux bien jeter un coup d'œil avec toi sur ce montage. Un peu de patience et ça ira. À la maison, on se met à parler un peu plus de la vie d'avant. J'ai de la peine à supporter, mais ça fait quand même du bien. La réalité. Faut pas trop que ça dure… J'étais content de te voir, là, au bord de l'eau. Comment ça se passe, au fait, le chômage ?

— Y a pas mieux. Formidable."

Ça s'entend qu'il est soulagé, se dit Jochem. Allez, on jette le chagrin par-dessus bord, on prend les outils et on s'y met ! Hugo continue sur sa lancée, parle de rénovation et d'amélioration, du temps qu'il a maintenant pour aller courir en pleine journée, pour travailler son violon. Il s'est donné trois mois avant de réfléchir pour de bon à ce qu'il va faire. Une heureuse décision.

Jochem étend les jambes et inspecte la pièce. Il voit le violon posé sur le sofa, le pupitre installé à côté. En clignant des yeux, il parvient à reconnaître la partition. Schubert. Vendredi. Il peut tout à coup se laisser aller à une joie intense.

37

“Encore une répétition ? demande Henk. Vous venez juste de jouer votre concert à domicile, là. Vous n’en avez jamais assez ?

— Non, répond Heleen d’un ton ferme. Ça s’est tellement bien passé, un vrai bonheur, de quoi justement donner envie de continuer. Ça t’embête ? Tu peux venir nous écouter, si tu veux.”

Elle se prépare pour sa journée de travail. Sac, montre-bracelet, un sachet d’engrais pour la plante, un gilet au cas où il ferait froid cet après-midi. Qu’est-ce qui lui prend à râler contre le quatuor ? Lui aussi, il sort souvent le soir.

“Heleen, tu ne pourrais pas inviter Jochem et Caroline à dîner ? Je ne les vois plus jamais.”

Bien sûr. Que je suis bête. Ses amis lui manquent. Moi, je vois Caroline tous les jours et je suis sans cesse fourrée chez Jochem, pour mon violon. Pas lui.

“J’en parlerai à Caroline tout à l’heure.”

Elle se tient sur le seuil de la cuisine, un pied déjà dehors. Henk s’approche d’elle et lui pose une main sur les fesses.

“Tu es en train de perdre du poids. Est-ce que c’est vraiment une bonne chose ?

— Je crois bien, oui, dit-elle. Ça va tout seul, je ne fais rien pour ça."

Elle a beau se trouver encore là, près de son mari, devant la remise aux vélos, elle est déjà partie : elle sent ses jambes appuyer sur les pédales, le vent glisser sur ses joues.

Après avoir mis ses affaires dans les sacoches, elle ouvre le portillon du jardin et salue Henk de la main. Dans sa tête virevoltent des fragments du nouveau quatuor de Schubert, passages difficiles qu'elle a travaillés tout spécialement et bouts de mélodies qui ne sortent pas de sa mémoire. Elle s'aperçoit qu'elle pédale en rythme. C'est tellement facile d'esquiver les questions épineuses en ne pensant qu'à la musique… Les contrariétés, les problèmes, les affaires inextricables s'effacent. Mais comment donner forme à une amitié si ancienne entre deux familles lorsque l'une d'elles est réduite de moitié ? Les rituels d'autrefois sont devenus impossibles : la grande tablée de Noël avec tous les enfants, le camping au printemps avec l'énorme tente où les cinq garçons papotent à voix basse jusque tard dans la nuit. Rien ne peut plus se passer comme avant, c'est trop douloureux, l'absence se voit trop. Ou raison de plus pour reprendre le fil ? Cette absence, elle existe, non ? Nos garçons eux aussi sont consternés, à leur manière. Est-ce qu'on ne devrait pas les aider à tout simplement avoir du chagrin ? Faire un repas de réveillon en laissant deux chaises vides, organiser des vacances en assumant le sous-effectif d'enfants ? Peut-être qu'il faut tout bonnement essayer. C'est naïf ? Est-ce que Jochem va accepter ? Est-ce que Caroline va tenir le coup ?

J'ai envie qu'ils viennent dîner à la maison, se dit-elle en attachant son vélo près du cabinet médical.

Les garçons mangeront avec nous, ensuite ils pourront monter dans leur chambre trafiquer Dieu sait quoi et on restera tous les quatre à table. Bon, je les invite. Un soir de la semaine prochaine.

Se félicitant de cette décision rapide, elle pousse la porte d'entrée. Caroline et Daniel sont engagés dans un vif débat sur la corruption généralisée du système pénitentiaire.

"Cet Helleberg, c'est pas croyable tout ce qu'il a manigancé de là-bas !" Daniel tape du poing sur le plan de travail. Heleen hausse les sourcils d'un air interrogateur.

"Il était en contact avec ses hommes, explique Caroline. Ses collaborateurs, comme il les appelle, vu qu'il dirige une entreprise. Des surveillants corrompus, qui transmettaient les messages et lui faisaient passer des téléphones jetables. On vient d'en parler aux infos.

— Je n'ai pas la radio sur mon vélo, réagit Heleen. Je ne suis pas au courant."

Pourquoi se sent-elle visée, accusée ? Qu'est-ce que ça veut dire ?

"Et il paraît que c'est la prison la plus surveillée du pays ! poursuit Daniel. Ils amènent le bonhomme tous les jours au tribunal, ça prend des heures, avec des motards pour l'escorter sur l'autoroute et un fourgon spécial avec cellule intégrée. Et pendant tout ce temps, sa porte reste grande ouverte pour ses copains maffieux ! Il y a de quoi virer directement les dirigeants de la prison. Corrompus et incompétents. On a beau le savoir, ça fait peur.

— Il y a pourtant une réglementation sur les contacts avec les détenus ? s'interroge Caroline. Tu fais toujours partie de ce club de correspondance ?

Ça ne tombe quand même pas comme ça dans leur boîte aux lettres ?

— On a dû arrêter, répond Heleen. Il n'y avait plus de place pour nous et ça cafouillait aussi dans l'acheminement du courrier. Nouveau règlement. Les lettres n'arrivaient pas, ou bien si, mais sans avoir été lues. Ils ont sous-traité la censure à des stagiaires. Et comme ça ne marchait pas, ils ont annulé toute l'initiative. C'est quand même bizarre : ils veulent qu'on s'engage auprès des catégories difficiles ou défavorisées, mais dès qu'on a commencé, ils inventent des règles qui font capoter le projet. Ça s'est passé exactement pareil pour les soins aux personnes âgées. Dites, on va s'y mettre aujourd'hui, ou non ?

— Les règles m'empêchent justement de faire mon travail, insiste Daniel. Je suis prêt à soigner les malades, mais je ne peux pas pour des raisons d'assurance. Et si je faisais la grève ?

— On n'a pas le droit, dit Caroline. Ce sont les règles. Bon, j'y vais."

Heleen la suit jusqu'à l'accueil. Maintenant, se décide-elle. Je lui demande tout de suite, ne plus hésiter, ne plus attendre.

"Vous venez dîner chez nous ce week-end ? C'est Henk qui l'a proposé. Comme avant."

Caroline acquiesce d'un bref signe de tête.

"Bien sûr, avec plaisir, dit-elle. Je vais en parler à Jochem. Je pense que c'est possible samedi."

Le temps qu'Heleen s'imprègne de cette réponse, Caroline est déjà partie. Aujourd'hui, jupe courte et talons hauts, qui claquettent maintenant dans le couloir.

Et voilà : on bande ses muscles pour se mettre à pousser et on ne sent pas de résistance, alors on perd l'équilibre, on se casse la figure… Est-ce que je me suis trompée sur toute la ligne ? J'ai inventé un problème qui n'existait pas ? Je voudrais me battre pour notre amitié, mais où est l'arène ?

Les docteurs, eux, ils ne luttent pas. Ils ont promis de se tenir du côté de la vie. Ils veulent bien aboyer contre la corruption des pouvoirs publics, mais quand le ministère de la Santé leur balance un oukase, ils font le beau. Ils s'adaptent. Ils essaient de s'arranger au mieux. Ici, au cabinet, on se retrouve tous les mois avec des tas de nouvelles choses à faire, des tâches impossibles pour lesquelles on n'a ni l'argent ni les compétences. Alors, protester, refuser ? Mais non, ce serait laisser tomber les patients, ou perdre les contrats avec les assureurs, et on ne serait pas plus avancé. Il n'y a plus qu'à obéir bien gentiment. Pouah !

Moi, j'ai fait de mon mieux, avec le club de correspondance. Je ne regrette rien, même s'ils se moquent de moi. C'est quand même une bonne action, de tendre la main aux réprouvés ? On aurait dû faire pareil avec les petits vieux. Pas les lâcher.

Mais arrête donc ! s'enjoint-elle. Les affaires des autres, on n'y peut rien. Moi, je fais mon travail le mieux possible. C'est bien suffisant.

Elle clique sur la liste des patients, prépare les pansements dont elle aura besoin et se dirige vers la salle d'attente. Ils viennent, se dit-elle, on va les revoir à la maison, pour manger, quel plaisir, quel bonheur… Ils viennent !

38

Pour acheter de quoi grignoter le soir de la répétition, il ne se rend pas dans son supermarché habituel, mais chez un traiteur aux prix exorbitants. Puisque ma généreuse prime de départ m'en donne les moyens, se dit-il, je vais mettre les petits plats dans les grands. Des bières spéciales, du très bon vin, un plateau de mets raffinés : je choisis tout ce qui me paraît appétissant.

Il y a foule dans la boutique, peut-être que les gens tiennent justement à manger cher parce que c'est la crise, ou bien que certaines catégories sociales sont imperméables à la pénurie, c'est possible aussi.

Il profite de l'attente pour examiner les plats exposés. La cliente qui le précède et dont c'est maintenant le tour commence à débiter sa liste de courses. Cette voix… Il regarde bien : cheveux effilés, chiffon bariolé sur des épaules brunies – eh oui : l'adjointe au maire. Feignant une inspection de vitrine, il s'avance de quelques pas et la fixe du coin de l'œil. La garce, se dit-il, pas de poches sous les yeux, pas de rides de contrariété. En voilà une qui ne se fait pas de soucis à propos de sa politique désastreuse, elle trouve ça très bien. Il désigne un assortiment de petits édifices complexes à base de crustacés. “C'est ça qu'il faut prendre, un délice.”

L'adjointe tourne vers lui un visage agacé.

"Hugo ! Qu'est-ce que vous faites ici ?"

Si ça pouvait lui filer une intoxication alimentaire, espère Hugo. Elle n'a vraiment pas honte, alors que c'est en grande partie à cause d'elle qu'il n'y a plus de centre musical dans cette ville et qu'elle se trouve ici nez à nez avec un chômeur. Elle donne plutôt l'impression d'être indignée qu'un ex-directeur ait le goût et les moyens de s'acheter des amuse-gueules de grande qualité.

"Je viens chercher des bons petits plats, répond-il. Tout comme vous, je vois."

Le vendeur, coiffé d'un calot et vêtu d'une blouse blanche, saisit à l'aide d'une pince les créations commandées par l'adjointe et les dispose dans une boîte en carton.

"Je sors d'une période horriblement chargée, explique-t-elle. Alors maintenant, je vais me faire plaisir. Soirée canapé. Cocooning. Ça fait des semaines que ça ne m'est pas arrivé… Représentation, networking : c'est épuisant. Je rentre tout juste de Chine. Décalage horaire. Quel travail, ce stress, ces responsabilités ! C'est tellement lourd, je ne vous en parle pas."

Il se tait. Pourquoi essayer encore de l'embêter, de la rouler, je n'ai plus rien à voir avec cette femme, ni avec ses acolytes. Je n'ai pas besoin de lui cirer les bottes, je n'ai pas besoin d'inventer des stratégies pour la disposer en ma faveur, je n'ai besoin de rien.

On emballe la commande. Sur l'écran de la caisse s'affiche un montant énorme que l'adjointe règle par carte de crédit. Indubitablement sur le compte de la mairie, car même avachie sur son canapé pour regarder de vieilles séries télé dans un duvet malodorant, elle reste adjointe municipale et doit donc être nourrie par le contribuable. Elle y a droit. Allez, du vent, pense-t-il, fous le camp avec ta crème de homard et ton écume d'artichaut !

Le vendeur a noué un ruban autour du carton. L'adjointe passe le poignet à travers la boucle et soulève son fardeau comme un élégant sac à main.

"Quel dommage de ne plus se voir, dit-elle. Nos conversations m'inspiraient toujours beaucoup. Bonne journée !"

Ne pas se fâcher, observer, c'est tout. Bonne journée ! Qu'est-ce qu'elle s'imagine ? Rien, sans doute, c'est juste une formule de politesse. Incroyable que le pays soit gouverné par des individus pareils. Quand on regarde les grands manitous de la politique, ceux qu'on a connus avant, à l'école ou à l'université, ils avaient tous déjà quelque chose de bizarre, un truc qui n'allait pas. Apparemment, les gens qui veulent faire quelque chose d'utile et qui en plus ont les compétences requises n'occupent jamais ce genre de poste. Y a qu'à voir l'endormi qu'on a au ministère de la Santé, ce type n'a aucune idée de ce qu'est la maladie ou le handicap et de toute façon, ça ne l'intéresse pas. On parlait de lui l'autre soir à table, chez Heleen, la pauvre était absolument outrée des offenses infligées aux personnes qu'elle soigne ! L'État-providence appartient au passé, avait dit le ministre, on avait eu raison à l'époque de remplacer ce système par une logique participative : pas de soins à domicile ni de remboursements inabordables, mais de l'aide apportée par les voisins et la famille. L'approche s'est elle aussi révélée impraticable, avait-il reconnu d'un air jovial, on n'avait pas les moyens de contrôle adéquats et on sollicitait trop la population active. L'autonomie, voilà notre nouvel idéal, avait-il résumé avec enthousiasme, autonomie et responsabilisation. Chaque citoyen doit faire lui-même en sorte que la maladie ne se déclare pas. Bouger, manger sain, ne pas rester toute la journée en position assise – autant de bienfaits scientifiquement prouvés dont nous devons tous tirer profit. Tenez, moi, par exemple, avait conclu le ministre, je cours dix kilomètres par jour et je ne mange pas de sucre.

Heleen fulminait. Hugo s'était contenté de sourire. Attends un peu, avait-il dit, attends qu'il fasse un AVC, le zèbre, ou qu'il tombe hémiplégique en se crashant sur son vélo d'athlète...

"Ce sera tout ?", demande le vendeur derrière son comptoir.

Hugo règle ses achats et sort, les bras chargés. Je suis maigre, se dit-il, je ne m'abaisse plus devant les incapables et ce soir je vais jouer le plus beau quatuor de Schubert avec mes meilleurs amis. Il se peut que la société autour de nous s'écroule, il y a de fortes chances que je n'aie plus un sou dans six mois et que je ne retrouve pas de travail, mais la vie, c'est maintenant. Peut-être aussi que mes copains vont s'effondrer, abîmés comme ils sont, mais on va s'entraider, on va s'épauler pour franchir les pires obstacles, tant bien que mal. Jusqu'ici tout va plus ou moins bien, ils jouent de la musique, ils vont venir ce soir, ils se réjouissent de ce moment, j'en suis certain.

Une fois rentré, il met les provisions au frais et attend que sa fille arrive. Il va l'avoir deux jours avec lui. Alors, construire un château fort en Lego, aller au zoo, au jardin botanique ? Il voudrait confectionner quelque chose pour elle, quelque chose qui reste. La maison de poupée ! se souvient-il. Les panneaux doivent être quelque part, je suis sûr de les avoir découpés. Colle, peinture, de quoi fabriquer des mini-lits et des mini-chaises – allez, ça roule… Pourquoi je ne pense jamais à Laura quand je réfléchis à l'avenir ? Elle sera où dans quinze ans ? À coup sûr dans un monde impitoyable, plein de menaces. Une société où chacun ne pense qu'à soi-même et se jette sur le peu de ressources qui reste. Partout, la violence. Aucun répit, aucune issue de secours. Je devrais me sentir coupable : qu'est-ce qu'on fait pour elle, pour lui faciliter la vie plus tard ? Moi, j'ai toujours vécu dans l'instant. Autrement, je n'aurais jamais pu finir le conservatoire. Je prends ce qui vient et je ne regarde pas plus loin. Heleen, elle, éduque ses garçons à l'ancienne, je le sais. Le sens des responsabilités, la capacité à se mettre à la place des autres, le sentiment du devoir. Elle ferait mieux de leur apprendre à se battre, à défendre leurs propres intérêts, à être vigilants. Mais elle ne peut pas s'en empêcher, elle est comme ça.

Où est-ce que j'ai bien pu mettre ce fichu palace miniature ? Il faut que je trouve des charnières pour l'ouverture du toit. La peinture, j'en ai encore.

Il s'engouffre dans le petit local où il entrepose son bois et ses outils. Avant de chercher entre les morceaux de contreplaqué, il enfile d'abord des gants de travail. Ben voilà, quand on insiste, se dit-il en dénichant les panneaux prédécoupés sous un tas de planches de chantier. Y a plus qu'à les tirer de là, enlever la crasse et tout mettre dans la chambre.

Décidément, je suis incorrigible, se dit-il. J'essaie de me représenter l'avenir de Laura, mais je n'arrive pas à tenir plus de trente secondes. Au lieu de ça, je recommence à imaginer des trucs sympas et je ne réussis pas à voir plus loin que trois jours. La maison : en rouge foncé avec des portes et des fenêtres blanches, style ferme suédoise, c'est bon. Elle va trouver ça splendide.

Tandis qu'il pose les panneaux debout contre la paroi, il entend Laura trottiner sur la passerelle. On sonne.

39

Caroline se réveille en pleurs. Son rêve lui revient aussitôt, limpide. Elle était assise sur un rocher en plein soleil. Les enfants avaient couru vers elle, ils étaient beaucoup plus jeunes qu'à leur mort, sept et huit ans peut-être, encore petits. Ils s'étaient installés à califourchon sur ses cuisses, chacun une ; ils avaient passé leurs bras de gringalets autour d'elle, autour de leur frère, serrant très fort. Elle aussi les enlaçait, c'était tout naturel et en même temps incompréhensible. Elle sentait le contact de leurs côtes. Elle avait plaqué son visage contre leurs joues. Ils étaient restés là, comme ça. "Vous avez survécu", avait-elle dit et ils s'étaient mis à pleurer, de pur bonheur.

La voilà paralysée dans son lit. Elle ne réussit à penser que très lentement. Elle sait qu'elle vient de ressentir une joie indicible. Un soulagement, une bouffée d'air. C'est donc qu'ils sont encore là, se dit-elle, dans ma tête. Je les sentais contre moi.

Dès le réveil, ses larmes de joie se sont transformées en larmes de désespoir. Comment l'expliquer ? Les mêmes larmes ! Un infime glissement de sens, pas même perceptible, et tout a changé en un clin d'œil…

Je ne peux pas bouger. Impossible de me lever. Leur peau était chaude, ils couraient. Je savais qu'ils étaient morts, mais je les voyais en vie. Vous avez survécu, je leur ai dit, survécu. Les larmes coulent à la verticale. Elle n'arrive pas à lever les bras pour sécher ses pleurs.

Elle essaie de maîtriser sa respiration et, au bout de quelques instants, elle commence à percevoir les ronflements de Jochem. Avec une lenteur extrême, elle repousse la couette et entreprend de mouvoir ses jambes pour s'extirper du lit. Elle reste un moment assise sur le bord en se frottant les joues. Puis elle se hisse sur ses pieds et, avec prudence, arrive à garder son aplomb. Laborieusement, à petits pas, elle se traîne hors de la chambre.

C'est sans regarder dans la glace qu'elle s'apprête pour la journée. Alors pas de maquillage. Impossible, tout simplement.

Du café, une cigarette. Elle entend Jochem s'affairer là-haut. Par ce qu'ils signifient, ces bruits lui font prendre conscience de sa propre paralysie. Il arrive, il va me dire quelque chose et compter sur une réaction. Mais je suis incapable d'articuler un mot. Ma langue ne fonctionne pas.

Elle attend. Ils ont l'habitude de se raconter leurs rêves au sujet des garçons : l'idée de partager de tels songes les réconforte. Dans ces moments-là, ils se sentent encore parents. Tu les as vus cette nuit ? Qu'est-ce qu'ils ont dit, comment étaient-ils habillés ?

Mais cette fois, la vision est trop forte. Et l'expérience d'avoir été leurrée à ce point, trop embarrassante. Non, Caroline ne sait plus quoi faire. Elle est incapable de répondre à son mari lorsqu'il lui demande si elle a mal dormi. Il lui ressert un café.

"Tu as rêvé ?"

Elle acquiesce et recommence à pleurer. Elle essuie ses larmes avec une serviette.

“Il faut que j’aille travailler”, finit-elle par dire. Sa voix lui semble étrange et grotesque, résonnant comme un écho dans sa tête.

“D’accord, mais tu ne vas pas prendre la voiture comme ça, répond Jochem.

— Vélo, souffle-t-elle.

— C’est pareil, rétorque-t-il. Tu avances comme un zombie. Je te dépose, pas question de te laisser conduire dans cet état.”

Elle approuve d’un signe de tête. Il va dans le couloir, attrape le manteau de sa femme, lui demande où elle a mis son sac, si tout ce dont elle a besoin est dedans. Elle fait ce qu’on lui dit, sans prononcer un mot.

“Le temps a changé, constate Jochem une fois qu’ils sont dehors. Il fait froid maintenant, tu ne trouves pas ?”

Ils rejoignent la voiture en silence. C’est bien, se dit-elle, il ne râle pas, il s’abstient de me rappeler que je ne suis pas en état de voir des patients. Il n’en pense pas moins, sûrement, mais Dieu merci, il le garde pour lui. Et puis, il sait très bien que le travail est une échappatoire. Ça, il me l’accorde. Peut-être aussi qu’il n’a aucune envie de me voir traîner ma déprime toute la journée à la maison… Peut-être qu’une fois au cabinet, j’arriverai à prendre sur moi et à faire le boulot. On dirait que mes oreilles sont bouchées. Mes sens refusent de fonctionner. Il dit qu’il fait froid, mais je ne sens rien. Je bloque les influences extérieures, ça m’aide à prolonger le rêve. Ils veulent rester avec moi. Je vais les renvoyer, tout à l’heure, avant de commencer les consultations. Il le faut bien. Elle aperçoit Jochem l'examiner du coin de l'œil. Elle ne bronche pas. Regarde donc devant toi, s'écrie-t-elle intérieurement, fais attention à la route, laisse-moi tranquille. Tout abandonner, tout lâcher. Ne plus manger, ne plus dormir, ne plus respirer. Me laisser glisser dans le désespoir comme au fond d'un lac de montagne. Pourquoi est-ce que je n'y arrive pas ? C'est pourtant ce que je souhaite le plus au monde ! Après leur mort, j'étais sûre de succomber à une forme agressive de cancer dans l'année qui suivrait. Aucun doute, c'est ce qui allait se passer. Mais j'ai continué à vivre. Je n'avais plus que la peau sur les os, mais je n'étais pas malade. Même ébranlée par le malheur et l'épuisement, je restais à mon poste, fébrile, sous haute tension, je faisais ce qu'il fallait faire. Chaque nuit, les somnifères me procuraient quelques heures d'anesthésie. Je ne suis pas tombée malade. Dans mon rêve, ils vivaient encore, mais en réalité, c'est moi qui ai survécu. Alors que tout en moi s'y opposait.

Pour la première fois ce matin, elle sent ses muscles se détendre un peu. Elle se cale contre l'appuie-tête et inspire profondément. Elle regarde au-dehors. Elle voit des jardinets, des gens, des panneaux routiers. C'est inévitable, songe-t-elle, quelque chose me pousse dans cette vie et je me laisse faire parce que visiblement, je suis incapable de m'y prendre autrement. Par force ou par faiblesse ? Est-ce que je me connais si mal que je sous-estime mon envie de vivre ? L'envie de vivre ! C'est un acte de trahison pure et simple envers les garçons, je n'en veux absolument pas. Le sens du devoir, à la rigueur, mais l'envie de vivre ? Ça revient à culpabiliser d'avoir survécu. Un gros mot. Ce fichu rêve a encore des zones d'ombre. Je n'ai pas envie d'y penser maintenant. Je ne veux pas.

"On y est, dit Jochem. Tu penses que ça va aller aujourd'hui ? Appelle-moi quand tu auras fini, je viendrai te chercher."

Il se penche devant elle pour lui ouvrir la portière. Il lui déboucle sa ceinture de sécurité.

"Allez, prends ton sac et vas-y."

Elle projette les jambes hors de la voiture, sent le contact des pavés et repense au moment où elle s'est levée ce matin. Assise exactement pareil, sur le bord du lit, envahie par son rêve et proprement bonne à rien. Arrête de tout enregistrer ! se dit-elle, soudain très en colère. Ça suffit, cette autoflagellation… La journée vient de commencer, le cabinet est ouvert et il y a des gens qui arrivent. Ils ont des problèmes et ils veulent en parler. Avec moi. Elle se lève d'un coup, son sac dans les bras. Puis elle s'incline vers la voiture et passe la tête à l'intérieur.

"Merci à toi", murmure-t-elle.

Jochem referme la portière et part en trombe. Caroline, les épaules tombantes, se dirige vers la porte d'entrée.

La journée durant, elle voit défiler toutes sortes de broutilles. Une inflammation du talon d'Achille, un rhume qui menace de tourner en bronchite, un petit mal de tête, une vague difficulté d'endormissement. Elle écoute, pose une question de temps en temps, établit une ordonnance, suggère un rendez-vous avec le spécialiste. Tiens, se dit-elle, je n'ai pas encore vu de panaris aujourd'hui. Encore heureux qu'il n'y ait rien de grave dans le lot, au moins je ne peux pas faire de faute. Et tant pis si je n'arrive pas vraiment à me concentrer, tous les problèmes que je vois ici devraient s'en aller d'eux-mêmes. Je peux me contenter de faire à moitié attention. Même en cas de mauvais diagnostic, la capacité d'adaptation du corps humain est telle que beaucoup d'erreurs passent inaperçues. Cette plasticité rend de grands services aux médecins et chez nous, on se trompe aussi souvent que partout ailleurs.

L'après-midi, elle reçoit la visite du pharmacien, un homme renfermé aux cheveux raides et aux mains étonnamment pâles. Comme il serait professionnellement risqué de confier ce genre de rendez-vous à Daniel en raison de son tempérament inflammable, c'est à Caroline de s'occuper des relations avec les organismes partenaires. Ce pharmacien, elle le connaît depuis des années. Consciencieux, fiable, dénué d'humour. Aujourd'hui, il vient se plaindre de la politique de remboursement arbitraire des compagnies d'assurance maladie. L'une prend en charge les médicaments de tel fabricant, l'autre ceux d'une marque concurrente. Il reçoit des coups de téléphone furieux de clients obligés tout à coup de régler eux-mêmes leurs factures, il passe ses soirées à rechercher où est assuré qui et, pendant ce temps, les généralistes continuent de délivrer des ordonnances sans réfléchir au problème. Ajoutez à cela que tout le monde change d'avis en permanence : les assureurs lui communiquent sans cesse de nouvelles séries de conditions et les patients vont s'assurer ailleurs sans le prévenir.

Caroline n'a aucun mal à rester calmement assise pendant qu'il débite sa tirade. Elle regarde les mains qui voltigent, tels des oiseaux blancs, pour préciser le discours. Elle comprend toutefois qu'il veut la convaincre de résoudre son problème – elle devrait avoir sur son bureau les listes des assurés, les listes récentes, et les passer en revue pendant les consultations pour connaître le statut des patients et vérifier que les médicaments qu'elle leur prescrit seront bien remboursés, leur évitant ainsi des dépenses insurmontables – mais elle ne se sent pas concernée. La prolixité de son interlocuteur veut sûrement dire qu'il ne parvient plus à concilier la situation actuelle avec son penchant à tout contrôler. Elle remue les pieds sous son bureau et regarde furtivement la pendule derrière la tête du pharmacien. Elle propose de n'indiquer sur l'ordonnance que les principes actifs dont les patients ont besoin. Et la posologie, évidemment. À lui-même de décider quels médicaments il délivre à ses clients. Sur la base de ses listes à lui. Elle sait bien que cette proposition le fait bouillir, mais elle n'en a cure. Naturellement, il freine des quatre fers, ce n'est absolument pas possible, les ordonnances doivent être détaillées, elle le sait bien, c'est inimaginable, pas professionnel, il attend d'elle une attitude constructive, après tout ils sont pris l'un comme l'autre dans l'étau dévastateur des compagnies d'assurances, seules sociétés à faire encore des profits, et si lui-même devait calculer combien il gagne de l'heure, il arriverait sous le seuil de l'aide sociale, c'est dramatique à ce point, il faut qu'elle le sache.

Je ne suis pas sympa, se dit-elle. Je refuse de me mettre à sa place alors qu'il s'est toujours montré correct et loyal dans nos relations professionnelles. Non, vraiment pas sympa. Je me tourne les pouces en attendant qu'il ait fini. Je devrais avoir honte.

Elle va lui chercher une autre tasse de thé, se fend de quelques paroles compatissantes. De vagues promesses, elle en parlera à la prochaine réunion de travail et lui fera part de ce qui aura été décidé, avec la conviction qu'il poursuivra d'ici là sa besogne salutaire et chronophage. Elle réussit à le pousser dehors, difficilement, essuyant des protestations à peine voilées. Elle serre sa main blanche et croise son regard désapprobateur. La formule imbécile "gérer les problèmes" lui vient à l'esprit – j'ai mes problèmes à gérer, à vous de gérer les vôtres. En le voyant s'éloigner, le dos voûté, elle se rend compte qu'ils laissent l'industrie pharmaceutique et les compagnies d'assurances semer la discorde entre eux. Brisés, ils ne s'efforcent plus de restaurer l'alliance entre généraliste et pharmacien, répercutant sans réfléchir les conséquences d'une telle rupture sur le patient. Qui paie. Un pacte ancien vacille et cède sous la pression de circonstances accablantes…

Vers la fin de l'après-midi, Heleen passe la tête dans l'entrebâillement de la porte.

"Tu en as encore pour longtemps ?

— Non, répond Caroline. J'ai terminé, en fait. Et toi ?

— Moi aussi. Je pensais faire un saut chez le pâtissier de Daniel, acheter un gâteau pour ce soir. Si tu m'accompagnes, je te dépose chez toi après."

Est-ce que Jochem l'a appelée ? Est-ce qu'il a dit qu'il s'inquiétait, est-ce qu'il s'est plaint ? Mais non, Heleen est observatrice, elle n'a pas vu de vélo, pas de voiture et elle en a conclu qu'il fallait faire quelque chose. C'est ridicule, cette méfiance que j'ai. Faut que j'arrête, tout de suite.

"Ça me tente bien, reconnaît-elle. Un petit tour au palais de la pâtisserie… Je viens."

L'ordinateur éteint, mon manteau, mon sac. Beau tempo, remarque-t-elle, ça en dit long sur mon état d'âme. J'en étais bien loin ce matin, une espèce de *largo*, d'une lenteur exaspérante. Les bipolaires en phase maniaque, eux, sont plutôt dans un *presto con fuoco*, c'est d'ailleurs à ça qu'on repère tout de suite la gravité du problème. Et moi, maintenant, je suis à quel tempo ? *Allegro*, il me semble, ni trop lent ni trop rapide.

À son étalage, on devine le standing de la maison : un gâteau d'une blancheur de lys, posé sur un piédestal, se détache d'un fond de velours bleu nuit. Heleen et Caroline, comme des enfants, écrasent leur nez contre la vitrine pour regarder à l'intérieur. Des vendeurs en tenue immaculée vont et viennent entre la devanture et le comptoir. Heleen éclate de rire.

“Ça change de chez Aldi ! Allez viens, on entre.”

Elles optent pour une création de framboises et de sucre filé. Caroline insiste pour régler la note, une somme ridiculement élevée.

Heleen pose délicatement le glorieux emballage sur la banquette arrière.

“J'ai vu que Jochem t'avait déposée ce matin. Tu avais l'air terriblement fatiguée. Ça va mieux ?”

Caroline acquiesce. C'est bien. Demain, ils retournent pour la première fois dîner chez Heleen. Même ça, c'est bien.

“Attends une minute, j'ai oublié quelque chose, ou bien est-ce que tu es pressée ?”

Elle rentre en vitesse dans la boutique et fait préparer une grande boîte de chocolats, choisis et prélevés individuellement à l'aide d'une pince.

Puis elles repartent. Caroline a posé les chocolats sur ses genoux. J'anticipe, se dit-elle, je fais des projets. Bon sang, c'est à croire que je m'en réjouis, de la répétition ce soir et du dîner demain ! C'est fou, ce matin encore, j'étais bonne pour l'hôpital psychiatrique… Un sentiment de gratitude s'empare d'elle. Heleen n'accepte pas que la vie nous sépare, elle se bat bec et ongles pour notre amitié, qui d'ailleurs n'existe plus que grâce à elle. Moi, j'aurais tout laissé tomber depuis longtemps, par aigreur, par apathie. Il aurait fallu que j'aide le pharmacien tout à l'heure. Si je l'avais maintenant en face de moi, on arriverait ensemble à trouver une solution, j'en suis sûre. Elle soulève très légèrement les épaules et se débarrasse de la journée qui vient de s'écouler. Ce soir, Schubert.

40

Surenchère médiatique, observe Jochem. Ils veulent nous montrer, à nous autres contribuables, comment les haut placés de la société traquent et condamnent la corruption. Cinq toges noires en ligne de front. Service d'ordre à forte carrure dans la salle d'audience. Pas juste un avocat, mais une équipe entière chargée de défendre le prévenu ; tout doit être fait pour entretenir l'illusion de justice. Une série de témoins, tous experts dans leur domaine, professeurs, ingénieurs de réputation internationale. Et le procureur, si c'est bien comme ça qu'on l'appelle, avec sa tête d'hypocrite et sa pile de dossiers à côté de lui.

Le programme télévisé habituel s'est interrompu pour cette émission spéciale, illustrée par les reportages de correspondants chevronnés. En studio interviennent aussi des spécialistes : ex-politiciens, architectes, juristes. À l'écran, le plus jeune des journalistes. Il parle trop vite, d'une voix trop aiguë, comme un violon sonorisé, considère Jochem, quelle hystérie pour impressionner son monde… Plus la peine de me demander comment expliquer ça à mes enfants. Je peux être furieux, cynique, même. Rien ne m'empêche de piquer ma crise, de pester autant que j'en ai envie.

Il n'entend Caroline que lorsqu'elle est déjà dans le salon, encore vêtue de son manteau et tenant une boîte en carton glacé. J'aurais dû aller la chercher, ça m'est sorti de la tête, elle a l'air en meilleure forme, je m'en doutais, ça lui a fait du bien de travailler. Comment elle s'est débrouillée pour rentrer ?

Caroline brandit la boîte de chocolats.

"Pour demain chez Heleen. C'est elle qui m'a reconduite, alors du coup, je ne t'ai pas appelé."

Plus rien ne m'étonne, se dit Jochem. Les changements d'humeur, avec leur pourquoi et leur comment – je ne me pose plus de questions, je les considère comme des phénomènes naturels. Ils arrivent, je vois si je peux faire quelque chose et si oui, je le fais. Pas compliqué. Ce matin, c'était quasiment le naufrage et à présent, pavillon haut.

Il éteint le téléviseur. Maintenant, action ! Faut qu'on mange avant de partir. Une omelette ? La boîte de chocolats est dans le frigo, constate-t-il en allant chercher les œufs. Il entend Caroline monter l'escalier quatre à quatre pour prendre son violoncelle. Secouant la tête, il casse les œufs puis écrase les jaunes à la fourchette.

"Tu as tout ?" lui demande Caroline après le repas, lorsqu'ils sont sur le départ. Il tapote sur l'étui de son alto.

"Le répertoire intégral, bon pour des journées entières de narcose."

Elle le dévisage, un peu intriguée, puis fait un bref signe de tête.

C'est pourtant bien ça, poursuit-il intérieurement, si on joue, c'est pour nous engourdir nous-mêmes, pour nous couper de tout ce qui se passe ? L'amour de la musique, cette gratitude émerveillée de pouvoir interpréter les plus beaux morceaux du répertoire occidental, très bien tout ça – seulement la vérité, c'est qu'on en a besoin comme d'une drogue. Morphine. Pas grave du tout, l'un n'empêche pas l'autre, mais il faut quand même le dire. Bon sang, qu'est-ce que j'ai à râler comme ça ? Faudrait savoir…

Il y a une place libre à deux pas de chez Hugo. Jochem s'oblige à garer la voiture avec calme et précision. Éteindre les phares, retirer la clé du contact.

“Vas-y, je te rejoins tout de suite”, dit-il à Caroline.

Elle gravit la passerelle, chargée de son instrument. Il voit la porte s'ouvrir, Laura sautiller sur le seuil. Caroline entre, la porte se referme sur elle. Plus personne. Il se sent soudain anxieux, comme si elle avait disparu à jamais de sa vie. C'est faux de dire que les catastrophes surgissent toujours dans le tumulte et les grands bouleversements. Un simple coup de fil à peine audible suffit pour tout jeter à terre.

Il se trouvait à Paris, en repas d'affaires avec le marchand auquel il venait d'acheter des archets. Dans un de ces restaurants gastronomiques aux serviettes empesées. Il avait invité l'homme pour le remercier de sa collaboration, des beaux archets qu'il venait de lui vendre, de son hospitalité. Ils en étaient au fromage lorsque son téléphone s'est mis à vibrer dans sa poche de pantalon.

Heleen, chuchotant avec une drôle de voix. Il était sorti pour avoir un meilleur signal, s'excusant auprès de son convive. Un accident, terrible, les garçons – il avait entendu ce qu'elle lui disait, mais le message n'était pas complètement passé. Tu appelles d'où, lui avait-il demandé, pourquoi tu me téléphones, où est Caroline ? Peu à peu, il s'était représenté sa propre salle de séjour où deux policiers, casquette à la main, étaient assis face à Caroline. Les fonctionnaires de police avaient demandé s'ils pouvaient appeler quelqu'un pour elle ou s'il y avait à proximité une personne en mesure de venir immédiatement, avait expliqué Heleen, et cette personne, c'était elle-même. Caroline ne pouvait pas parler, mais le policier, si, ne quitte pas, il arrive. Troublé, Jochem avait écouté l'agent, mais sans pouvoir s'imaginer que ces phrases prononcées avec gravité le concernaient en quoi que ce soit. Il se souvient toutefois de s'être assis sur le trottoir. Ensuite, il avait vu apparaître les jambes du marchand d'archets et s'était dit qu'il allait devoir annoncer en français que ses fils venaient de mourir dans un accident. À la réaction de son interlocuteur, Jochem avait remarqué qu'il s'agissait véritablement d'une catastrophe. L'homme l'avait fait monter dans sa voiture et l'avait reconduit à toute vitesse jusqu'à la maison, en pleine nuit, à six cents kilomètres de là. Jochem était resté tout le trajet son téléphone à la main. Il se rappelle une sensation d'étonnement. Et qu'il avait l'esprit en éveil, que tout lui semblait clair. Ce type n'est pas vraiment un ami, songeait-il, plutôt un contact professionnel, et pourtant il fait tout ça pour moi. Étonnant, cette charité, cette attention… L'homme s'était arrêté une fois pour faire le plein et, d'une main ferme, avait guidé Jochem jusqu'aux toilettes. Ensuite, il avait insisté pour que celui-ci appelle un proche, ami ou parent, de façon à élargir le cercle des personnes informées. Quand Hugo avait décroché, il était déjà deux heures du matin mais cela ne faisait rien, il allait sauter sur son vélo pour prévenir Caroline que Jochem était en route. Comment ça va, comment tu te sens, avait demandé Hugo, mais Jochem n'avait pas su lui répondre. Du fond de son siège passager, il regardait défiler le paysage, les champs au clair de lune, les réverbères, les fermes enfouies dans l'obscurité. Caroline était seule quand elle a appris la nouvelle, s'était-il dit, c'est impardonnable, j'aurais dû rester à la maison. Remords intenses, culpabilité : ces émotions-là, il les avait bien ressenties pendant que la voiture fonçait sur l'autoroute. L'idée que ses enfants étaient morts couvait encore sous un camouflage de mots et n'allait exploser qu'au moment où il prendrait Caroline dans ses bras.

Pourquoi est-ce que je repense à ça tout à coup ? se demande-t-il en descendant du véhicule. Regardez-la monter à bord, avec son violoncelle sur l'épaule, maigre, seule, courageuse… Le marchand d'archets est devenu un ami, mais Jochem n'a jamais voulu remettre les pieds dans ce restaurant, ni même emprunter cette avenue. Est-ce qu'on avait fait dormir le visiteur dans la chambre des garçons ? Non, Heleen lui avait préparé un lit dans l'atelier, sur le divan, c'est comme ça que ça s'est passé. Un petit matin gris et eux quatre autour de la table. Le quatuor.

Il chasse les souvenirs de son esprit, se frotte les joues avec vigueur et se penche sur la banquette arrière pour attraper l'alto. Puis il verrouille la voiture, se retourne et rejoint la barge d'Hugo.

Après avoir doucement refermé la porte d'entrée derrière lui, il doit s'habituer une seconde à l'éclairage aveuglant qui tombe sur les quatre pupitres au milieu de la pièce. Les angles et les bords du salon, plongés dans le noir, semblent s'étendre à l'infini. Un carré de lumière se profile dans la partie cuisine, d'où lui parviennent des voix : Hugo faisant une remarque au sujet d'un gâteau, Heleen qui marmonne, le tintement d'un couteau contre un verre.

Il dépose l'alto, lance son manteau dans un coin et va s'asseoir sur l'un des canapés. Fermant les yeux, il écoute. De l'autre côté du mur qui fait face à la cuisine éclate un rire de jeune enfant. Puis celui de Caroline, suivi de paroles inaudibles. Il s'avance à pas feutrés jusqu'à la chambre et regarde par la porte entrouverte.

Caroline est assise contre la tête de lit, Laura entre ses jambes. Elles lisent un album illustré, au format panoramique. Laura observe les images attentivement et la voix paisible de Caroline, avec une douce régularité, raconte l'histoire correspondante. De quoi ça parle, il s'en moque. Sûrement des mensonges habituels qu'on fait gober aux enfants – le danger, les menaces, mais toi, tu es en sécurité dans ton lit, tout finira par s'arranger… Caroline n'a jamais trop aimé le réalisme d'une certaine littérature pour la jeunesse, ces petits livres affreux qui traitent d'hospitalisation, de divorce ou de deuil et qui sont censés préparer les gamins à la vraie vie. Lui-même ne faisait jamais la lecture à ses fils, mais il leur inventait des histoires. Des contes effrayants, comme celui du chêne centenaire qui avait été abattu sans merci, mais avait connu la résurrection sous la forme d'un mélodieux violoncelle.

Caroline referme le livre d'un coup sec et, tout en continuant de parler à Laura, la met au lit. La veilleuse est allumée, le gobelet d'eau posé à côté, le nounours et la poupée montent la garde aux pieds de la fillette. Laura serre dans ses bras un poisson gonflable en plastique orange. Elle refuse de le lâcher, lui aussi doit dormir sous la couette. Caroline est assise au bord du lit et se penche vers le visage de la petite, posé sur l'oreiller plat. Elle chante. Laura sourit, satisfaite.

Il a tout juste le temps de déguerpir et d'aller au salon attendre Caroline lorsque celle-ci arrive en poussant un grand soupir.

“Maintenant, il faut qu'on joue, dit-elle. Je le lui ai promis, une berceuse.”

Il lui pose la main sur le dos, sent ses côtes et ses muscles. Puis ils rejoignent les autres dans la cuisine pour boire un verre et picorer un peu de gâteau. Le rouge sang des framboises, le jus qui dégouline entre les écheveaux de sucre blanc… Aussi suave que cette soirée, sans acidité ni amertume, pense-t-il. Nous sommes libres, nous prenons du temps pour être ensemble, nous sommes propres et bien habillés, nous avons préparé nos instruments. Quelles que soient les horreurs que nous avons connues, nous pouvons les laisser couler au fond de notre conscience pour qu'elles ne nous dérangent plus, du moins pas ce soir.

Ils commencent par le *Quatuor en ré mineur* de Mozart, à titre d'échauffement, mais surtout pour Laura, qui les écoute dans son petit lit. Jochem s'aperçoit qu'il a enfin trouvé le calme, pour la première fois aujourd'hui. Il est en mesure d'apprécier le son chaud qu'il réussit à tirer de l'alto, exactement comme il se le représentait, tout est juste et il peut sans souci se joindre au jeu d'ensemble, requérir l'attention pour sa partie avant de s'effacer à nouveau pour laisser l'un ou l'autre de ses amis s'exprimer. Le bateau lui apparaît comme une voûte bienveillante où leur musique à tous les quatre est la bienvenue. Ne rien changer, se dit-il, c'est bien.

41

Pile synchro avec Jochem et pas de décalage en posant le tempo, se félicite Heleen. Quel morceau magnifique, vraiment, ce début mystérieux avec son saut d'octave descendant, répété à la cinquième mesure, mais cette fois, à pleine puissance… Et le violoncelle, qui résonne d'abord dans les graves, mais qui rallie ensuite avec passion les voix intermédiaires. Que quelqu'un ait pu inventer ça, c'est miraculeux. Lors d'un voyage de quelques jours à Londres avec Henk et les garçons, elle était allée à la bibliothèque du musée pendant que ses hommes assistaient à un match de foot. Dans une vitrine, il y avait un cahier de format italien, aux pages ouvertes : le manuscrit du *Quatuor en ré mineur*. La partie du premier violon était dans une clé qu'elle n'avait encore jamais vue, l'ensemble paraissait composé rapidement, presque sans correction. Mozart avait frotté sa manche sur ces feuillets tandis que la musique résonnait dans sa tête, pour la toute première fois ! Par ces petites notes à l'encre délavée, il avait communiqué sa création au reste du monde. Heleen, à l'époque, en avait été singulièrement émue et à présent qu'elle y repense, tout en jouant, l'émotion la saisit de nouveau. Attention, se dit-elle : garder le contrôle, bientôt les triolets, par petites touches. Comme Caroline joue bien aujourd'hui ! Ce matin, elle avait l'air si mal en point, si peu accessible, je n'espérais pas grand-chose de notre soirée… Ça ne m'aurait pas étonnée qu'elle se décommande. Est-ce qu'elle appréhende de venir chez nous, demain ? Peut-être que jouer lui fera du bien et qu'elle trouvera ça plus facile. La musique aide, c'est un fait. Une réalité.

Dans le deuxième mouvement, il faut une grande précision pour moduler l'intensité sonore. Heleen se concentre sur sa gestuelle. Très loin, dans un coin de sa conscience, elle perçoit de l'activité dans le petit hall d'entrée, un froissement de papier ou de cellophane, des bruits de pas. Elle n'y prête pas attention. Dès que l'accord final a retenti, Hugo et Caroline s'attaquent au menuet, avec vigueur, marquant les rythmes pointés. Heleen observe Jochem pendant le trio : en fin de passage, il devra rejouer le thème avec le premier violon, de plus en plus haut, avant de redescendre dans un souffle. Gagné. Ils reprennent le menuet et concluent avec aplomb.

"Bonsoir ! Puis-je vous interrompre un instant ?"

Une profonde voix de basse. Quatre paires d'yeux se tournent vers la porte d'entrée. Là, il y a un homme vêtu d'un manteau de cuir. Dans ses bras, trois énormes bouquets. Avec des lys – Heleen les sent d'où elle est.

Les musiciens restent un instant décontenancés. Puis Hugo se lève.

"Je me suis permis d'entrer, dit l'homme aux fleurs. Personne ne venait ouvrir. Je dois livrer ça ici." Hugo pose son violon et ouvre les bras pour récupérer les bouquets. Heleen aussi s'est levée. Des seaux, se dit-elle, il faut des seaux pour les mettre en attendant.

“De la part de Daniel ! s’écrie Hugo. Il y a des cartes agrafées, c’est pour nous remercier du concert. Quelle délicate attention, est-ce qu’il savait qu’on devait jouer ici ce soir ?”

Heleen remplit deux seaux d’eau et les pose dans le salon. Il y a un bouquet pour elle, un pour Hugo et un exemplaire encore plus exubérant pour Jochem et Caroline.

“C’était très beau, dit le livreur. Est-ce que… J’aimerais vous demander, je peux écouter encore un peu ?

— Bien sûr, répond Hugo. Asseyez-vous, nous allons reprendre.”

La preuve que les gens sont toujours attirés par la bonne musique, raisonne Heleen. Cet homme, là, il a peut-être une voiture pleine de fleurs à livrer, mais Mozart le retient pour l’instant.

Dernier mouvement, celui avec toutes les reprises. Heleen se prépare à bien faire ressortir les figures d’accompagnement syncopées de la deuxième variation. Dans la troisième, c’est à l’alto de jouer. Du coin de l’œil, elle aperçoit Jochem s’avancer sur sa chaise. Puis l’instrument donne pleinement de la voix, c’est comme s’il posait une question et que les deux violons lui donnent une réponse en octaves… Pas évident, ça, elle a intérêt à surveiller Hugo. La beauté de la musique la touche tellement que c’en est presque douloureux – un piège à éviter ; une faute d’amateur, aussi. Gare aux effusions : ses propres sentiments, elle doit les traduire par l’intonation et par le maniement de l’archet. Les auditeurs ont le droit de pleurer, pas les musiciens, disait toujours son professeur. Elle jette un regard du côté du livreur. Il est assis sur le canapé, dans le noir, les bras reposant sur ses genoux, la tête penchée.

Puis ils s'arrêtent et la tension tombe de leurs épaules. Bizarre, s'étonne encore Heleen, comment se fait-il qu'une musique aussi tragique puisse vous rendre heureux à ce point ? Avant même de poursuivre sa réflexion, elle est déjà dans la cuisine pour y mettre un peu d'ordre. Le livreur exprime sa reconnaissance et ses félicitations, puis Hugo le raccompagne vers la sortie. Entre-temps, avec la chaleur ambiante, les bouquets se sont mis à embaumer dans toute la pièce. Heleen s'agenouille près du seau et inspire. Elle replie l'emballage de papier pour dégager les fleurs – lys, roses, amaryllis.

"Je pourrais facilement aménager une petite salle de concert ici, affirme Hugo en rentrant. Sans prétention, à peu près quatre-vingts places, le volume est suffisant. Et tous ces musiciens sans travail, je les fais jouer devant un public trié sur le volet… Une société secrète. Ce sera payant, bien sûr, en liquide. Tout ça au noir. Il y a un créneau à investir et j'y arriverais sans aucun problème, d'ailleurs les gens commencent déjà à venir, manifestement."

Il remplit les verres de vin en souriant. C'est comme avant, se dit Heleen, se rappelant leur enfance. Hugo montait sans arrêt des spectacles, un cirque, une pièce de théâtre – chacun des cousins et des cousines avait un rôle à jouer ou un travail à faire et les parents devaient s'asseoir en rangs sur des bancs improvisés. Elle-même était chargée de jouer un morceau de violon entre les scènes et de distribuer des verres d'orangeade pendant la pause. Nous ne changeons pas : nous continuons de faire ce que nous avons toujours fait. Elle emporte les verres au salon.

"Il faut tout jouer en une fois, dit Jochem. On verra bien où on arrivera."

Il a déjà posé la partition de Schubert sur son pupitre.

“Même tonalité, remarque Caroline. Bel enchaînement. Mais le dernier mouvement est impossible. Ça n’en finit pas. C’est là qu’on risque de se casser la figure.”

Une dernière rasade, puis ils reprennent leur instrument. Avec un petit rire, Hugo lance un coup d’œil aux autres et lève son archet.

On est encore sous l’emprise étouffante de Mozart, s’avise Heleen. C’est pour ça qu’on y va maintenant comme des fous, bien trop fort, sans réfléchir. Une libération, peut-être. Il faut dire qu’on n’est obligés à rien, on explore. Bon, je ne fais pas les doubles cordes, elles sont toujours fausses, alors juste la note supérieure. Et ce thème, il est pour moi et pour le violoncelle – qu’est-ce que les autres font comme bruit par-dessus, on n’entend plus rien, je dois faire attention à l’archet de Caroline. C’est une course de haies, en fait, avec des obstacles à franchir avant d’arriver au finish…

“On repart du début ! s’écrie Hugo. Deuxième chance !”

Maintenant qu’ils savent ce qui les attend, ils peuvent se concentrer sur l’interprétation. Jouer doucement là où c’est nécessaire. S’imiter les uns les autres. Regarder Hugo conclure en point d’orgue.

Encore un effort. Au cours de la reprise, pendant ses quelques mesures de pause, Heleen aperçoit une ombre sur l’un des canapés. Est-ce que l’homme aux fleurs est revenu ? Rien remarqué, on fait tellement de raffut. Mais oui, il y a quelqu’un d’assis là-bas… Je regarderai mieux tout à l’heure.

Après la fin du premier mouvement, Jochem demande à revoir certains passages, il n’est pas satisfait.

Hugo s'y oppose, dit qu'il veut continuer, sollicite l'avis de Caroline. Heleen se garde d'intervenir et braque son regard vers la sombre silhouette sur le canapé. Un homme. Il a tourné la tête vers elle. Les phares d'une voiture passant sur le quai l'éclairent un instant de profil.

Non, se dit-elle, non, ce n'est pas possible. Je dois me tromper. Je ne sais même pas vraiment à quoi il ressemble, tout ce que j'ai vu dans le journal, c'est un de ces drôles de portraits qu'ils font à l'audience – on n'a pas le droit de photographier là-bas – mais bon, est-ce que c'est ressemblant ? Elle sent sa gorge se nouer, ses nerfs se crisper subitement. Et si c'était réellement lui, et si sa lettre à elle avait attisé son désir de musique au point qu'il s'évade pour venir jusqu'ici ? Elle sait que c'est impossible. Aux informations, ils ont suffisamment parlé des mesures de sécurité autour d'Helleberg… Infaillibles. Jamais un prisonnier n'avait fait l'objet d'autant de précautions. La porte-parole du ministère de la Justice, fière comme un paon, avait montré aux journalistes toute une série de plans et de détails censés inspirer la confiance. La population peut dormir tranquille, l'État veille au grain, voilà le message à faire passer.

Et pourtant, c'est lui. Il me voit pour la première fois. Je lui ai dit que je jouais du violon. Il connaît tout de même la différence entre un violon et un violoncelle ? Qu'est-ce que je dois faire ? Lui parler ? Prévenir les autres ?

La sueur perle sur son dos. Elle se détourne de celui qu'elle croit être Olivier Helleberg et regarde Hugo.

“Deuxième mouvement, décrète celui-ci. On avait dit qu'on irait jusqu'au bout. Le fignolage, c'est pour plus tard. D'accord ?”

Jochem acquiesce en ronchonnant et se range à cette décision.

Je n'ai peut-être pas besoin de dire quoi que ce soit, pense Heleen. Cette musique-là, ce chant triste, avec ses magnifiques variations, c'est tellement poignant, tellement étourdissant… Si on joue vraiment bien, on réussira à le changer, à lui faire comprendre qu'il appartient à cette société, que la violence et la soif de pouvoir ne sont pas tout. Alors il retournera en prison, purifié. Mais non, je délire, tout ça, maintenant, c'est absolument impossible ! Pourquoi est-ce que personne ne s'aperçoit de rien ?

Ils reprennent. Démarrer au signal d'Hugo. Poser la moitié supérieure de l'archet sur la touche, tout bas. Tenir le timbre. Guetter les accords, s'aligner sur le violoncelle et, après chaque crescendo, revenir au murmure du départ.

Elle devine les yeux d'Helleberg dans son dos. Cette pensée lui donne de l'énergie. C'est maintenant que ça se corse, se dit-elle en attaquant la première variation. Regarder Jochem, exposer le thème ensemble, avec les triolets, écouter Hugo et son ornementation haletante amener peu à peu la mélodie dans les hauteurs. Heleen sent disparaître le doute et l'incertitude. Elle s'identifie aux sons qu'elle est en train de produire et savoure pleinement le jeu d'ensemble. Chacune de ses respirations lui fait inhaler l'odeur sucrée s'échappant des bouquets. La musique, elle le sait, est faite pour ça : apporter le calme, l'harmonie. La paix.

42

Reinier est en train de jouer lorsque la sonnette retentit. Deux signaux rapprochés, c'est donc Djamil. La fois où il lui avait parlé de percer une petite fenêtre dans la porte d'entrée, le garçon avait eu un regard pensif.

“Si vous voyez votre visiteur, il peut vous voir aussi”, avait-il dit.

Irréfutable. Quel triple idiot je suis de ne pas y avoir pensé ! L'égocentrisme de la vieillesse, à coup sûr. Il se voyait déjà en pantoufles sur le carrelage du couloir, la canne à la main, face au terrible portrait d'un travailleur social ou d'un contrôleur de la ville au nez probablement écrasé contre la vitre, dégageant une énergie à la fois agressive et alarmante. Finalement, mieux valait renoncer au projet.

“Je peux sonner d'une manière spéciale, avait proposé Djamil. Comme ça, vous saurez que c'est moi.”

C'est ainsi qu'ils avaient imaginé le double signal, une idée en or, s'était dit Reinier. Ce petit avait l'esprit vif et il irait loin.

Doucement, il met le violoncelle de côté, Djamil sait bien qu'il a besoin d'un peu de temps pour aller ouvrir la porte. Le garçon ne vient jamais le soir, c'est le moment où il fait ses devoirs et où il regarde la télévision en famille, alors pourquoi est-il là ?

“Vous avez vu ? demande Djamil avant même d’être entré.

— Vu quoi ?

— À la télé. Il y a une émission spéciale. C’est important.”

La guerre, se dit Reinier. Explosion dans une centrale nucléaire. Rupture de digue, circulation paralysée, nuage toxique s’échappant d’un train accidenté. Il va falloir se réfugier sous l’escalier avec une ration de survie et une bouteille d’eau. Pas question, qu’ils aillent se faire voir !

“J’allume la télé ? demande Djamil.

— Oui, très bien, mon petit. Je mets juste le violoncelle dans son étui.”

Lorsqu’il revient, Djamil est assis au bord de sa chaise, les yeux rivés sur l’écran. Un officier de police, l’air grave, s’exprime devant la caméra, puis apparaissent les images du palais de justice et d’un imposant fourgon pénitentiaire. Projecteurs, faisceaux lumineux, bruits d’hélicoptères.

“Qu’est-ce qui se passe ? demande Reinier.

— Il s’est échappé. Le tueur. C’est pour ça que je suis venu vous avertir. De ne pas ouvrir s’il sonne chez vous.

— Mais pourquoi viendrait-il me voir, cet homme ? Il n’a rien à faire ici, n’est-ce pas ? Tu es tout de même très gentil d’avoir pensé à moi, merci beaucoup.”

À présent, c’est une femme visiblement agitée qui répond au journaliste. La porte-parole du ministère de la Justice, à en croire le bandeau qui s’affiche sous son menton. Ils devraient tout de même confier ce genre de poste à quelqu’un de plus solide, se dit Reinier, cette dame est tellement nerveuse qu’elle arrive à peine à trouver ses mots et en plus, elle n’arrête pas de cligner des yeux. Une malchance incroyable, déclare l'interviewée, un problème de mise en route dans la logistique de ce bâtiment neuf, l'harmonisation des horaires entre les différents sas de sécurité pour le passage des visiteurs s'est révélée perfectible en dépit de nombreux essais, probablement une défaillance du système informatique, l'erreur est humaine, par conséquent la technologie, extrêmement fiable, mais cette fois, hélas, les choses ne se sont pas déroulées comme prévu.

On manque d'air rien qu'à l'écouter, constate Reinier. Devant le palais de justice, des vaguelettes se creusent dans l'eau noire. Le vieil homme tend l'oreille – ah oui, le vent souffle ici aussi.

"Vous ne pouvez donc pas nous dire ce qui s'est passé, conclut le reporter. Nous ne savons rien de plus à part que le suspect, ou le détenu dans ce cas précis, a réussi à s'évader. Est-ce exact ?"

La porte-parole acquiesce.

"Nous allons ouvrir une enquête, poursuit-elle d'une voix faible. Le plus vite possible. Il faut impérativement tirer l'affaire au clair."

Le maire a rejoint le studio. Il est assis devant une table étroite à côté du haut fonctionnaire de police. Le banc des accusés, se dit Reinier. Quelle farce ! Dans le temps, s'évader de prison n'était pas un délit, on considérait que l'aspiration à la liberté faisait partie de la nature humaine, on n'y pouvait rien. En est-il toujours ainsi ?

"Est-ce qu'il a un pistolet ? demande Djamil. Peut-être qu'il en a volé un aux gardiens de la prison… Il est prêt à tout, il n'a jamais peur."

Mais toi, si, note Reinier en examinant de plus près le visage attentif et pâle du gamin. Pourquoi cette anxiété, est-ce l'évasion d'un fugitif rejeté de tous ? Ou bien se sent-il en danger parce qu'un bandit redoutable se promène en liberté dans la ville ? C'est peut-être juste l'aspect romantique de l'histoire, un livre d'aventures, un roman policier.

Sur le plateau est arrivé le ministre de la Justice, un gros homme d'âge mûr, qui parle lentement et avec tant de fatuité qu'on ne s'aperçoit pas immédiatement de son aptitude à enchaîner les lieux communs. Il est maintenant question de responsabilité. Le maire semble détendu : il n'a rien à se reprocher. Le chef de la police, en revanche, se sent visé. Il décrit les efforts que ses services déploient en ce moment sur terre, sur l'eau et dans les airs. Les agents qui se trouvent en permission ont été rappelés, l'armée se tient prête à intervenir s'il le faut. On dispose heureusement d'informations détaillées sur le réseau du fugitif ; sa famille, ses amis ou encore ses contacts professionnels font actuellement l'objet d'une surveillance rapprochée, cela va sans dire.

La caméra effectue un panoramique sur une flotte de petits bateaux puissamment éclairés, qui naviguent le long du quai. Reinier reconnaît le bâtiment où il a essayé en vain d'acheter ses places de concert. Le vent et la pluie freinent la progression de l'enquête, indique le policier. Il a une confiance absolue en ses hommes, mais profite de sa présence dans ce studio pour lancer également un appel aux téléspectateurs. Devoir civique ! Un numéro de téléphone spécial est mis en place, la population doit participer activement aux recherches et signaler tout comportement suspect, c'est la loi, lui-même compte sur l'effort de tous. Vingt standardistes répondent aux appels, chaque information sera immédiatement vérifiée.

Il se cale dans sa chaise, satisfait. Au ministre maintenant, se dit Reinier. Le bonhomme va en prendre pour son grade, mais il saura certainement se tirer d'affaire. N'est-ce pas dans ce coin-là qu'est amarré le bateau d'Hugo ? Cette fois, il sent monter en lui une soudaine pointe d'inquiétude. Il ne s'agit plus d'une affaire n'ayant aucun rapport avec lui, mais d'un événement au seuil de son univers. Cet homme affable aurait-il été frappé, pris en otage ? Mais non, quelle sottise, il faut faire confiance aux patrouilles, avec leurs chiens policiers et leurs vedettes rapides…

Le ministre de la Justice en est arrivé au distinguo entre responsable et coupable. Bien entendu, c'est à lui que revient l'ultime responsabilité de son département, mais cela ne signifie aucunement qu'il y ait culpabilité du ministère. Sur ce point, il faut mener l'enquête. La faute peut revenir à l'architecte, ou à l'administrateur du système, au responsable de la logistique dans et autour de l'édifice, voire à l'un des gardiens. Lui-même, le ministre, ne se prononce pas, ce sera au juge de trancher en dernier ressort sur cette question de culpabilité.

“Ils s'en lavent tous les mains, dit Reinier à Djamil. Tu les entends ? Ils se soucient uniquement de leur réputation. Que les gens soient choqués par un tel sommet d'incompétence, par une telle complaisance envers ce palais de marbre aussi étanche qu'une passoire, tout cela, il s'en contrefiche. Tu ne devrais pas rentrer chez toi, mon garçon ? Tes parents sont peut-être inquiets.

— Surtout, n'ouvrez pas, insiste Djamil avec gravité. Vous me promettez ? Seulement si c'est moi qui sonne. Là, il n'y a pas de risque.”

Reinier a encore à l'esprit le devoir civique évoqué avec tant d'insistance par le policier. Qu'ils s'en occupent eux-mêmes, s'indigne-t-il, nous payons des impôts pour maintenir leurs effectifs, alors pourquoi sommes-nous obligés de faire leur travail ? Ils forcent les gens à se dénoncer, à se trahir entre eux. Finalement, il ne reste que de la méfiance. Je peux m'estimer heureux que Djamil s'inquiète pour moi, je ne dois pas prendre sa gentillesse à la légère.

Le garçon jette un regard étonné lorsque Reinier éteint la télévision.

"Je n'ai pas la tête à ces imbécillités. Leurs cris de singes, je m'en passe aisément. Il pleut, prends mon parapluie. Tu te sens le courage de sortir dans la rue ?"

Djamil acquiesce.

"Je vais courir. C'est tout près. S'il se passe quelque chose ce soir, je viens vous prévenir."

Reinier aimerait bien passer sa main sur ces boucles brunes, il sent son bras prêt à se tendre. Regardez-moi ce vieil homme, songe-t-il, reconnaissant de l'attention que lui prête un gamin. Ridicule.

"Au revoir, Djamil, merci beaucoup."

La lourde porte se referme avec un claquement feutré.

43

Un vrai chant d'oiseau, se dit Hugo, même si j'ai sauté pas mal de notes. Quel morceau admirable, quel grand compositeur ! Et ce magnifique passage à la fin, quand l'alto reprend la cadence du début, Jochem s'en tire vraiment bien. Bon, c'est l'heure de boire un coup, impossible de continuer comme ça après une conclusion pareille.

Il se cale sur sa chaise avec contentement, le violon posé debout sur son genou. Il y a quelqu'un sur le canapé, remarque-t-il. Étrange. Le fleuriste était pourtant reparti ? L'homme est en contact visuel avec Heleen : elle sourit à moitié, un peu gênée, tandis qu'il la fixe du regard. Une connaissance ? Est-ce qu'elle l'a invité ? Sans m'en parler avant ? Ça ne lui ressemble pas. Enfin, c'est vrai qu'elle est arrivée très tard, elle a dû oublier. Il se lève en pensant aux cartons du traiteur et se sent tout à coup affamé. Caroline le suit vers la cuisine ouverte.

“C'est qui, ce type ? demande-t-elle tout bas.

— Aucune idée. Un ami d'Heleen ?

— Ah ? Je croyais que c'était un voisin à toi. Il a pris la partition de Reinier comme s'il était chez lui. Tu ne devrais pas lui parler ?”

Il retourne au salon. Heleen et l'inconnu se regardent toujours en chiens de faïence. L'homme tient en effet le cahier jaune dans ses mains, Hugo aperçoit distinctement le nom et l'adresse de Reinier sur la couverture.

"Heleen ?" interroge-t-il. Elle braque les yeux vers lui – troublée, paniquée ? Son regard effraie Hugo. C'est qui le patron ici, se demande-t-il, on est chez moi, oui ou non ? Est-ce que j'ai le droit de savoir qui je reçois dans mon salon ?

"Tu as invité quelqu'un ?"

Heleen fait non de la tête. Il observe alors le visiteur. Visage maigre, blafard. L'air fatigué. Et pourquoi il reste là, vautré, au lieu de se lever pour se présenter, qu'est-ce que c'est que cette loufoquerie ?

Hugo regarde autour de lui. Où sont les autres ? Caroline est restée dans la cuisine, il l'entend remuer des verres et des bouteilles. Jochem leur a tourné le dos et arrange son instrument. À peine Hugo a-t-il ouvert la bouche pour s'adresser à l'homme que celui-ci prend brusquement la parole.

"Je vais me poser ici pour réfléchir un peu", annonce-t-il d'une voix traînante. Dans le silence qui suit ces mots, le bruit de l'extérieur se fait assourdissant. Motos de gros calibre, klaxons, hurlements de sirènes…

"Retournez à votre place, dit l'homme, et recommencez à jouer.

— On allait s'accorder une pause, répond Hugo. Ça fait un bout de temps qu'on a commencé. Juste une bière, de quoi manger.

— Jouez", répète l'homme.

Caroline, sur le point de sortir fumer une cigarette, laisse glisser le paquet dans sa poche et reprend son violoncelle. Jochem se rassied lui aussi, regardant

Hugo avec un haussement de sourcils. Heleen n'a pas bougé de sa chaise et remet docilement le violon contre son épaule.

Bon, se dit Hugo, le troisième mouvement alors, vite fait, mais après, ça suffit. Il va dégager, ce type, et nous laisser goûter à nos amuse-gueules ! Qu'est-ce qui lui prend de nous commander comme ça ? Et nous, qu'est-ce qui nous prend de lui obéir ?

Le puissant thème du scherzo dissipe ces interrogations. Le tempo n'est pas bon, ils jouent gauchement, lourdement, exagérant l'accentuation. Une caricature de quatuor, estime Hugo, comme si on voulait donner une leçon à ce type. Puéril.

Pour le trio, il s'y prend avec délicatesse, jouant tout doucement. Les autres le suivent et la musique se fait soudain gracieuse et mélancolique. De temps en temps, il jette un coup d'œil à l'intrus. Celui-ci ne donne pas l'impression d'être passionné par ce qu'il entend. Il s'agite sur le canapé, essayant de voir dehors à travers les persiennes. À la reprise du scherzo, le tempo s'est amélioré. Ils concluent *fortissimo*.

"Et voilà", dit Hugo. Il s'aperçoit avec surprise qu'il s'est tourné vers le visiteur – c'est idiot, je n'ai rien à voir avec ce mec, tout de même ? Il a comme un air de menace, avec sa carrure impressionnante, sa longue face blême. C'est moi le maître de maison, je dois faire quelque chose… Au moins lui demander ce qu'il fait ici.

Il se lève, range son violon dans l'étui et va se poster devant l'homme.

"C'est très agréable d'avoir du public, dit-il, mais je ne vois pas très bien ce que vous êtes venu faire ici. Je pensais que vous connaissiez Heleen, mais il me semble que ce n'est pas le cas."

Bon Dieu, quelles cérémonies ! Arrête de tourner autour du pot…

“Nous préférons répéter entre nous. Vous feriez mieux de partir, à présent.”

Personne ne parle. Ils regardent tous les quatre celui qui est assis sur le canapé. L’homme pousse une sorte de borborygme, comme un rire étouffé. D’un mouvement de la tête, il désigne le côté d’où vient le vacarme.

“Il faut que je reste hors des écrans radars, dit-il avec la même voix traînante. Ici, donc, pour l’instant.”

Un évadé, comprend Hugo, ça explique les sirènes et les projecteurs. La police est aux abois et le gibier se trouve ici sur mon sofa. On n’est pas sortis de l’auberge. En plus, il a l’air costaud. Est-ce qu’il serait armé ? Comment le savoir ? Il faut qu’on se débrouille pour passer à quai. Non, prévenir la police, plutôt. Je fonce aux toilettes et j’appelle les flics.

“Tous les téléphones sur la table”, ordonne le fugitif. Hugo tressaille, est-ce que ce type serait capable de lire dans les pensées ? Non, se rend-il compte, c’est Caroline qui s’apprêtait à passer un coup de fil, mais les paroles de l’homme l’ont interrompue dans son geste.

“Je voulais remercier Daniel pour les fleurs”, dit-elle. Haussant les épaules, elle pose son portable. Heleen fouille dans son sac. Sors ton pistolet, pense Hugo, mais ce n’est évidemment pas ce qui se produit. Elle met sagement son téléphone sur la table basse. Moi aussi alors, se dit-il, et il porte la main à sa poche arrière.

Il y a maintenant trois appareils posés devant le canapé.

“Et toi ?” demande l’intrus à Jochem.

Jochem s’avance.

“Je n’ai pas de téléphone sur moi. Et même si j’en avais un, je ne te le donnerais pas.”

L’intrus s’est levé. Les deux hommes font à peu près la même taille, note Hugo. Ils sont à cinquante centimètres l’un de l’autre. Mâchoire contractée, poings rageurs chez Jochem, menton en avant et regard acéré chez son adversaire. Hugo pense aux savoureuses bouchées qui patientent dans le réfrigérateur ; il revoit les anguilles en aspic, le jambon de Bayonne, les tourelles de crevettes.

L’intrus prend son élan et frappe Jochem d’un grand coup en pleine face.

44

Caroline observe son mari détourner la tête sous le choc, porter les mains à son visage et se palper avec précaution le nez, les yeux, la bouche. Elle regarde Hugo, qui attend indécis sur le côté, puis entraîne Jochem par le bras.

"Assieds-toi là. Je vais chercher quelque chose de froid pour ta figure."

Bon, passer un torchon sous le robinet, essorer, sortir des glaçons, les envelopper dans le tissu. Voilà : une belle petite compresse. Elle examine les pommettes de Jochem. Une contusion, mais à première vue, rien de cassé. "Garde ça contre ta joue. Et reste assis."

Un peu de sang coule de la compresse. Dans quelle galère on s'est mis, songe-t-elle. Un psychopathe irascible en situation désespérée… Et ça ne peut qu'empirer, maintenant que le premier coup est tombé. Nous devons parler le même langage que lui. Notre façon de communiquer, nos mélodies délicates et nos élégants mouvements d'archet, pour lui, c'est du chinois. Il faut qu'on réussisse à détourner son attention.

Elle s'effondre sur une chaise à côté de Jochem et pousse un profond soupir. Je suis épuisée. C'est incroyable, avec toute cette effervescence.

"Allume donc ce machin", dit l'homme à Hugo en montrant l'écran géant de la télévision. Celui-ci prend la télécommande et met l'appareil en marche. L'image qui s'affiche est déroutante : on voit la berge, une enfilade de maisons-bateaux, le toit sous lequel ils se trouvent en ce moment même. L'intrus, ramassé sur le sofa, regarde la scène.

Mais pourquoi Hugo n'assomme pas ce type avec un bout de bois ? Largement faisable. Et pourquoi je n'y vais pas moi-même ? Trop civilisée ? Peureuse ? Répugnée par le contact physique ? Je sais à quoi pense Hugo : il est en train d'imaginer un plan de fuite, il veut s'échapper.

L'officier de police réapparaît à l'image. Les décorations étincellent sur sa poitrine. Il énonce les mesures qu'il a prises jusqu'à présent : surveillance renforcée dans les aéroports, bien entendu, dans les trains internationaux, aux postes-frontières. Les communications téléphoniques de tous les contacts du fugitif – c'est-à-dire l'intégralité de son réseau, précise-t-il avec fierté – sont suivies en permanence. Il est clair que l'évadé ne peut aller nulle part ni trouver refuge chez qui que ce soit. Des recherches sont en cours dans le secteur où le détenu s'est échappé, leur mise en œuvre a été confiée à des unités spécialisées disposant de chiens policiers. Caroline voit l'intrus sursauter à cette information. Plissant les yeux, il tente de regarder à l'extérieur. Elle fait de même. Le vent et la pluie cognent contre les vitres, mais on aperçoit des lumières vives se déplacer le long du rivage. Elle n'aurait pas entendu un chien aboyer ?

"Jouez !" gronde l'homme.

Bien sûr, se dit-elle, de la paisible musique d'amateurs. Une bande de gugusses déphasés qui n'ont aucune idée de ce qui se passe autour d'eux et qui continuent bêtement à frotter leurs crincrins au milieu du raffut. Les troupes d'élite de la police n'ont qu'à diriger leurs projecteurs sur le salon pour s'assurer qu'il n'y a rien de suspect ici. Futé. Est-ce que Jochem peut jouer ? Elle se rend compte qu'il a un œil fermé. L'autre semble fonctionner encore. C'est de cet œil-là qu'il regarde Hugo. Il veut lui signifier quelque chose, elle en est sûre, fomenter un complot à deux pour neutraliser cet homme. On ne cogne pas sur Jochem impunément, ça le rend furieux, même s'il n'en laisse rien paraître et qu'il rumine sa vengeance derrière un masque de sérénité. Hugo ne réagit pas. Il accorde son violon.

"Dépêchez-vous", dit l'homme.

Les trois autres sont déjà en place, mais Caroline doit encore prendre son violoncelle. Elle se déplace avec lenteur, comme dans un rêve subaquatique. Hugo a laissé la télévision allumée, coupant juste le son. L'homme regarde défiler les images : divers portraits de lui, leur diffusion étant désormais permise. Il s'est sauvé, songe Caroline, mais peut-on vraiment être sauf quand on n'a nulle part où aller ? Elle teste les cordes. Le réglage est encore bon.

Un coup d'œil aux autres : Jochem a l'air sous hypnose, Hugo désorienté, Heleen semble abattue. Ils sont prêts à commencer. Caroline baisse les yeux vers son pupitre. Le coup d'archet indiqué sur la partition n'est pas faisable, juge-t-elle, ces temps forts poussés n'ont aucun sens. Une invention de violoniste, à l'évidence. Je vais faire exactement l'inverse, décide-t-elle, c'est si rapide et si ténu – amplitude minimale, donc personne ne s'en apercevra, du moment que ça sonne juste.

Ils commencent. Tout bas. Mais de quoi je m'inquiète ? C'est quand même curieux, je me tourmente à propos de tirés ou de poussés et pendant ce temps, on nous retient en otage… À quoi ça rime de chercher à respecter la partition et même de bien jouer ?

Sans se donner le mot, ils exécutent les reprises du début. Tant qu'on joue, il ne peut rien se passer de grave. On fait ce qu'il nous demande. Mais cette musique d'écorché vif, quel effet ça peut avoir sur lui ? Il y a de l'agitation là-dedans, comme une impression de poursuite effrénée, de menace, de désespoir. Est-ce que lui-même en est conscient ? Il s'est fait tout petit sur le canapé, constate-elle, pour autant que sa longue carcasse le lui permette. Il reste ainsi invisible de l'extérieur et le concert peut continuer tranquillement sans que la police vienne les déranger. Quel raisonnement singulier, c'est comme si je m'en foutais, comme s'il n'y avait pas de problème… Il faut que j'utilise mieux mes neurones. C'est fabuleux comme le cerveau se divise pendant qu'on joue. Je fais attention, je m'en tiens au coup d'archet que j'ai défini moi-même, sur la touche dans le *piano* et contre le chevalet dans le *forte*, je m'aligne sur le premier violon tout en réfléchissant, manifestement avec un autre lobe, à une façon de mettre ce type hors de combat. Si au moins j'avais un truc à verser dans son verre… Si je pouvais lui passer les bras autour du cou et serrer à fond pour empêcher l'oxygène d'arriver au cerveau… Lui planter un couteau dans le cœur. Lâcher la grosse planche à découper sur sa tête.

Elle a pleinement conscience de son dos droit. De ses vertèbres, bien emboîtées les unes sur les autres. Je devrais me faire du souci pour Jochem, se dit-elle, me demander comment va Heleen – elle pleure, ses larmes tombent sur la table d'harmonie, c'est très mauvais pour le vernis, le sel, ça décape, pas bon du tout – mais je ne ressens rien. Ah si, une envie de fumer. J'y vais dès qu'on a fini.

Ils terminent. *Prestissimo*, avec d'énormes contrastes dynamiques. On dirait qu'ils jouent tous les quatre sur la scène du Carnegie Hall. Ils font claquer les deux derniers accords avec rage, comme s'ils assénaient à l'intrus un coup fatal.

La tension ne disparaît pas pour autant.

"Le morceau est terminé, dit Hugo à l'homme. Nous avons fini. Qu'est-ce qui va se passer maintenant ?"

Caroline se demande s'il est judicieux de laisser ce malfrat décider de la marche à suivre. Hugo ne ferait-il pas mieux de prendre l'initiative ?

"Quels sont vos projets, poursuit-il, et nous, quel est notre rôle là-dedans ?"

L'homme détache son regard de la télévision et le tourne vers Hugo. Son visage revêche prend subitement un air aimable.

"C'est à ça que je gamberge", dit-il. Sa voix a quelque chose de quasi confidentiel. Voici quelqu'un à la recherche de bons conseils, pourrait-on croire, s'il n'y avait pas Jochem et sa face tuméfiée.

"Avec cette histoire d'évasion, je ne peux pas contacter mes potes. Les téléphones sont sur écoute, on saura tout de suite où je suis. J'ai besoin de me faire de nouveaux amis. Vous autres.

— Vous venez de tabasser mon meilleur copain, réplique Hugo. Un peu naïf de penser que nous allons nous lier d'amitié, non ?"

Un sourire mauvais, un hochement de tête à peine visible.

"Vous n'avez pas vraiment le choix."

Il triomphe, note Caroline. Elle pose son instrument contre le mur et s'étire. Jochem, l'alto toujours en main, ne bouge pas, comme un volcan sur le point d'exploser, songe-t-elle. Hugo est figé par le stress et Heleen sèche ses larmes. Pourquoi je ne ressens rien ?

Parce que ça pourrait toujours être pire. Voilà pourquoi. J'ai déjà tout perdu, je n'y suis pour personne.

À petits pas, elle commence à déambuler à travers la pièce.

"Écoutez, dit l'homme, je peux me mettre à discuter avec la police. Réclamer un sauf-conduit pour l'étranger, n'importe où. J'ai quatre otages, ça devrait marcher. Si je n'obtiens pas ce que je veux, tout le monde y passe, un par un."

Hugo ne cille pas, est-ce qu'il comprend bien ce que dit ce type ?

"Mais vous savez comment ça se passe : ils font traîner les choses, ils délibèrent à n'en plus finir, on vous passe un enfumeur professionnel qui vous garde au bout du fil jusqu'à ce que les flics débarquent… Ça finit souvent très mal, ce genre de parlotte. Ils vous tiennent en bride et je n'aime pas du tout ça."

Il se lève et commence à effectuer de grands cercles autour d'Heleen et de Jochem.

"Vous n'avez rien à manger ?"

Hugo lui fait un signe de tête affirmatif et l'emmène dans le coin-cuisine. Pas malin, pense Caroline. Le bloc de couteaux.

Flanqué du bonhomme, Hugo ouvre le frigo. Il en sort les délices du traiteur et les apporte au salon. Helleberg le suit en traînant des pieds. Il était appuyé contre le plan de travail, est-ce qu'il a eu le temps de prendre un couteau ? Dans ce cas, où l'a-t-il caché ?

La table est maintenant couverte de boîtes en carton. Hugo enlève les couvercles et les jette sur le sol.

"Voilà. Débrouillez-vous", dit-il.

Un hors-bord passe en rugissant. Les vagues formées sous son étrave ont une telle force que l'immense barge d'Hugo se met à tanguer doucement. Sur l'écran de télévision, les officiels continuent de jacasser sans bruit, interrompus de temps à autre par les images d'une eau agitée, la même que Caroline aperçoit par la fenêtre.

Heleen tousse. Son mascara a coulé. Elle se lève pour aller ranger son violon et prend son sac. Elle en sort un mouchoir et s'essuie le nez. Puis, serrant le sac sous son bras, elle s'adresse à Helleberg.

"Il faut que j'aille au petit coin."

45

Helleberg la regarde, stupéfait. Il s'étonne sûrement que je puisse parler, pense Heleen. Je ne suis pour lui que la pauvre idiote qui lui écrivait des mots dégoulinants d'empathie, qui voulait le convertir à la musique, une bonne femme crédule, incapable de voir en lui le moindre mal… C'est vrai. J'ai vraiment été stupide. Toute cette histoire est de ma faute.

"Où sont les chiottes ?" demande Helleberg.

Elle désigne le mur du fond, bien loin dans l'obscurité. On entend Hugo prendre sa respiration, mais elle ne lui laisse pas le temps de dire que dans l'entrée aussi, il y a des toilettes, et elle s'enfonce dans les ténèbres. Helleberg la dépasse à toutes jambes, puis ouvre la porte d'un geste brusque. Il regarde par-dessus son épaule pour voir ce que font les autres tandis qu'Heleen appuie sur l'interrupteur.

Un débarras. Des étagères avec de vieux sacs de couchage, une toile de tente moisie, des pots de peinture, des produits ménagers, une échelle appuyée au mur, des morceaux de bois posés debout. Et, en effet, une cuvette de WC.

"La porte reste ouverte, dit-il.

— Non, fermée. Autrement je n'y arrive pas."

Elle entre.

“Ton sac.”

Elle lui flanque son sac dans les mains et ferme la porte à l’aide du crochet branlant. Puis elle applique son oreille contre l’entrebâillement et attend que les bruits de pas aient disparu.

Tout doucement, elle déplace l’échelle, les planches, et appuie sur la porte de derrière, qui mène au cabinet de travail d’Hugo. Pourvu que ça ne soit pas verrouillé, supplie-t-elle, il faut absolument que j’ouvre ! Pas de verrou. Heleen se faufile par l’ouverture étroite dans le petit bureau sombre. Les réverbères du quai font entrer de la lumière et une fois que ses yeux se sont un peu habitués à la pénombre, elle repère la table de travail d’Hugo sous un fouillis de papiers entassés et de choses en tous genres.

Et l’ordinateur.

Elle espère que l’appareil est en veille. Autrement, impossible de l’allumer, ça prendrait trop de temps. Elle ouvre le portable et voit, soulagée, apparaître l’écran d’accueil, un navire ancien voguant sur les flots. Trois mâts, voiles carrées. Où est la messagerie ? Est-ce qu’Hugo a mis Henk dans ses contacts ? N’importe, je vais taper l’adresse moi-même. Ou bien écrire un e-mail et cliquer sur “envoyer à tous” ? Le texte du message ? “Au secours, Helleberg nous retient à bord. Appelez la police !” Oui, c’est suffisant. Et l’expédier à tous les contacts.

Une fenêtre s’affiche, exigeant un code d’accès. Les yeux d’Heleen se mouillent de larmes. Tous ces efforts, tout cet espoir de réussir – et faire chou blanc à cause d’une sécurité à la con ! Pas le temps d’essayer des mots de passe. Pas le temps.

On cogne à la porte. Elle retourne vite dans les toilettes, remet l’échelle en place et tire la chasse.

Helleberg est sur le point d'enfoncer la porte à coup de pied lorsqu'elle sort, manquant de se heurter à la jambe levée du bonhomme. Elle ne lui accorde pas un regard et rejoint rapidement les autres autour de la table.

"Nous sommes enfermés, chuchote Hugo. Il a verrouillé la porte et mis la clé dans sa poche. J'ai essayé de sortir ; il m'a claqué la tête contre le mur, regarde."

Elle examine son front.

"Une égratignure, dit-elle. Rien de grave."

Poltron ! T'enfuir comme ça quand tes amis sont en détresse ! C'est bien Hugo, tiens, toujours le nez vers la sortie… Et quelle bêtise d'avoir mis cette protection inutile sur l'ordinateur. Pendant ce temps, on laisse la porte grande ouverte, ça oui. Quel désastre, j'y étais presque ! Une occasion ratée. Peut-être notre seule chance d'arrêter tout ça…

Du sang coule sur le sourcil d'Hugo. Il l'aura cherché.

Les exquises créations du traiteur sont toujours sur la table, pratiquement intactes. Heleen n'a plus du tout d'appétit et la vue des queues de langoustines lui donne presque la nausée. Helleberg attrape une chaise et vient s'asseoir avec eux. Il la regarde, d'un œil soupçonneux, semble-t-il. Il ne se fie bien sûr à personne, la notion même de "confiance" lui est étrangère. Il a tenu mon sac dans ses mains, c'est absurde. Et l'a balancé sur le canapé, remarque-t-elle. Dire que je me suis confiée à ce misérable, c'est à mourir de honte. Comment peut-on être aussi poire ? Qu'est-ce que je regrette, et c'est peu dire !

Impuissants, voilà ce que nous sommes. Je n'ai même pas réussi à envoyer un signal de détresse. Et pourquoi est-ce que les hommes ne tentent rien ? Nous tous ? À quatre contre un, on devrait pourtant y arriver ? C'est la peur, la lâcheté.

Helleberg se penche sur les cartons d'amuse-gueules afin de faire son choix. Heleen voit Jochem se lever lentement, son alto toujours à la main. Difficile de distinguer l'expression de son visage, il a une bosse à la place de l'œil et la lèvre inférieure qui pend. Il se pose, les jambes écartées, un peu en retrait d'Helleberg, puis soulève l'instrument et l'abat sur le crâne du type. Celui-ci s'est déjà mis debout et a saisi Jochem par le poignet. Quart de tour. Jochem hurle et l'alto éclate sur le sol. Le chevalet bascule, laissant les cordes reposer mollement sur la table d'harmonie. Helleberg maintient le bras de Jochem en une prise apparemment impossible, lève le genou et plante son 44 fillette dans le ventre de l'instrument. Crac. Il se frotte un peu la tempe à l'endroit où Jochem l'a atteint, mais semble ne pas avoir mal.

"Quel dommage, un banjo de ce prix", dit-il d'une voix traînante. Et relâche le bras de Jochem. Ce dernier s'effondre sur une chaise, le corps recroquevillé autour de son poignet blessé. Heleen regarde à terre. En lieu et place de l'alto, il n'y a plus que des fragments éparpillés. Des échardes. Des éclats de bois. La touche en ébène s'est détachée. Même le chevalet s'est brisé en deux.

Caroline a allumé une cigarette. L'odeur âcre se mêle au parfum des lys de Daniel. Heleen relève les yeux et voit son amie assise à quelque distance de la table, le dos droit et les jambes croisées avec élégance. Le regard dans le vague, impassible, tranquille.

Ça non plus, ça ne sert à rien, s'agace Heleen. Quelle bande de cloches on fait ! Aucune audace, aucune énergie… Des protestations faiblardes qui ne mènent nulle part. On a l'air de chiens battus. Et pas seulement l'air. Sauf Caroline, bien sûr, elle s'en tire encore bien, mais c'est juste parce qu'elle n'en fiche pas une ramée.

"Fini de rigoler, maintenant, dit Helleberg. On réfléchit. On trouve une combine. Les petits malins qui refusent de coopérer risquent de se prendre une baffe. Vous avez bien vu. Alors vous arrêtez vos trucs de mômes et vous faites ce que je vous dis. Commence par éteindre ta clope, oui, toi là-bas, écrase-moi ce bazar. J'aime pas la fumée."

Caroline lui décoche un regard de glace, tire une dernière bouffée puis laisse tomber la cigarette parmi les vestiges de l'alto. Encore une qui vient de capituler, se dit Heleen avec une véhémence qui la choque elle-même.

46

Bon Dieu, qu'est-ce qu'il me fait mal, ce bras… Je ne peux même plus le bouger, on dirait. Un coup à tomber dans les pommes. Je laisse comme ça pour l'instant.

De la main gauche, Jochem rapproche un peu la chaise pour poser son bras droit meurtri sur la table, à côté des aumônières de flétan et des courgettes grillées. La douleur l'accapare tellement qu'il ne suit qu'en partie les propos d'Helleberg. Il vient d'apercevoir son alto défoncé. J'en ferai un autre, se dit-il. Son attentat raté le contrarie davantage. Cet homme a la tête dure comme du bois exotique ! Hugo, mon salaud, tu aurais dû m'aider. Bon, attention : qu'est-ce qu'il dit, l'autre ?

"J'ai improvisé, est en train d'expliquer Helleberg. J'ai vu que j'avais une chance. Et en moins de deux, je me suis retrouvé au bord du canal. J'ai reconnu le rafiot bizarre que votre copine, là, avait eu la gentillesse de me décrire. Y a rien de calculé à l'avance, personne m'attend. J'ai entendu de la musique et je suis entré."

Il fait semblant de se confier, pense Jochem, il nous met à contribution, il nous laisse participer. Faut pas tomber dans le piège. On n'est pas ses interlocuteurs, on est de la monnaie d'échange.

“Allez vous rendre à la police, conseille Heleen.
— Un peu dommage quand on a d’abord réussi à s’échapper, mais oui, c’est une possibilité. Et tu sais ce qui va se passer ? Dix-huit ans de plus à l’ombre. Ça me dit pas trop, si je peux éviter.”

Il ne faut surtout pas qu’elle se mette à discuter avec ce psychopathe, elle doit fermer sa gueule d’idiote, on a assez d’emmerdes à cause de sa croyance en la bonté humaine…

Le tumulte à l’extérieur semble s’atténuer légèrement. Helleberg demande à Hugo de regarder à travers les stores s’il y a encore des voitures qui passent dans la rue. Hugo s’exécute et s’approche de la fenêtre, écartant les lamelles avec ses doigts.

“Oui, on dirait, indique-t-il. Il y a aussi des scooters, et un cycliste.”

Helleberg lui montre la chaise et Hugo retourne s’asseoir.

“Vous avez combien de voitures en tout ? J’ai besoin d’une bagnole. Et d’argent. Liquide.”

Un coup de chance, se dit Jochem avec cynisme. Il sent la liasse de billets gonfler sa poche arrière. La vente d’un archet à un Albanais sans compte en banque. Ça devrait être dans le coffre, mais j’ai oublié. Dire que je suis assis sur des capitaux d’évasion… OK, on va se garder le magot encore un peu. Je réfléchirais mieux si je n’étais pas si remonté. Et si ce coude ne me faisait pas souffrir autant.

Hugo tient une conférence sur leur parc automobile. La Volvo de Jochem, son Audi à lui et la pauvre petite Saxo d’Heleen. Helleberg veut savoir combien il reste de carburant dans les voitures et où elles sont garées. L’Audi est stationnée juste devant, il y a encore un demi-plein, estime Hugo, mais le réservoir est grand.

“Les clés”, exige Helleberg.

Hugo tâtonne au fond de sa poche et balance les clés sur la table.

“Eh ben dites donc, quelle générosité ! Vous vous dites sûrement : dès que ce type est parti, on lui envoie les flics aux trousses. Les braves citoyens aident la police… Vous piaffez d’impatience !”

Il va chercher le jeu de clés au milieu des petits-fours et le met dans sa poche.

“C’est pour ça que je dois me couvrir. Prendre des mesures. Il me faut de la corde. Tous les bateaux ont ça à bord, pas vrai ?”

Il regarde Hugo d’un air victorieux. Est-ce que c’est la jouissance du pouvoir, se demande Jochem, ou bien une simple considération pratique – est-ce qu’on est pour lui des objets dangereux qu’il faut attacher par précaution ?

“Il y a du fil en plastique pour le linge, signale Hugo. Je crois bien que je n’ai rien d’autre ici.”

Mais pourquoi tu lui dis ça, s’indigne Jochem intérieurement, tu lui facilites beaucoup trop la tâche ! On va se faire ligoter sur une chaise et rester comme ça pendant des jours. Il paraît qu’il faut gonfler tous les muscles pendant qu’on vous ficelle, ça donne un peu de marge pour se dégager plus tard. D’où ça me vient, cette astuce ? Quand on est sous pression, on se souvient de toutes sortes de choses… Est-ce que je me suis démis l’épaule ? Je n’arrive pas à remuer le bras.

Heleen reçoit l’ordre d’aller chercher la corde à linge dans le cagibi de toilettes. Elle doit laisser la porte grande ouverte. Elle revient avec un rouleau de fil en plastique bleu vif. Helleberg le raidit d’un coup sec pour en tester la résistance. Il doit y avoir du métal à l'intérieur, ou bien c'est du nylon inusable, en tout cas le gredin a l'air content.

Quelle gourde, se dit Jochem, elle aurait dû prendre une hache pour lui faire éclater la cervelle, ou donner un coup de latte contre les pieds de sa chaise, comme ça, il se serait retrouvé par terre et à nous tous, on aurait pu le maîtriser. L'attacher avec sa propre corde à linge. Le problème, c'est qu'il n'y a plus de "nous tous". Je n'ai aucune idée de ce qu'elle pense, ni de ce que pense Hugo.

"Vos sacs, commande Helleberg. Videz-moi ça ici."

D'un grand revers de manche, il fait voltiger les cartons du traiteur. Les prouesses du chef se sont transformées en ignoble bouillasse.

"Portefeuilles, porte-monnaie, vous me donnez tout. Les cartes, pas besoin, je veux du liquide."

Hugo jette son portefeuille sur la table, Heleen apporte son sac. Elle le retourne et c'est une pluie de babioles : clés, stylos, compresse de gaze, mascara, reçus, un bracelet, du chewing-gum, des mouchoirs chiffonnés.

"Vire-moi cette camelote. Du cash."

D'une main tremblante, elle retire les billets de son porte-monnaie, puis tente de remettre le reste dans son sac, mais Helleberg a perdu patience et envoie tout valdinguer sur le parquet. Jochem contemple le triste spectacle qui s'étend à ses pieds : les débris du sac, de l'anguille écrasée, des morceaux d'alto, la cigarette de Caroline. Au fait, où sont ses affaires à elle ? Là, sur le canapé. Helleberg fait signe à Hugo d'aller chercher le sac de Caroline. Il farfouille alors parmi les partitions et les papiers d'identité, ouvre les fermetures éclair et les poches intérieures, jusqu'à ce qu'il ait trouvé une bourse contenant quelques billets.

"Et maintenant, l'assurance-voyage, dit-il. Un de vous quatre va venir avec moi, par précaution. Des volontaires ?"

Il balaie le petit groupe du regard. Tous ont les yeux dans le vide, l'air abruti. Helleberg soupire.

"Vous voulez un dessin ? La police m'arrête. Alors je descends la vitre et je dis : Foutez le camp ou je lui fais sa fête. Toi !"

Il désigne Caroline.

"Ça marche mieux avec une gonzesse."

Elle ne voit pas ce qu'il veut dire, constate Jochem en regardant sa femme. Perchée sur sa chaise, élégante, immobile. Loin d'ici. Elle fait ça très bien.

Il plonge sa main valide dans sa poche arrière et en sort l'argent de l'Albanais. Le visage d'Helleberg s'éclaire lorsqu'il aperçoit la grosse liasse de billets.

"Prends ça. Mais je viens avec toi.

— Ah ! Tentative de corruption ! Ça ne marche pas comme ça."

Il arrache l'argent de la main de Jochem et le fourre dans sa poche.

"Mais tu ne risques rien avec moi, essaie encore Jochem. Je suis blessé.

— Ta gueule."

À présent, tout le monde se tait. Bruits d'hélicoptère. De tempête.

Je vais la perdre, elle aussi va disparaître, elle va s'en aller avec ce criminel dans la vieille Audi d'Hugo et finir la nuque brisée dans une station-service en pleine campagne… Putain de bordel de merde ! Il faut qu'elle arrête de jouer les statues de glace, ça le rend nerveux, ce type. Lui aussi entend les patrouilles au-dehors. Il n'a plus le temps.

La télévision montre le poste de contrôle où des hommes aux manches relevées scrutent avec sérieux des écrans de surveillance. Un policier à la physionomie rassurante parle à la caméra, le visage en gros plan. Il s'adresse à la population, suppose Jochem, il appelle les citoyens à signaler immédiatement tout détail inhabituel. Même sans le son, l'urgence du message est évidente. Mais pourquoi j'enregistre tout ça, à quoi ça sert ?

"Tu fais comme si l'affaire ne te concernait pas. C'est la voix d'Helleberg. Tu te goures. Ta petite gueule me revient pas du tout. Si tu continues comme ça, je te la pète. T'y mets du tien ou il va t'arriver des bricoles."

Jochem lève les yeux. Caroline ne bronche pas et semble regarder à travers Helleberg, alors qu'il se trouve juste devant elle. Elle le touche presque avec ses chaussures neuves, dont l'éclatante perfection détonne à côté des ordures jonchant le sol.

"Tu réponds quand je te parle. Ou est-ce qu'il faut que je t'aide ?"

La lumière du plafond se reflète soudain sur le métal étincelant d'un objet argenté. Cette vision fulgurante fait tressaillir Jochem. Qu'est-ce qu'il secoue là, dans sa main ? Jochem essaie d'obtenir une image nette avec l'œil qui lui reste. Un couteau à trancher. Une lame large qui s'effile en pointe meurtrière. Heleen s'en est servi la dernière fois pour couper du saucisson, il en est sûr, il la voit encore à l'ouvrage.

"T'as peut-être pas de sang dans les veines, dit Helleberg d'une voix rauque. Plutôt de l'eau bénite, sûrement ; enfin, on va bien voir."

Il pique la pointe du couteau dans l'avant-bras de Caroline. Des perles rouges apparaissent. Elle le fixe avec mépris. Arrête de résister, implore Jochem au désespoir, ne provoque plus cet imbécile, fais un effort, dis quelque chose, sauve ta peau, s'il te plaît…

Caroline regarde son assaillant droit dans les yeux et lui lance un rire moqueur. Son bras entaillé esquisse un geste dédaigneux.

Helleberg explose. Dans un tonnerre de jurons, il plante le couteau dans la main de Caroline, du sang gicle partout. Jochem se précipite sur le colosse et le percute d'un coup de tête dans le dos ; Heleen hurle, Hugo renverse sa chaise en criant et tente de bloquer le bras d'Helleberg. Ils tombent tous les trois par terre ; le couteau rebondit sur le plancher, mais avant même que Jochem ait pu l'atteindre, Helleberg s'en est déjà saisi. Il ramène l'arme vers lui, à quatre pattes comme un taureau furieux.

Caroline. Son auriculaire droit pend bizarrement et ne semble rattaché à la main que par un morceau de chair. Jochem a la tête qui tourne. Il ne parvient pas à se relever sur un seul bras. On va rester allongé encore un peu, un tout petit peu. Il entend de l'eau couler, le robinet est ouvert. Heleen revient avec un torchon mouillé. Une porte grince. Pieds nus traînant sur le parquet. Il relève la tête. Au milieu du salon se tient une petite fille en pyjama à carreaux.

47

Malgré sa blessure, Caroline voit avec horreur un large sourire s'afficher sur la face d'Helleberg aussitôt qu'il a remarqué Laura. Il s'accroupit d'un élan vigoureux, balançant le couteau d'une main à l'autre.

"Ça alors, pour une surprise ! se réjouit-il. Quelle aubaine, de mieux en mieux... Personne ne veut avoir un bébé mort sur la conscience. Retraite assurée."

Jamais de la vie, se dit Caroline. Ça ne se passera pas comme ça. J'y vais aussi, même si je dois me vider de mon sang dans la voiture. Mais non, il n'y a que des petits vaisseaux dans ces doigts-là. Aucun danger.

Sa main lui donne l'impression de n'être qu'une grosse boule de douleur blanche, d'un blanc lumineux qui aveugle tous ses sens. Ne pas s'en occuper, il n'y a que Laura qui compte. J'ai reçu ma punition, je l'ai méritée, même si les autres prétendent que non. Mais moi, je sais que c'est vrai, j'ai regardé partir l'autocar. Avec impatience. Plus jamais ça. Je ne la laisserai pas s'en aller.

Heleen lui a fait un bandage avec un torchon humide.

"Il faut que tu ailles à l'hôpital voir le chirurgien de la main, affirme-t-elle. Si on se dépêche, il y a peut-être encore quelque chose à faire pour ton petit doigt."

Elle lève l'avant-bras de Caroline en position verticale.

"Ne bouge plus. Je vais te chercher un analgésique, j'en avais encore dans mon sac."

Elle se met à quatre pattes, essayant de trouver de l'aspirine au milieu du fatras qu'Helleberg a envoyé par terre.

Caroline ne quitte pas Laura des yeux. Elle voit Hugo la prendre dans ses bras et lui parler doucement. La fillette presse le poisson gonflable sur son cœur.

"Je peux pas dormir, dit-elle. Tu dois jouer des chansons.

— Nous avons assez joué, maintenant, nous sommes en train de discuter. Viens, tu vas retourner faire dodo."

Laura regarde autour d'elle, étonnée plutôt qu'inquiète.

"Cassé le violon, observe-t-elle. Gros bobo !"

Caroline tente de dissimuler sa main blessée. Sentant le sang se retirer de son cerveau, elle se contraint à rester droite sur sa chaise. Mauvaise idée de partir avec Laura dans la voiture de ce taré, je ne tiendrai pas. Si je m'évanouis, la petite va prendre peur et se mettre à pleurer. Mais je n'ai pas le choix, il le faut.

"Pas question de dormir, décide Helleberg. Amène la gamine par ici. On part.

— Vous n'irez pas très loin, dit Hugo, portant Laura dans ses bras. Un homme seul dans une voiture avec un enfant, au milieu de la nuit ? Ils vont se méfier et vous arrêter tout de suite. Je viens avec vous. Je suis son père.

— C'est ça, pour me coller un coup de cric sur la tête ? Compte là-dessus ! Je vais t'attacher comme il faut sur ta chaise, et tes camarades pareil."

Caroline ouvre la bouche. Il lui faut un peu de temps pour trouver sa voix.

"Il vaudrait mieux que ce soit moi qui vienne, énonce-t-elle avec effort. Un homme et une femme retournant à la maison avec leur fille, après une soirée prolongée. Ça n'éveillera pas les soupçons."

Helleberg semble réfléchir aux différentes options.

"Le siège enfant, dit-il. Sinon, je me prends tout de suite une contredanse. Y en a un d'installé ?"

Hugo acquiesce.

"Toi, tu restes à côté de moi, ordonne-t-il à Caroline. Comme ça, je te tiens à l'œil."

Elle se sent faiblir. Je ne dois pas lâcher Laura un instant, je ne veux pas qu'elle reste seule à l'arrière, sanglée, et moi devant, à côté de ce monstre. Je refuse. Je veux qu'il se passe quelque chose pour stopper cette histoire de dingue, tout de suite.

Helleberg fait le tour de la pièce, testant la fixation des radiateurs. Il en trouve un qu'il considère manifestement assez solide et, d'un signe de tête, indique à Heleen de s'approcher.

"Assise. Les mains dans le dos."

Caroline, impuissante, regarde son amie obligée de se mettre à terre avant d'être ligotée à l'appareil de chauffage par Helleberg. La sueur perle sur le visage de ce dernier ; il tire brutalement sur la corde bleue.

Ce n'est pas possible, se dit Caroline, il faut faire quelque chose, donner l'alarme, avertir avant qu'il ne soit trop tard – mais comment, qui, et ce couteau, alors ? Bon, du calme, se concentrer, réfléchir. Ça fait un bruit bizarre, là, loin derrière le vacarme extérieur.

Comme si un gros animal se frottait contre le fond de la barge. Il y a des poissons aussi gros que ça par ici ? Est-ce que j'hallucine ? Pas le moment que je m'égare. J'entends sans arrêt passer des bateaux, je vois des projecteurs balayer les fenêtres, je sens les vagues : il y a des gens dehors. Des gens !

Elle cherche à capter le regard de Jochem, tâchant d'orienter son œil unique vers l'étagère au-dessus de l'évier, vers l'énorme sauteuse en fonte qu'ils ont offerte à Hugo pour son anniversaire. Assez grande pour une dinde, pour un agneau, et pesant au moins dix kilos.

Jochem comprend-il à quoi elle veut en venir ? Elle le voit fixer la poêle, braquer de nouveau son regard sur elle, puis tourner lentement les yeux vers la fenêtre. Communiquer à l'aide des seuls mouvements oculaires, ça va, quand on se connaît bien. Elle exécute un minuscule hochement du menton. Jochem, d'un geste à peine perceptible, désigne son bras invalide et secoue très légèrement la tête. Leurs yeux se dirigent alors vers Hugo.

Celui-ci a couché Laura sur le canapé, puis s'est assis devant le visage de la fillette. Abattu, il regarde Helleberg se démener en pestant contre la corde à linge.

“Zut alors, s'écrie Jochem. Faut en plus que ça m'arrive le jour de mon anniversaire, tu parles d'une guigne !

— Boucle-la, siffle Helleberg.

— Mais c'est aujourd'hui ! Mon pote, là, ne m'a même pas encore offert de cadeau et tout notre gueuleton est par terre.”

Il parle très vite à présent, impossible de l'arrêter. Helleberg se remet debout et s'avance vers Jochem.

Caroline voit Heleen, saucissonnée de fil bleu, les regarder d'un air ahuri. Pourvu qu'elle ne dise pas que ce n'est pas du tout l'anniversaire de Jochem, pitié, qu'elle se taise !

"Et nous qui te faisons toujours de si beaux présents, Hugo, des choses pratiques pour la cuisine, des choses vraiment utiles, qui peuvent te servir dans toutes sortes d'occasions…"

Jochem continue de délirer jusqu'à ce qu'Helleberg s'immobilise juste devant lui et lui pose la pointe de son couteau sur la gorge.

"Tu la fermes ou je te saigne ?"

Hugo s'est levé. Regarde-moi, adjure Caroline, regarde par ici maintenant que ce salopard est occupé avec Jochem, laisse-moi te montrer notre plan, regarde-moi.

Il la regarde. Elle le guide des yeux vers la poêle, puis vers la fenêtre. Les lamelles sont étroites et légères, il n'a pas non plus trouvé le temps de faire installer du double vitrage ; sa grande taille lui permet d'attraper facilement la sauteuse, ses bras sont suffisamment musclés pour lancer le projectile à toute vitesse au travers du carreau.

Trois grands pas en avant, extension, un peu d'élan et vlamm ! – la sauteuse fait un vol plané à l'extérieur.

Tout le monde se fige, Laura se redresse en sursaut et les morceaux de verre retombent sur le sol.

48

Hugo se penche aussi loin que possible par-dessus les éclats de vitre et hurle à plein gosier pour faire venir de l'aide. Un canot à moteur qui passait non loin de là se détourne de sa trajectoire en un virage serré alors que retentit un chœur de klaxons et de sirènes. Hugo s'aperçoit que sa barge est cernée à quelque distance par un demi-cercle d'embarcations sans lumière, comme un rempart de taches sombres.

Il entend Helleberg s'approcher. C'est fini, pense-t-il, je vais me prendre un coup de couteau, je suis mort.

Une déflagration assourdissante le fait chanceler. Il n'a pas le temps d'être surpris qu'une deuxième se produit. Il ressent un coup extrêmement violent et quitte le sol qui se fend sous ses pieds. Les lames de plancher sont à la verticale. Où est le haut, où est le bas ? Il ne sait plus. Je vole, se dit-il, l'air, le vent. Ses oreilles sifflent et bourdonnent. Il percute ensuite une surface mobile dans laquelle il s'enfonce. Ses membres esquissent un mouvement de brasse, il remonte à la force des muscles. Son orientation est revenue.

L'eau est plus chaude qu'il ne l'aurait cru. Nageant sur place, il contemple le désastre, non sans s'étonner de sa propre vivacité d'esprit. L'avant et l'arrière du bateau ont disparu, éclatés en morceaux qui continuent de retomber ici et là. La partie centrale, inclinée, glisse lentement dans l'eau. Hugo n'en croit pas ses yeux ; c'est un film sans le son.

Les vagues charrient des objets dans sa direction : la tête de son lit, une chaussure de jogging, des documents comptables, un bouquet de roses et d'amaryllis.

La barge a explosé.

Hugo renverse la tête et se met à rire à gorge déployée. Il flotte sur le dos, parmi les vestiges de sa vie bien rangée, empli d'un sentiment de libération qui lui était inconnu. Béatitude, ravissement. Moment de grâce.

Depuis combien de temps surnage-t-il au milieu des débris ? Il n'a plus la notion du temps. Ses chaussures, il les a défaites, il se sent léger, l'eau est son élément.

Un morceau de bois passe devant lui à la dérive : un panneau de la maison de poupée. Laura ! Où est Laura ?

Quelqu'un lui tend une perche et le hisse à bord d'un canot.

"Mon enfant, dit-il. Ma fille, retrouvez-la, elle a trois ans."

Les secouristes balaient la surface de l'eau à l'aide d'un projecteur, s'approchant toujours plus de l'épave.

"Là-bas, crie Hugo. Elles sont là, de l'aide !"

Il distingue les cheveux mouillés de Caroline, le torchon qu'Heleen a enroulé autour de sa main écharpée, le poisson orange serré par Laura. Caroline tient l'enfant dans son bras blessé, nageant de l'autre. Le canot de sauvetage arrive près d'elles à toute allure. Hugo soulève lui-même Laura hors de l'eau. Avec le poisson.

L'équipage allonge Caroline sur le fond du canot. Elle ne réagit plus. Morte ? Son bandage improvisé s'est défait, son auriculaire n'est plus là et sa main semble curieusement étroite. Du sang s'échappe de la plaie. Alors elle est toujours en vie, se dit Hugo, les morts ne saignent pas. Et puis, c'est la main droite, ça ne l'empêche pas de jouer, elle peut toujours apprendre à tenir l'archet sans le petit doigt, c'est faisable, il y a des précédents.

Le canot se dirige vers le quai, où attendent au moins cinq ou six ambulances. Hugo saute à terre, l'enfant blotti contre lui. Il fait signe aux ambulanciers, par ici, venez vite ! Quatre hommes encadrant un brancard accourent vers l'embarcation pour s'occuper de Caroline.

Le père et l'enfant vont s'asseoir sur l'herbe. Laura dit quelque chose, elle remue les lèvres, mais il n'entend rien. Ah, bien sûr, c'est le traumatisme auditif provoqué par l'explosion ou par l'onde de choc – ceux qui vivent encore sont sourds. Il assied Laura entre ses genoux et l'enferme dans ses bras. Tous deux observent les alentours. Dans les buissons, on aperçoit un coin du radiateur auquel Helleberg avait attaché Heleen. Elle est libre à présent, les bouts de fil bleu pendillent aux branches. La voilà, allongée sur le sol, une jambe tordue de façon peu naturelle. Une femme en gilet jaune fluo s'agenouille près d'elle et la met sous perfusion.

Elle s'est retrouvée du bon côté, se dit Hugo. Si elle avait été éjectée dans le canal, elle se serait noyée. Une jambe, ce n'est pas grave, on peut faire sans, s'il le faut. Où est Jochem ?

Il rappelle à lui la sensation de délivrance qui l'avait envahi après sa chute dans l'eau : il ne pesait rien, environné de pure douceur. La vue des débris flottant à la surface lui avait fait comprendre que tout effort était inutile, qu'il n'y avait plus d'obligations. Sa peau caressée par le courant, ses muscles baignés de chaleur, telles étaient les frontières de son existence réelle. Il sait bien qu'elle disparaîtra, cette impression de liberté absolue, déjà elle commence à s'estomper, à reculer au contact du petit corps de Laura. Mais c'est une expérience qui a eu lieu, qu'il a vécue, personne ne peut la lui reprendre. S'il veut la retrouver, il n'a qu'à sauter tout habillé dans l'eau, par une nuit d'été.

Un policier en uniforme s'approche de lui. Hugo s'aperçoit qu'il entend de nouveau ; les bourdonnements d'oreilles ont également diminué. L'homme demande si tout va bien. Comment se sent-il ? Et la petite ? Il donne une couverture à Hugo.

“Est-ce que vous avez arrêté Helleberg ? Il vit encore ?”

L'homme lui montre les agents qui vont et viennent parmi le personnel ambulancier.

“Ils sont en train de le chercher. On a retrouvé un homme, mais ce n'était pas lui.

— Jochem. Il a l'épaule démise.”

L'homme acquiesce.

“Ils sont dans l'ambulance, lui et la dame qui est blessée à la main. Vous avez eu de la chance, vous tous.”

De la chance ? Quelle idée bizarre, estime Hugo. Une soirée pleine de violence et de danger, une nuit où l'amitié se fissure, est-ce qu'on peut appeler ça de la chance ?

Laura est toujours pelotonnée contre sa poitrine. Il l'enroule dans un bout de couverture. En levant les yeux, il voit que les recherches continuent, avec les mêmes chiens et les mêmes lampes torches de forte puissance. Depuis la berge, des hommes attrapent des morceaux d'épave à l'aide d'un croc et les tirent vers eux.

"C'est vous, le propriétaire ? demande le policier. J'espère que vous avez une bonne assurance, il ne reste plus rien.

— Qu'est-ce qui s'est passé au juste, qu'est-ce que vous avez fait ?

— On nous a alertés. Il y a eu des milliers d'appels, la télévision avait diffusé un numéro vert. Dans ce cas, tous les fous se mettent à téléphoner. Il a donc fallu un peu de temps pour que cette information-là soit prise au sérieux. C'était un docteur, l'un d'entre vous l'avait appelé depuis le bateau et avait laissé son portable allumé. Ce médecin est arrivé au commissariat avec son téléphone, il a commencé à crier, à faire du tapage, il était dans tous ses états. Quand on a fini par joindre la cellule de crise, la batterie était à plat, mais il a pu expliquer précisément où vous vous trouviez.

— Ça vous a pris du temps, remarque Hugo. Qu'est-ce que vous attendiez ?

— Nous pensions que le fugitif allait prendre contact avec nous, poser ses exigences, menacer de vous abattre. Les négociateurs étaient prêts à intervenir. Il fallait également mettre en place des réunions, suivre des protocoles, le maire s'est joint à nous, l'armée aussi. Notre quartier général était de plus en plus bondé, mais il ne se passait pas grand-chose.

— Il n'était même pas armé, il n'avait rien ! Plus tard, si, un couteau.

— Nous n'étions pas informés de cela, répond le policier. Un assaut présentait donc trop de risques. Les hommes du génie ont proposé de faire exploser la barge. Là encore, cela demandait discussion. La plateforme en béton posait problème. Comme ils savaient que vous étiez quelque part au milieu, ils ont décidé de poser les charges aux extrémités. Vous auriez très bien pu recevoir un bloc de ciment sur la tête. Non, vraiment, vous avez eu de la chance."

On fait monter Hugo et Laura dans une voiture.

"Nous allons au poste, indique le policier. Vêtements de rechange et ensuite un premier entretien, pour la déposition. Plus vite on procédera, plus vos souvenirs seront détaillés."

Dans la chaleur du véhicule, Hugo se laisse aller sur son siège. Le chauffeur louvoie lentement parmi les décombres. La chaussée est criblée de trous profonds et les vitres des maisons donnant sur le quai ont volé en éclats, couvrant le sol de verre brisé. Les habitants discutent à grand bruit avec leurs voisins, il voit les bouches grandes ouvertes, les bras qui gesticulent.

Le passage est bordé de voitures aplaties et d'arbres arrachés ; les projecteurs des véhicules de secours éclairent tout ce chaos. La vague provoquée par l'explosion a laissé de grosses flaques sur le quai ; restes de mobilier, ordures et branchages se sont agglomérés contre les façades. Laura dort.

Le policier parle au téléphone. Il signale qu'ils sont en route, demande si quelqu'un peut préparer des vêtements et réclame d'être mis en relation avec la cellule de crise. Lorsqu'il a enfin raccroché, Hugo lui dit qu'il ne veut pas laisser Laura seule, même pendant la déposition.

“Je comprends, répond l’homme. Aucun problème.”

Le chauffeur, après avoir allumé le gyrophare, se fraie un chemin à travers la foule. Dix paires de bras s’unissent pour traîner sur le bas-côté un arbre abattu par l’explosion.

“Nous avons diffusé un communiqué de presse à propos de l’explosion. Ils viennent d’en parler à la télévision et à la radio. Nous ne pouvions pas faire autrement, après une telle détonation ; les gens ont tout de suite réagi : téléphoné, tweeté, que sais-je encore…

— Mais pourquoi si tard ?” demande Hugo bêtement.

Le policier le dévisage d’un air apitoyé.

“Raisons de sécurité. Nous avons travaillé des heures pour préparer cette opération, encercler la barge et faire venir des ambulances. En secret, car nous pensions que notre cible suivait peut-être les nouvelles. Nous aurions préféré garder le silence jusqu’à son interpellation, mais avec tous ces réseaux sociaux, ce n’est malheureusement pas possible. Vous êtes sûr de ne pas vouloir passer d’abord à l’hôpital ? Simple contrôle, voir si vous n’avez pas de séquelles ? Vérifier que tout va bien pour votre fille ?”

Hugo secoue la tête. Rien de grave, à part qu’ils sont en train de rouler dans un décor de guerre, que le pays tout entier s’est laissé leurrer par une cellule de crise planquée sous terre et que lui-même, sans doute affublé d’un survêtement inadapté à sa taille et qui doit encore traîner dans la buanderie du commissariat, va subir un interrogatoire. Le poisson a glissé au sol. Hugo serre Laura un peu plus fort dans ses bras. Il ferme les yeux.

49

Le vent souffle. De temps en temps, une branche fouette contre la vitre. Reinier est assis devant la télévision, un journal sur les genoux. La bouteille de porto est posée sur une petite table à côté de lui.

Vraiment, c'est à mourir d'ennui, cette édition spéciale, il y a de quoi s'endormir comme une masse. Le présentateur essaie de maintenir un semblant d'enthousiasme, mais c'est peine perdue. Il ne se passe absolument rien depuis des heures. La chaîne retransmet des images de la prétendue cellule de crise, Reinier y aperçoit le maire, qui fait la navette entre le studio de télévision et la réunion de crise, le chef de la police nationale, pas même en uniforme, mais en civil, comme s'il venait d'abandonner son repas familial pour rejoindre à toute allure le centre des opérations, et un haut gradé de l'armée qui, lui, arbore médailles et galons multicolores. Le local souterrain est équipé d'écrans devant lesquels sont postés des agents avec écouteurs ; on les voit parler de temps à autre, mais on ne sait pas de quoi.

Il boit son porto dans un verre à eau. Un peu sucré, peut-être, mais bienfaisant pour son genou douloureux – il sent la douce torpeur se répandre dans son corps.

On repart en direct sur les lieux de l'évasion, dit le journaliste, demander s'il y a du nouveau. Non, pas de changement, explique son confrère, grelottant de froid sur les marches du tribunal. S'ensuivent de grandes phrases nébuleuses, le rappel des effectifs mobilisés, des commentaires sur les conditions météorologiques défavorables. Retour au studio. Une biographie d'Helleberg alors, sa vie, son œuvre. Là encore, Reinier parvient difficilement à s'intéresser aux longues séquences montrant complexes ferroviaires, immeubles de bureaux et piles de dossiers judiciaires. La prison. L'interview d'un avocat. Une voiture de luxe accidentée.

Il fait bon à l'intérieur, se dit Reinier, surtout avec cette tempête au-dehors. Les contrastes, voilà quelque chose que tout musicien doit prendre au sérieux. Il feuillette le journal, commence à lire un article sur la prévention du diabète chez les personnes âgées, mais s'arrête rapidement.

Le programmateur de l'émission a décidé de meubler l'antenne en diffusant un documentaire sur le nouveau palais de justice. Maquettes, urbanistes, ouvriers coiffés de casques en plastique jaune… Reinier s'assoupit.

Il est réveillé par des petits coups contre le carreau. La branche de l'arbre, pense-t-il d'abord, mais le bruit se répète, de plus en plus vite. Plus fort, aussi. Intrigué, Reinier s'extirpe du fauteuil, son genou se tient coi, et ouvre le rideau.

Devant la porte-fenêtre donnant sur le balcon se tient une longue silhouette noire, le bras levé. Un pot de fleurs dans la main. Ah non, pas de verre brisé chez moi, toute cette pagaille, ces mauvais courants d'air, ces histoires pour trouver un vitrier – je viens ouvrir, du calme, pas besoin de ce projectile. Il fait un geste apaisant à l'intention de l'homme qui, dans la lumière venant du salon, paraît luire étrangement.

Il est trempé comme une soupe, constate Reinier après l'avoir laissé entrer. Son costume est à tordre et ses chaussures dégoulinent. Ce n'est sans doute pas agréable. Il est tombé à l'eau, il a cherché de l'aide à travers les rues désertes, transi et fatigué.

"Que puis-je faire pour vous ?"

L'eau tombe goutte à goutte sur le tapis. Si ce type veut s'asseoir, il faudra que j'aille chercher un sac-poubelle dans la cuisine. Pas très hospitalier, mais mieux qu'un canapé mouillé, non ? Enfin bon, quelle différence, ça finira bien par sécher.

"Des vêtements, dit l'homme. Des vêtements secs et des chaussures."

Reinier examine le visiteur de haut en bas. Ce ne sera pas évident, il fait une bonne tête de plus que moi. Belle pointure aussi, à première vue.

"Dans le placard du balcon, là-dehors, il y a une paire de cuissardes qui sont beaucoup trop grandes pour moi. Elles vous iraient peut-être ? Allez y jeter un coup d'œil, ce n'est pas fermé à clé. Les vêtements sont à l'étage. Première porte à gauche en haut de l'escalier. Voyez s'il y a quelque chose qui vous convient. Je ne peux pas vous aider, j'ai du mal à monter les marches. Vous trouverez, j'espère. Au fait, la salle de bains est juste à côté. Au cas où vous voudriez prendre une douche, je veux dire."

L'homme le regarde avec étonnement.

"C'est nécessaire ?

— Vous dégagez une odeur d'égout assez pénétrante, répond Reinier. Cela me paraît donc être une bonne idée."

L'autre opine du chef et, baignant dans ses chaussures, se dirige vers le couloir. Il laisse derrière lui une traînée brunâtre.

Reinier se carre de nouveau dans son fauteuil et saisit la bouteille de porto. Quel plaisir d'apporter de l'aide au lieu d'en recevoir, se dit-il. D'accord, c'est un peu étrange, un bonhomme complètement trempé qui déboule dans mon salon, mais s'il m'a demandé assistance et conseil, c'est qu'il me prend au sérieux. Ça vaut bien un petit verre.

Là-haut, une chaussure tombe sur le plancher. Puis l'autre. Peu après, Reinier entend ruisseler l'eau de la douche. Il espère que le visiteur trouvera quelque chose à son goût dans la garde-robe. Peut-être le vieux pantalon en velours côtelé, il est plutôt ample. Les vestes, les chandails – cela ne devrait poser aucun problème car, comme tout violoncelliste, il les achète systématiquement deux tailles au-dessus, impossible de jouer autrement.

Il finit la bouteille et se surprend à trouver sympathique, finalement, l'idée d'avoir à prendre soin d'un pauvre type échoué dans sa demeure. Mais ce gaillard n'aura pas droit au porto, il y a des limites.

À la télévision, il se passe maintenant toutes sortes de choses, note Reinier. Il augmente le volume jusqu'à entendre le journaliste crier dans son micro. On voit soudain une maison flottante complètement démolie, des arbres déracinés, des montagnes de gravats. Déflagration, explique le reporter, des unités militaires spécialisées ont fait exploser la barge, lors d'une opération préparée en secret ; l'équipe de recherche avait été alertée par une information venue du public. Le fugitif avait trouvé refuge sur une barge non loin du lieu de son évasion ; suite à ce renseignement, les autorités ont travaillé d'arrache-pied à un plan d'intervention, faisant face à de lourdes responsabilités dans la mesure où l'homme avait pris des civils en otage et personne ne savait s'il était armé. Tous les moyens sont mobilisés afin de reprendre la traque, car l'individu n'a toujours pas été appréhendé.

Reinier s'avance sur le bord de son siège. C'est impossible, ce n'est tout de même pas le bateau de cet homme aimable, comment s'appelle-t-il déjà, Hugo, le violoniste ? Il aperçoit dans l'eau des morceaux de toiture écologique – plantes grasses, herbacées – puis, lorsque la caméra s'est tournée vers le quai, il reconnaît la voiture de Caroline, écrasée par une grosse branche d'arbre.

Le quatuor ! C'est là qu'ils répétaient ! Ce type s'est introduit chez eux et les a menacés, torturés, assassinés. Ou bien c'est l'armée, avec leurs bombes dévastatrices, comment osent-ils, faire exploser un bateau avec des gens à bord, des instruments ! Le tueur a dû être projeté dans l'eau et il a sûrement profité de la confusion pour se faire la malle.

Reinier se rend compte que l'homme en question est, à cet instant même, en train de prendre une douche dans sa salle de bains. Mon Dieu, que dois-je faire ? L'assassin de Caroline est chez moi – appeler la police ? M'enfuir ?

Tremblant de tout son corps, il tente de se lever. Le verre de porto se renverse, faisant sur le tapis une tache rouge foncé. Pourvu qu'il ne l'ait pas poignardée, pourvu qu'il ne lui ait pas fait mal, et Jochem, et leurs amis ? Il s'imagine un bain de sang et la colère s'empare de lui, doublée d'une peur panique.

L'eau de la baignoire s'est arrêtée de couler. Il est sans doute en train de se sécher avec mes serviettes et de chercher des vêtements dans mon armoire. Il va bientôt redescendre. S'il découvre que je l'ai reconnu, il va me tordre le cou. Je dois éteindre la télévision. Donner l'alerte. Appeler à l'aide.

Un voile noir s'abat devant ses yeux et il reste là, hésitant, vacillant au milieu du salon. Je ne sais plus, se dit-il, je n'en peux plus, je vais m'écrouler, c'est fini. Il tombe à genoux.

On sonne. Deux coups brefs à la suite. Comme un réflexe, Reinier relève la tête. Djamil ! Incapable de se remettre debout, il traverse le couloir à quatre pattes. Des bruits inquiétants lui parviennent de l'étage : portes de placard qui s'ouvrent, jurons, chute d'objets.

Une douleur vive le lance au genou pendant qu'il rampe sur le carrelage. Dans cette position, son bras est juste un peu trop court pour atteindre la poignée de la porte. De toutes les forces qui lui restent, il parvient à se hisser suffisamment pour agripper le verrou et le tirer brusquement. Il se sent renversé par le battant qui s'ouvre.

Djamil fait un pas en avant et lui attrape le bras.

"Venez ! Il faut partir ! Je l'ai vu, je faisais le guet derrière la maison. Mon père attendait ici dans la rue. Vous devez vous en aller, c'est dangereux."

Un monsieur en manteau sombre s'approche sur le perron. Cheveux grisonnants et chaussures noires bien cirées. Il se penche et saisit Reinier par l'autre bras.

"Excusez-moi, lui dit-il à l'oreille. Nous devons vous délivrer le plus vite possible."

Il fait un signe de tête à Djamil et tous deux aident le vieil homme à descendre les cinq marches, promptement mais sans précipitation. Ils ont veillé sur moi, se rend compte Reinier, ils ont monté la garde, je le savais, un si brave garçon, et son père alors, si poli, quel dévouement, quelle attention…

Le voici donc, debout sur le trottoir, flanqué de ses sauveurs. Derrière lui, la porte de la maison est grande ouverte. Il fait face à un demi-cercle d'agents de police portant casque et bouclier. Ils sont armés de mitraillettes. Il voit aussi une haie de puissantes motos, une ambulance, un fourgon cellulaire.

C'est comme si son cœur s'effondrait dans sa poitrine. Trahi. Ils sont venus pour l'emmener sous de faux prétextes, par la force. Quel coup bas, quelle manœuvre hypocrite, quelle désillusion !

En voyant les troupes alignées devant lui, il se met à trembler de peur. Évacué, expulsé. Plus aucun espoir. Fuir, se dit-il, je me dégage et je cours. Oh, Djamil, comment peux-tu m'avoir trahi à ce point ? Il repense aux conversations autour de la liste des courses, aux moments passés ensemble à écouter de la musique, côte à côte sur le canapé, à la cagnotte posée sur le réfrigérateur. Il pleure de rage.

“Il faut qu'on se range, murmure Djamil. Ils doivent passer, ils vont entrer dans la maison.”

Il montre les hommes armés.

C'est un piège, pense Reinier. Ils ont envoyé chez moi un collègue trempé jusqu'aux os pour m'attirer dehors. Ils vont bientôt me traîner dans cette camionnette, là-bas. Ce n'est qu'une grande comédie.

Il se libère. De Djamil, du père. Chancelant, il part sur le côté et prend de la vitesse. Des pointes de douleur lui transpercent le genou, mais il les ignore. Les policiers s'élancent eux aussi, courant vers lui, il voit les casques monter et descendre, les mitraillettes se soulever, il entend les boucliers qui s'entrechoquent. Ça y est, se dit Reinier, ils arrivent.

Le père de Djamil ne bouge pas, mais son fils s'élance à la poursuite du vieillard. Reinier tombe. Allongé sur le trottoir, il entend le grondement des bottes policières résonner de plus en plus près. Elles passent en trombe le long de son visage. En colonne serrée, les hommes se ruent dans sa maison, traversent le couloir, grimpent l'escalier.

Djamil s'est agenouillé à ses côtés, lui a pris la main. Reinier soupire et se laisse absorber par l'obscurité du néant.

OUVRAGE RÉALISÉ
PAR L'ATELIER GRAPHIQUE ACTES SUD
ACHEVÉ D'IMPRIMER
SUR ROTO-PAGE
EN JANVIER 2016
PAR L'IMPRIMERIE FLOCH
À MAYENNE
POUR LE COMPTE DES ÉDITIONS
ACTES SUD
LE MÉJAN
PLACE NINA-BERBEROVA
13200 ARLES

DÉPÔT LÉGAL
1re ÉDITION : FÉVRIER 2016
N° impr. : 89215
(Imprimé en France)